13 KURZE GESCHICHTEN

Cathy McGough

Stratford Living Publishing

ISBN TASCHENBUCH: 978-1-998304-59-2

ISBN ebook: 978-1-998304-60-8

WAS DIE LESER SAGEN

D ANDELION WEIN

U.S.

"Löwenzahnwein" ist eine gute Kurzgeschichte, auch wenn mich der Epilog ein bisschen traurig darüber machte, wie sich die Dinge verändern. Es war schön, kurz in eine Zeit einzutauchen, in der die Dinge anders waren.

"Eine kurze, süße Geschichte über ein einfaches Leben an einem idyllischen Sommertag."

DER HELLSTE STERN

"Liebe scheitert nie. Das Liebesleben von Linda und William wird in dieser kurzen Geschichte zusammengefasst. Eine Geschichte über Frustration und Kampf und das Festhalten an der Liebe in all dem.

DIE OFFENBARUNG DER MARGARET

Kanada

"Ich habe diese Novelle innerhalb weniger Minuten nach dem Kauf angefangen zu lesen, und als ich sie einmal angefangen hatte, musste ich sie zu Ende lesen. Ich habe diese Geschichte wirklich genossen. Sie ist gut geschrieben, und man konnte nicht anders, als mit der Protagonistin mitzufühlen. Und die Überraschung am Ende ließ mir die Kinnlade herunterfallen."

DARRYL UND ICH

U.S.

"Gruselig. Eine kurze, bittersüße Geschichte über die Tragödie einer Frau und ihren Versuch, die Schwangerschaft zu bewältigen."

U.K.

"Tolle Geschichte. Ausgezeichnete Emotionen. Ich habe wirklich mit Cath und Darryl mitgefühlt."

DER SCHIRM UND DER WIND

U.S.

"Sci-Fi auf seine modernste und zeitgemäßeste Art. Kurz und gut zu lesen."

"Der Autor spinnt eine fantasievolle Sci-Fi-Geschichte, die gefährlichen Wind, einen fliegenden Regenschirm, eine sich drehende grüne Flasche und vieles mehr aufwirbelt. Eine kurze Geschichte mit schneller Action."

Indien

"Was für ein spannender Ritt! Der Fluss ist superschnell und der Schreibstil konsequent und flüssig. Irgendwie hat es mich an Jerome K. Jerome und Three Men In A Boat erinnert."

U.K.

"Die Mutter aller schlechten Wochenenden trifft auf den Außerirdischen. Diese mit trockenem Witz geschriebene Geschichte handelt von einem außerirdischen, riesigen grünen Objekt, Regenschirmen und Waffen. Eine sehr fantasievolle, wenn nicht sogar verrückte Geschichte, die dich bis zur letzten Seite fesseln wird. Volle Punktzahl für kreative Fantasie, Cathy McGough. Vielleicht lachst du laut und verschüttest deinen Kaffee.

TODESWUNSCH

U.S.

"Ich habe dieses Buch gestern Abend in einer halben Stunde gelesen, nachdem ich ins Bett gegangen war. Ich war traurig wegen dieses Mannes, der sein Leben für sinnlos hielt. McGough führt den Leser bis an den Rand des Abgrunds, und selbst wenn er den Punkt ohne Wiederkehr überschritten hat, weißt du nicht, wie es ausgehen wird. Eine tolle Geschichte für die Mittagspause oder den Kaffeeklatsch.

"Mir gefiel Cathy McGoughs Kreativität, eine kurze Novelle von 20 Seiten mit einer großen, lebensverändernden Erfahrung eines Mannes zu verfassen, der seinen Lebenssinn nicht finden konnte."

"Ich hatte dieses Buch schon eine Weile in meinem KIndle, aber als ich mich endlich entschloss, es zu lesen, konnte ich es nicht mehr weglegen, bis ich es zu Ende gelesen hatte. Obwohl es sehr kurz ist, sind die Handlung und die Charaktere gut entwickelt. Ich habe es geliebt."

"Es liest sich wie eine Episode von Tales from the Crypt oder Twilight Zone."

"Ich habe es geliebt und mich beim Lesen gefragt, WARUM? Als ich es herausfand, war ich entsetzt, denn so etwas ist mein schlimmster Albtraum."

U.S. UND U.K.

"Der Autor nutzt geschickt den inneren Monolog der Figur, um ihr Leben und die Entscheidung, mit der sie zu kämpfen hat, darzustellen. Das hat mich bis zum Ende gefesselt. Diese geschickt erzählte Geschichte ist eine sehr unterhaltsame Lektüre, die ich sehr empfehlen kann."

Contents

Widmung

Für Dianne

Vorwort

Liebe Leserinnen und Leser,

Diese Sammlung von Kurzgeschichten enthält sechs Favoriten meiner Leser und sieben neue Kurzgeschichten, die ich während der Pandemie geschrieben habe.

Man sagt, "raus mit dem Alten und rein mit dem Neuen", aber ich sage, lasst uns die ganze Sichtweise betrachten.

Viel Spaß beim Lesen!

Cathy

DANDELION WEIN

Es war 1967 und der Sommer war fast vorbei, als ich meinen klapprigen roten Wagen über eine kieselige Sackgasse zog. Das Geräusch der Räder meines Wagens war den Leuten auf unserer Route vertraut.

"Schöner Tag für einen Spaziergang", sagte ich dann.

"Das ist es auch. Dann wünsche ich dir einen schönen Tag", antworteten sie.

Wenn meine Freundin Sandra und ich Glück hatten, brachten sie uns etwas Eiswasser, Cola oder Limonade. Obwohl wir nicht in der Nähe wohnten, wurden wir von den meisten freundlich behandelt. Von den meisten, aber nicht von allen Hausbesitzern.

"Sei keine Plage", sagte mein Vater immer zu mir, und das war ich auch nicht. Ich habe mich immer um meine eigenen Angelegenheiten gekümmert. Ich habe nicht herumgetrödelt oder versucht, die Aufmerksamkeit auf mich zu lenken. Konnte ich etwas dafür, dass die quietschenden Räder quietschten?

Ich war ein Mädchen mit einem Ziel, also war es egal, dass meine Arme schmerzten, obwohl ich mir wünschte, sie würden schneller wachsen. Es war egal, wenn der Wagen in einem Schlagloch umkippte oder in den Graben rollte.

Trotzdem ging mir die verrückte Frau in einem der Häuser nicht aus dem Kopf. Ich fürchtete mich davor, allein an ihrem Haus vorbeizugehen.

Bei anderen Besuchen schrie sie uns an, weil wir nichts taten. Oder beschimpfte uns. Einmal schickte sie sogar ihren Hund raus, der sabberte und bellte. Der Köter bewachte die Straße, als ob sie zu ihrem Grundstück gehörte. Ich warf einen Blick auf das Dach, wo die alte kanadische Flagge im Wind wehte. Manche sagten, sie weigere sich, die neue Flagge mit dem großen Ahornblatt zu hissen. Sie und ihr Hund waren mir unheimlich.

Mein Atem beschleunigte sich, als ich mich dem gefürchteten Haus näherte. Da es sich um eine Sackgasse handelte, hatte ich keine andere Wahl, als vorbeizufahren. Ich hielt an und schaute zurück, um zu sehen, ob Sandra kam. Noch keine Spur von ihr.

Dann erinnerte ich mich daran, dass ich Omas Glückskaninchenfuß in meiner Tasche hatte. Sie gab mir Mut. Ich zog den Wagen mit beiden Armen und eilte weiter.

Ich wusste, dass Old Lady Macguire dort war. Ich brauchte sie nicht zu sehen. Ich konnte sie spüren. Im Haus auf der linken Seite, hinter den Vorhängen. Sie warf mir einen bösen Blick zu. Sie hasste Kinder, alle Kinder.

Ein paar Häuser weiter wäre ich fast über meinen Schnürsenkel gestolpert. Ich hielt den Wagen fest, bevor ich in die Hocke ging, um ihn neu zu binden. Dabei warf ich einen Blick über meine Schulter zurück und sah, wie die Vorhänge zuckten. Das spielte jetzt keine Rolle mehr. Ich war nicht mehr in der Reichweite ihres bösen Blicks.

"Hey, warte doch! Warte!" Die Stimme meiner Freundin ertönte, als ihre Sandalen auf dem steinigen Weg aufsetzten. Endlich hatte es meine beste Freundin geschafft. Sandra war immer zu allem zu spät.

Ich drehte mich in ihre Richtung und sah, wie sie am Haus der alten Lady Macguire vorbeilief. Sie war ganz außer Atem, als sie mich erreichte. Wir fielen uns in die Arme. Wir hatten es beide sicher am Haus der alten Hexe vorbeigeschafft.

"Das wurde aber auch Zeit!" sagte ich etwas ungeduldig, als wir uns voneinander lösten.

"Tut mir leid, ich musste noch Hausarbeiten erledigen und meine Mutter wollte unbedingt meine Haare ausbürsten. Sie sagte, ich sei eine öffentliche Schande!"

"Dein Kleid ist hübsch", sagte ich und betrachtete die Falten und Schleifen, die die beiden Vordertaschen zierten. Es war hübsch und völlig unpassend zum Obstpflücken.

Sandra hielt sich mit einer Hand am Griff des Wagens fest und drückte mit der anderen Hand die Vorderseite des Kleides nach unten. "Ich hasse Rosa", sagte sie.

Ihre Hand neben meiner passte perfekt und wir konnten den Wagen mit Leichtigkeit nebeneinander herziehen.

"Mama hat mir versprochen, auf dem Heimweg am Laden an der Ecke anzuhalten und ein Brot zu kaufen." Sie griff in ihre Tasche: "Sie hat mir vierundzwanzig Cent gegeben, plus einen Nickel, damit wir uns ein Bananen-Eis teilen können."

"Oh, das ist etwas, worauf wir uns freuen können." Banane war unsere Lieblingssorte.

Wir liefen weiter. Irgendwo hinter uns bellte ein Hund.

"Um das Geld für das Eis zu bekommen, musste ich dieses blöde Kleid anziehen."

"Es ist nicht blöd", sagte ich und wünschte mir, ich hätte selbst ein hübsches Kleid, das ich an einem Tag tragen könnte, der kein Kirchentag ist. Mit zwei Brüdern, einer Schwester und einem weiteren Baby war es unwahrscheinlich, dass ich in nächster Zeit ein neues Kleid bekommen würde.

Sandra flüsterte: "Hast du sie gesehen?" Ich wusste, dass sie die alte Lady Macguire meinte. "Hast du heute ihren bösen Blick auf dir gespürt?"

"Nein, denn ich habe meine Finger und meine Augen gekreuzt." Ich habe gelogen.

"Gute Idee", sagte sie, verlagerte das meiste Gewicht auf ihre Seite und fragte: "Soll ich übernehmen und eine Weile ziehen?"

"Nein, du könntest dein Kleid beschmutzen." Sandra lachte. "Zusammen macht es mehr Spaß", sagte ich, als wir am Haus von Mr. Holiday und dann am Haus von Mr. und Mrs. Otter vorbeischlenderten.

Als wir unser Ziel fast erreicht hatten, wurden wir still. Als beste Freunde mussten wir nicht die ganze Zeit reden. Das Ziel unserer Reise war ein gemeinsames, das von den *schwarzen Johannisbeersträuchern von Miss Virginia Martin abhing. Wenn es reichlich Johannisbeeren gab, ließ sie uns vielleicht einen Teil davon mitnehmen. Wenn die Ernte knapp war, wäre unsere Reise wieder umsonst gewesen.

"Ich kann es kaum erwarten, zu sehen, wie viele Früchte es gibt", sagte ich.

"Ich habe das Gefühl, dass wir Glück haben werden", sagte Sandra.

Wir hielten an und sahen uns das Haus von Miss Virginia an. Der Vorgarten war immer makellos, als ob der Wind wüsste, dass er den Müll und das Laub wegblasen muss, damit sie ihren schönen Rasen nicht verschmutzen.

Seit ich ein kleines Mädchen war, habe ich immer nach freundlichen Gesichtern in Häusern Ausschau gehalten. Meine Mutter sagte, das sei eine Angewohnheit, die ich mir mit der Zeit abgewöhnen würde.

Das Haus von Miss Virginia hatte ein ungewöhnliches, aber freundliches Gesicht mit zwei runden Fenstern an der Spitze. Wenn die Jalousien halb oder ganz heruntergezogen waren, sahen sie wie Augenlider aus. Dieses Merkmal war anders als bei allen anderen Häusern, die ich gesehen hatte.

Zwischen den Augen wuchs eine Nase. Eine Nase aus Ziegeln. Der Unterschied war, dass diese Ziegel aufrecht standen, während der Rest der Ziegel zur Seite lag. Ich bekam eine Gänsehaut, denn es war, als ob der Baumeister wusste, dass er eine Nase nur für mich gebaut hatte. Ich weiß, das klingt wahrscheinlich albern.

Dann ging es weiter zum Mund, der von den Doppeltüren gebildet wurde. Ein Buntglasfenster an der Oberseite ließ ihn wie eine Reihe von Zähnen mit Zahnspangen aussehen.

Ich liebte es, vor dem Haus zu stehen und es zu betrachten, weil es auch ein Ort war, an dem die Natur gedieh. Ich lachte, als ich mich daran erinnerte, wie der wild wachsende Efeu das Haus manchmal aussehen ließ, als hätte es einen Schnurrbart oder einen Bart.

Ich bemerkte, dass Sandra Penny Lane summte. Sie summte immer, wenn sie gelangweilt war. Die Beatles waren okay, aber ich mochte lieber die Stones.

Sandra strich sich die blonden Haare aus dem Gesicht, während die Fliegen um sie herumschwirrten, als ob ihr Schweiß eine Einladung zum Schwärmen wäre.

Ich löste meinen Griff um den Wagen und stellte mich auf die Zehenspitzen, um über den Zaun zu sehen. Ich hoffte, dass ich dieses Mal groß genug war, aber ich hatte kein Glück. Sandra versuchte es, da sie ein bisschen größer war, aber auch sie konnte nicht hinübersehen. Ich hielt den Wagen fest, während Sandra einstieg und versuchte, hinüberzusehen, aber auch das klappte nicht.

"Ich glaube, wir sollten einfach hochgehen und fragen", sagte Sandra.

"Na gut."

Wir zogen den Wagen auf Miss Virginias Vorgarten und parkten ihn, dann schlenderten wir die lange, mit Blumen gesäumte Auffahrt hinauf. Sonnenblumen nickten mit den Köpfen und verbeugten sich vor uns, als wären wir königliche Gäste. Ein paar Pusteblumen kämpften im Schatten ihrer Cousins und Cousinen.

"Weißt du noch, als mein Vater uns den Löwenzahnwein probieren ließ, den er gemacht hat?"

"Das war das Schrecklichste, was ich je gekostet habe", sagte Sandra.

"Ich weiß, aber du hättest ihn trotzdem nicht ausspucken dürfen." Wir lachten, als wir uns daran erinnerten, dass der Wein auf Papas Hemd gespritzt war. "Papa fand dich sehr unhöflich."

"Das wollte ich nicht sein." Sie schaute auf ihre Füße. "Hey, wisst ihr was? Wir könnten nach Sonnenblumen fragen und sie verkaufen."

"Sie sind hübsch, aber halten wir uns an den Plan. Mrs. Smith hat gesagt, dass sie uns zwei Quarter (fünfzig Cent) für so viele schwarze Johannisbeeren zahlt, wie wir tragen können, also haben wir schon einen Käufer. Wir kennen niemanden, der Sonnenblumen will."

"Ich dachte nur, jemand könnte die Samen wollen. Aber okay."

Ich warf meinem Freund einen Blick zu und beschloss, nichts mehr zu dem Thema zu sagen.

Unten an der Treppe angekommen, sammelten wir unsere Gedanken. Aus Erfahrung wussten wir, dass es nicht darauf ankam, was wir sagten, sondern wie wir es sagten.

Beim letzten Mal haben wir kläglich versagt. Miss Virginia sagte, die schwarzen Johannisbeeren seien noch nicht fertig. Sie freute sich darauf, neue Rezepte für den jährlichen Herbstmarkt zu kreieren.

Miss Virginia war in unserem Landkreis berühmt, da sie zahlreiche Goldmedaillen für Rezepte mit schwarzen Johannisbeeren gewonnen hatte. Ihr Bild war oft in der Lokalzeitung zu sehen, manchmal sogar auf der Titelseite.

Es war ihr gutes Recht, die Früchte für sich zu behalten, aber in der Welt ging es darum, sie zu teilen. Wir hofften, sie davon überzeugen zu können, uns einen Teil der schwarzen Johannisbeeren zur Verfügung zu stellen.

Bei diesem Besuch muss uns die Enttäuschung ins Gesicht geschrieben gestanden haben, denn Miss Virginia lud uns stattdessen ein, ihr beim Pflücken von Äpfeln und Birnen zu helfen. Sie bot uns an, uns jeweils zehn Cent zu zahlen, aber das reichte nicht, um das zu bekommen, was wir wollten. Wir bedankten uns bei ihr für ihr freundliches und großzügiges Angebot, lehnten aber ab.

"Was ist, wenn sie nein sagt?" fragte Sandra und schaute mir dabei in die Augen.

Ich streckte die Hand aus und berührte die langen blonden Locken meiner Freundin, dann zog ich ein wenig an der Strähne. "Komm schon, lass es uns herausfinden."

Sandra begann zu rennen, aber ich fing sie rechtzeitig ab und murmelte die Worte "DECORUM", woraufhin Sandra antwortete: "Häh?" "Langsam", flüsterte ich. "Denk daran, dass wir junge Damen sind."

Wir kicherten. Sandra strich die Vorderseite ihres Kleides wieder glatt.

Ich nahm meine Hände aus den Taschen und griff nach dem Türklopfer. Noch bevor ich ihn berührt hatte, riss Miss Virginia die Tür auf. Sie lächelte, nicht nur mit ihrem Mund, sondern auch mit ihren Augen. Sie war froh, uns zu sehen, das war ein gutes Zeichen.

"Wen haben wir denn da an diesem schönen Morgen?", fragte sie und wusste genau, wen sie da hatte, denn Sandra und ich waren den ganzen Sommer über immer wieder gekommen. Wir waren mehr als ein Dutzend Mal auf ihre Veranda geklettert, um nach den schwarzen Johannisbeeren zu fragen.

"Wir sind es, Sandra und ich", sagte ich und wir beide machten einen Knicks. Das war unser bester Knicks, auch wenn die echte Königin von England das vielleicht nicht so gesehen hätte. Miss Virginia applaudierte.

"Sieh an, sieh an", sagte Miss Virginia, während sie uns von oben bis unten musterte. Sandra in ihrem hübschen rosa Kleid und ich in meiner Latzhose. "Seht ihr beide nicht..." Sie zögerte. "Ihr Mädchen erinnert mich an..." Sie hielt inne, ihre Worte und ihr Gesichtsausdruck waren wie eingefroren. Ihre Augen wurden traurig, aber nur für eine Sekunde. Dann lächelte sie. "Ihr seht aus wie ein Bild, ich würde sogar gerne ein Foto machen, wenn ihr nichts dagegen habt."

Ihr Wechsel von glücklich zu traurig und wieder zurück zu glücklich bereitete mir Bauchschmerzen. Ich schaute Sandra an und wir stimmten zu. Miss Virginia lud uns ein, drinnen zu warten, während sie die Kamera vorbereitete. Im anderen Raum konnten wir hören, wie sie Schubladen öffnete und schloss.

"Ich mache mir Sorgen wegen des Wagens", flüsterte Sandra.

Ich richtete mich auf und schaute aus dem Fenster. "Alles ist in Ordnung." Danach behielt ich den Wagen im Auge, denn ich wollte nicht, dass er wieder verloren ging.

So wie das eine Mal, als wir für ein Glas Limonade hinein gingen. Als wir wieder herauskamen, war er verschwunden. Wir liefen und liefen und versuchten, ihn zu finden, aber es gab keine Spur von dem Wagen.

Sandra und ich gingen nach Hause. Ich war furchtbar aufgeregt und weinte wie ein Baby. Der Wagen bedeutete mir sehr viel, mit quietschenden Rädern und allem drum und dran. Er war ein Weihnachtsgeschenk von meinen Großeltern gewesen.

Unsere Eltern und Freunde suchten, bis die Straßenlaternen wieder angingen. Am nächsten Tag gaben wir eine Anzeige im Fundbüro auf. Es wurde jenseits des Waldgebiets gefunden, umgestürzt auf dem Feld eines Bauern.

Wir, Sandra und ich, wussten, wer es dort hingelegt hatte. Natürlich war es die alte Lady Macguire, aber wir hatten keine Beweise. Papa sagte, man solle nie jemanden ohne Beweise beschuldigen, aber wir hatten gesehen, wie sie uns mit ihrem bösen Blick beobachtet hatte.

In diesem Moment kam Miss Virginia mit einer Kodak Instamatic zurück. Ich hatte eine Anzeige dafür in Dads Life Magazine gesehen. Die 104 war ein echter Knaller.

"Kommt alle her, Mädels."

"Wäre das Licht draußen nicht besser?" fragte ich.

Sie lächelte und öffnete die Haustür.

Wir warteten auf der Veranda und versuchten, nicht zu sehr zu zappeln, während Miss Virginia entschied, wo wir stehen sollten, um das beste Licht zu bekommen.

Ich lehnte mich an die Verandawand und versuchte, einen Blick auf die schwarzen Johannisbeersträucher zu erhaschen, aber es war vergeblich.

"Hmmm", sagte Miss Virginia, "warum gehen wir nicht in den Garten? Wenn alles blüht, könnten wir ein paar schöne Fotos machen."

Sandra und ich grinsten.

Wir machten uns auf den Weg die Treppe hinunter. Sandra erreichte den Boden mit einem schnellen Sprung, sehr zu meiner Verachtung. Miss Virginia schien das nicht zu stören. Wir schlenderten hinter ihr her und nahmen jedes Wort auf. "Hier wächst die Petersilie, und hier sind meine Tomaten. Meine Güte, wie groß sie dieses Jahr geworden sind. Es geht nichts über frische Tomatensoße. Und hier drüben ist mein Löwenzahnbeet. Aus ihnen mache ich Löwenzahnwein."

Sandra schnappte nach Luft und machte ein Gesicht.

Miss Virginia schien es nicht zu bemerken. "Und hier ist mein Beet mit schwarzen Johannisbeeren, aber das kennt ihr natürlich schon."

Ich versuchte, nicht zu aufgeregt auszusehen und warf einen Blick über die Schulter auf den Wagen, um abzuschätzen, wie viel wir auf einer Fahrt transportieren konnten. Ich wünschte, ich hätte ihn mit in den Garten genommen.

Ich spürte, wie Sandras Arm meinen berührte. Ich bemerkte, dass ihr Mund weit offen stand, als sie die Johannisbeeren anstarrte. Sie sah aus wie ein Hund, der auf sein Abendessen wartet.

"Ich würde ihn schließen, junge Dame", rief Miss Virginia, "es sei denn, du willst ein paar Fliegen fangen."

Sandra verbarg ihren Mund hinter ihrer Hand.

Miss Virginia lachte fast schon kichernd, als wir die schwarzen Johannisbeersträucher in voller Blüte betrachteten. Die Früchte hingen dort, bereit, gepflückt zu werden. Viele, viele Johannisbeeren. Wir waren so aufgeregt, dass wir einen Schrei ausstießen.

"Zuerst die Fotos", erinnerte uns Miss Virginia. Miss Virginia versuchte, den bestmöglichen Winkel zu finden, denn die Bäume streckten sich im Sonnenlicht und warfen Schatten.

Mir wurde klar, dass Miss Virginia bei so vielen Johannisbeeren, die gepflückt werden mussten, unsere Hilfe brauchen würde und dass sie uns mehr Geld anbieten musste, als sie es tat, als sie uns bat, die Äpfel und Birnen zu pflücken. Bei den Äpfeln und Birnen waren wir auf das beschränkt, was wir erreichen konnten. Bei den schwarzen Johannisbeersträuchern konnten wir herumlaufen und jede einzelne Johannisbeere pflücken.

"Dürfen wir jetzt welche pflücken?" fragte Sandra.

Ich schüttelte den Kopf und hoffte, dass sie unsere Chance nicht vertan hatte.

"Ich möchte ein Foto mit den schwarzen Johannisbeersträuchern hinter dir machen. Passt auf, dass ihr sie nicht zerquetscht oder die Früchte abschlagt und um Himmels willen, esst keine vor dem Foto, sonst werden eure Hände und Münder schmutzig. Oh, jetzt fällt es mir ein. Ihr wartet hier, während ich kurz reinkomme."

Als wir allein vor den Johannisbeeren standen, war es, als ob sie unsere Namen riefen. Wir zappelten. warteten. Versuchten, nicht auf die flüsternden schwarzen Johannisbeersträucher zu hören. Sie luden uns ein, eine zu pflücken. Eine zu probieren.

"Das ist verrückt", sagte Sandra. Sie öffnete und schloss ihre Fäuste. Sie drehte sich um und wandte sich den Johannisbeersträuchern zu.

Ich drehte mich auch um. "Finde ich auch. Aber wenn wir auf die schwarzen Johannisbeeren warten, werden wir an einem Nachmittag genug Geld mit dem Verkauf verdienen."

"Stimmt", sagte Sandra und betrachtete die Fruchtbüschel. "Aber ich muss eine haben."

"Tu das nicht", sagte ich.

"Aber sie wird es nie erfahren!"

"Okay, lass uns eine Beere pflücken."

"Aber die sind doch so klein."

Sandra pflückte eine und ich auch. Ich steckte sie in den Mund und der süße und saure Geschmack machte mir Lust auf noch eine. Und noch eine. Wir schnappten uns eine Handvoll und steckten sie uns in den Mund. Der Saft der Johannisbeeren überzog meine Zunge.

Miss Virginia kehrte in den Garten zurück.

Wir müssen ein schöner Anblick gewesen sein. Sandra hatte den Saft im Gesicht und auf ihrem Kleid verschmiert. Ich versteckte meine Hände in meinen Taschen.

Miss Virginia wurde nicht böse auf uns. Stattdessen sagte sie: "Oh, sieh dir dein hübsches Kleid an. Sie schüttelte den Kopf. Sie trat zur Seite. "Das war's für heute, Mädels. Ihr könnt jetzt nach Hause gehen."

"Aber Miss Virginia. Was ist mit den schwarzen Johannisbeeren?"

"Ja", sagte Sandra. "Es tut uns leid, dass wir nicht gewartet haben, aber sie haben nach uns gerufen."

Miss Virginia lachte. "Ich weiß noch, wie sie nach meinen Schwestern und mir gerufen haben."

Sie wurde wieder ganz traurig und mein Magen machte diese komische Sache. "Was ist mit den Bildern?"

Miss Virginia bat uns, unsere Plätze einzunehmen und sagte dann: "Sagt Käse." Nach ein paar Fotos fragte sie: "Warum interessiert ihr euch eigentlich so für meine schwarzen Johannisbeeren?"

Sandra flüsterte mir ins Ohr und wir waren uns einig, ihr alles zu erzählen.

"Miss Virginia, wir wollen genug Geld verdienen, um Freundschaftsarmbänder zu tauschen. Wir haben sie auf dem Markt gesehen, und sie kosten ein Viertel pro Stück", sagte Sandra.

"Die Dame auf dem Markt macht sie selbst. Sie sagte, wir könnten eine Freundschaftszeremonie machen und dann wären wir beste Freunde fürs Leben."

Miss Virginia sagte zunächst nichts. Stattdessen ging sie durch das Tor hinaus und wir folgten ihr. Sie blieb stehen und berührte die Gesichter der Sonnenblumen, als ob die Blumen alte Freunde wären. Sie schien in Gedanken versunken zu sein.

Ich fragte mich, ob wir zu viel verlangten, während wir zu wenig zurückgaben.

"Kommt mit mir", sagte Miss Virginia und begann, Löwenzahn zu pflücken. Als ihre Arme voll waren, reichte sie Sandra ein paar davon, pflückte noch mehr und reichte sie an mich weiter. Als sie noch nicht fertig war, pflückte sie noch mehr und hielt sie vorne in ihr Kleid. Sie setzte sich hin und machte einen Haufen aus den von ihr gesammelten Blumen. Sie bat uns, unsere Blumen mit den ihren zu kombinieren. Wir setzten uns auch hin, Sandra auf die eine und ich auf die andere Seite.

Miss Virginia nahm eine einzelne Blume auf, dann eine weitere. Wir sahen zu, wie sie ihren Fingernagel in die Stängel steckte und die Milch des Löwenzahns fließen ließ. Obwohl ihre Finger klebrig wurden, fädelte sie sie weiter zu einer Kette aus Löwenzahnblüten zusammen. Sie beendete eine Kette und begann eine andere.

"Siehst du diese milchige Substanz?" fragte Miss Virginia. Wir nickten. "Was glaubt ihr, was das ist?"

"Ist es Blut?" fragte Sandra.

Das fragte ich mich auch, aber ich wollte es nicht sagen, weil ich noch nie von weißem Blut gehört hatte. Ich wagte es nicht zu raten und zuckte stattdessen mit den Schultern.

"Habt ihr schon mal von Latex gehört?"

Wir schüttelten unsere Köpfe.

"Man stellt daraus Gummi her."

"Du meinst, so wie mein Moosgummiball?"

"Der hüpft richtig hoch!" sagte Sandra.

"Ja, Mädchen, du hast es erfasst. Deshalb ist er auch so klebrig." Sie reihte die Blumen weiter aneinander. "Die haben meine Schwestern und ich immer gemacht, als wir so alt waren wie du."

"Was ist aus ihnen geworden, ich meine aus deinen Schwestern?" fragte Sandra.

"Sie sind im Himmel", sagte sie, während sie eine dritte Blumenkette begann.

"Wenigstens sind sie zusammen."

Miss Virginia tätschelte meine Hand. "Du bist sehr reif für dein Alter, nicht wahr? Hast du gesagt, du bist gerade sieben geworden?"

"Ja, das bin ich."

"Und du Sandra?"

"Ich bin auch sieben."

Miss Virginia starrte in den Himmel und ein paar Augenblicke lang sahen wir den Wolken zu, die über uns hinwegsegelten.

"Die da sieht aus wie ein Bär", sagte ich und deutete nach oben.

"Und die da sieht aus wie ein großer Klecks Nichts", sagte Sandra.

Wir lachten. Miss Virginia hatte ein schönes Lachen. "Also, wer ist der Erste?", fragte sie und da ich ihr am nächsten war, nahm sie meinen Arm. Sie legte die Blumenkette um mein Handgelenk und schloss den Kreis: Es war ein Armband. Sie tat dasselbe an Sandras Handgelenk und schloss dann den dritten Kreis um ihr eigenes.

"Ah", sagte Miss Virginia und bemerkte, dass sie noch ein paar Pusteblumen übrig hatte. Sie begann, sie aneinander zu reihen, bis sie keine mehr hatte. Sie stand auf. Auch wir standen auf.

Miss Virginia legte die Blumenkette auf Sandras Kopf. "Das nennt man eine Girlande", sagte sie. "Möchtest du auch eine?"

"Nein, danke", sagte ich.

"Ich könnte eine hübsche Halskette für dich machen?"

Ich schaute auf meine Füße. "Ich würde nicht den ganzen Löwenzahn verbrauchen wollen. Du brauchst sie für den Wein."

Sandra verdrehte die Augen und streckte mir die Zunge heraus.

Miss Virginia beachtete Sandras Grimassenschneiden nicht.

"Ach, das ist doch kein Problem", sagte Miss Virginia, "ich habe noch welche vom letzten Jahr übrig", und begann zu pflücken. Wir machten mit und zu dritt trug ich schon bald ein wunderschönes, sonniges Halsband. Wenn ich mich drehte, drehte es sich auch.

Zufrieden mit unserem Schmuck hatten Sandra und ich es nicht eilig, abzureisen, und verbrachten den Nachmittag damit, Unkraut zu jäten und den Garten aufzuräumen.

Als es fast Zeit zum Abendessen war, sagten wir, dass wir gehen müssten.

"Wartet hier nur einen Moment", sagte Miss Virginia. Sie kam mit einem Waschlappen, einer Schüssel voll Wasser und ihrer Brieftasche zurück. "Darf ich?

Als Sandra nickte, tauchte Miss Virginia den Lappen in das Wasser und entfernte den Fleck von Sandras Kleid. "Er wird trocknen, während du nach Hause gehst." Sie benutzte den Waschlappen für unsere Hände und unser Gesicht.

"Danke", sagten wir.

"Oh, und noch etwas", sie griff in ihre Brieftasche und reichte uns zwei Vierteldollar.

Wir konnten die Freundschaftsarmbänder also doch noch kaufen!

Ohne zu zögern oder zu überlegen, lehnten wir dankend ab.

Miss Virginia schien es nicht zu stören. "Wir sehen uns nächstes Jahr", sagte sie, bevor sie die Haustür schloss.

Wir zogen den leeren Wagen über die holprige Straße und hielten den Griff vorsichtig fest, um unsere Armbänder nicht zu beschädigen.

"Vielleicht nächstes Jahr?" fragte Sandra.

"Ja, vielleicht nächstes Jahr", antwortete ich. "Jetzt lass uns erst einmal das Brot holen."

Sandra griff in ihre Tasche. Sie klimperte mit dem Wechselgeld herum. "Vergiss das Bananen-Eis nicht."

Als wir am Laden an der Ecke ankamen, ließen wir die Klinke fallen und eilten hinein, ohne einen Gedanken an die alte Lady Macguire zu verschwenden.

EPILOG

Siebenundvierzig Jahre später kehrte ich mit meinem Sohn im Teenageralter in diese Straße zurück und wie du dir vorstellen kannst, hatten sich viele Dinge verändert. Manches zum Guten, manches nicht.

Die Straße war keine Sackgasse mehr. Sie war vollständig gepflastert und verbreitert, sodass es keine Gräben mehr gab. Die meisten Häuser waren mit Holz- und Aluminiumverkleidungen neu gebaut worden. Ein paar hatten Satellitenschüsseln angebracht.

Jetzt, wo die Straße offen war, füllten eine neue Straße, viele Häuser, ein Mobilfunkturm und ein Wasserkraftwerk den Raum.

Das Haus von Miss Virginia wurde abgerissen und in Wohneinheiten umgewandelt. Der hintere Garten wurde zu einem Parkplatz gepflastert.

Das Haus der alten Lady Macguire sieht noch fast genauso aus, obwohl die Vorhänge durch California Shutters ersetzt wurden.

Sandra und ich gingen getrennte Wege, als ihre Familie in den Norden zog. Sie kehrte 1975 nach Hause zurück und wir sahen uns den Film Jaws an. Danach haben wir uns aus den Augen verloren.

Mein roter Wagen wurde an meine Brüder und Schwestern und dann an meine Cousins und Cousinen weitergegeben. Wenn er sprechen könnte, hätte er viele wunderbare Geschichten zu erzählen.

Allein die Erwähnung von schwarzen Johannisbeeren versetzt mich immer noch in den Sommer '67 zurück.

DER HELLSTE STERN

Es war spät am Abend und ein junges Paar stand unter der Decke des ungetrübten Nachthimmels. Hinter ihnen bewachte eine Mauer aus duftenden Immergrünen die Grenzen.

Unter dem Vollmond waren William und Linda geerdet, indem sie sich an den Händen hielten, auch wenn ihre Augen und ihr Geist von den Sternen verzehrt wurden.

Der Mitternachtshimmel breitete seine Arme weit über sie aus. In der Umarmung der dunklen Nacht tanzten sie langsam zum ausgewählten Repertoire der Northern Mockingbird, während Sterne und Glühwürmchen um Aufmerksamkeit buhlten.

Das Paar fühlte sich, als wären sie die einzigen beiden Lebewesen, die noch auf der Erde waren. Gemeinsam waren sie am Rande der Welt, lauschend, verheiratet mit dem Himmel und, nachdem die Spottdrossel weggeflogen war, mit den anregenden Klängen der Stille.

Bis ein einsamer Stern aufflammte, direkt vor ihnen, der die Aufmerksamkeit auf sich zog. Eine Sternschnuppe. Sie fiel herab. Sie brannte sich einen Weg über den Himmel. Zischend, in einem unsichtbaren elektrischen Strom, rasend, fallend.

"Habt ihr das gehört?" fragte William.

"Ja, es klang wie Engel, die mit den Flügeln klatschen", antwortete Linda.

Sie sahen zu, wie es sich näherte, den Kurs änderte und hinter einer Wolke verschwand. Die Erfahrung, es zu sehen und mitzuerleben, gab dem Paar das Gefühl, Teil von etwas Größerem zu sein, etwas Jenseitigem.

Wir wurden alle aus Sternenstaub geboren. Für immer miteinander verbunden, sowohl die Lebenden als auch die Toten.

Als der Stern nicht mehr zu sehen war, setzte sich das Paar zusammen und wartete darauf, dass etwas anderes passierte. Keiner von beiden sprach, denn sie hielten die Erinnerung fest und vermischten Gefühle und Empfindungen. Sie hielten den Moment für immer in ihren Köpfen fest.

Linda und William wussten eines ganz genau: Die Natur war der Schlüssel. An Tagen, an denen alles unmöglich schien, an denen das Leben unerträglich war, heilte sie die spirituelle Verbindung zu den Elementen. Sie gab ihnen Hoffnung und richtete ihre Herzen, ihren Geist und ihren Körper auf.

"Hast du dir etwas gewünscht?" fragte Linda, als ein Schwarm Kanadagänse über den Himmel hupte.

"Nein, ich habe dich schon", antwortete William, während er Linda in die Arme schloss. Das junge Paar starrte weiter in den Himmel, bis die Gänse nicht mehr zu sehen und zu hören waren.

Linda und William hatten so viel zusammen durchgemacht und doch war der andere für sie genug.

"Weißt du, ich könnte ewig hier mit dir sitzen und die Welt an mir vorbeiziehen lassen, William. Ich habe nicht das Gefühl, etwas zu verpassen, und ich mag es, wenn die Welt still ist und es fast so ist, als wären wir beide auf einer eigenen Insel gestrandet."

William umarmte sie immer enger und Linda saß nun bequem auf seinem Schoß.

Während sie sich die Hände reichten, ertönte in der Ferne eine Sirene. Sie brach kurz in ihre kleine Welt ein, bis William mit geflüsterter Stimme begann, sein Lieblingsgedicht von Walt Whitman zu rezitieren:

"Als ich den gelehrten Astronomen hörte, als die Beweise, die Zahlen, in Säulen vor mir aufgereiht waren, als mir die Karten und Diagramme gezeigt wurden, um sie zu addieren, zu teilen und zu messen, als ich den Astronomen rührend hörte, als er mit viel Beifall im Hörsaal vortrug, wie bald wurde ich unerklärlich müde und krank, bis ich aufstand und hinausglitt, um allein in der mystischen, feuchten Nachtluft zu wandern und von Zeit zu Zeit in vollkommener Stille zu den Sternen hinaufzusehen." *

In der Ferne heulte eine Sirene und unterbrach den Moment. Gefolgt von einer weiteren und einer dritten. Die Echos zerrissen die Stille, aber nur für eine kurze Zeit, so wie der Stern. Einer schreit, einer brennt. Beide mussten etwas erreichen - schnell. Das erste war ein hässliches, raues Geräusch, ein Geräusch, das Gefahr und Chaos bedeutete. Ein Mitmensch brauchte Hilfe, sofort. Der zweite, ein Stern, der mit wunderschönen Engelsflügeln flatterte und starb. Das Ende.

So ist das Leben und so ist der Tod. Wir enden alle auf dieselbe Weise, egal wie sehr wir schreien oder wie sehr wir uns bemühen, aufzufallen und nützlich zu sein.

Das Paar blieb sitzen und war ganz in den Moment versunken. Sie teilten jeden Atemzug, während sich die Nacht um sie herum ausbreitete. Grillen zirpten und Mücken surrten. Die Bäume stöhnten und beschwerten sich über den Wind, der sie zu früh geweckt hatte.

Linda erinnerte sich an den Tag, an dem sie William zum ersten Mal traf. In war in der High School und sie waren sechzehn Jahre alt. Linda war das neue Kind aus einer Militärfamilie, die ständig umzog. Trotzdem hatte sie nie Probleme, sich anzupassen oder Freunde zu finden, denn sie war süß und hübsch und die Leute fühlten sich zu ihr hingezogen. Als sie William zum ersten Mal auf dem Footballfeld sah, wusste sie, dass er der Richtige für sie war. Er warf einen Blick in ihre Richtung, lächelte und bat sie einige Zeit später um ein Date. Schon bald waren sie ein Paar, Highschool-Lieblinge. Sie waren dazu bestimmt, für immer zusammen zu sein.

William war ein Einzelkind und seine erste Liebe galt dem Sport. Er hoffte, nach seinem Abschluss ein Football-Stipendium an einer der besten Universitäten zu bekommen. Wenn er nicht gerade trainierte, spielte er. Er war kein Gelehrter, ganz und gar nicht, aber er bewunderte anspruchsvolle Arbeit und war ein ausgezeichneter Menschenkenner. Eines Tages entdeckte er Linda, die sich abmühte, das Schloss ihres Spinds zu öffnen. Er bot seine Hilfe an, aber es öffnete sich in dem Moment, als er darum bat. Nach diesem Tag wollte er sie fragen, ob sie mit ihm ausgehen wollte, aber er tat es nicht, bis sie sich auf dem Fußballfeld kurz ansahen. Als sie ihn anlächelte, wusste er, dass sie die Richtige war

Leider führten ihre Karrierewege sie in unterschiedliche Richtungen. Es war ein tränenreicher Abschied für beide. Beide versprachen, jedes Wochenende nach Hause zu kommen und jeden Tag in Kontakt zu bleiben. Zuerst schrieben sie sich täglich SMS und riefen an, dann wurde daraus jeder zweite Tag und schließlich jede Woche. Das war aber in Ordnung, denn sie kamen immer noch jedes Wochenende nach Hause, um sich zu sehen und zusammen zu sein. Die Trennung und das erneute Zusammenkommen machten sie stärker und verbanden sie mehr.

Dann geschah etwas, von dem keiner so genau wusste, was es war. Vielleicht waren sie zu beschäftigt, vielleicht wurde das Getrenntsein aber auch zur neuen Normalität.

Da sie sich nach der Gesellschaft des anderen sehnten, sie aber nicht haben konnten, fingen sie an, sich mit anderen Menschen zu treffen. Sie stimmten zu, sich mit anderen zu treffen, sozusagen um das Wasser zu testen.

William verabredete sich ein- oder zweimal, aber egal mit wem er sich traf, alles, woran er denken konnte, war Linda. Er fragte sich, was sie tat und mit wem sie zusammen war. Er versuchte, sich nicht darum zu kümmern, wenn die Leute über sie sprachen oder sie bei einem Date sahen, aber es war ihm nicht egal - er liebte sie - sie war alles für ihn - aber wenn sie glücklich war, war er Manns genug, sich zurückzuhalten und ihr Zeit zu geben, um herauszufinden, was er bereits wusste.

Linda hatte auch Dates, sie war umwerfend und klug. Sie versuchte, William und die Gedanken an ihn aus ihrem Kopf zu verdrängen. Sie versuchte alles, traf sich mit anderen Männern als William, aber es fehlte immer etwas. Als sie hörte, dass er sich mit anderen Frauen traf, streckte sie ihr Kinn vor und sagte: "Wenn er es kann, kann ich es auch." Eine ihrer Freundinnen, die William heimlich für sich haben wollte, wies sie ab und Linda traf sich weiter mit einem Mann, von dem sie wusste, dass er nichts für sie war. Tatsächlich konnte keiner der Männer William das Wasser reichen, denn sie liebte ihn und nur ihn. Ihr Herz konnte keinen anderen lieben.

Dann ging sie nach Hause, und William war auch zu Hause, und sie rannten zueinander wie die Schauspieler in den Filmen und schworen sich, dass sie nie wieder getrennt sein würden, sobald sie ihren Abschluss hätten. Und so geschah es dann auch.

Fünfzehn Jahre später sind sie immer noch verheiratet. Immer noch zusammen.

Selbst als sie ihre Jobs verloren. In der gleichen Firma zu arbeiten hatte seine Vorteile, aber nicht, wenn die Wirtschaft schlecht lief und es hieß: Wer zuletzt kommt, mahlt zuerst. Linda wurde als Erste entlassen und suchte nach einem neuen Job, aber da das Baby unterwegs war, entschieden sie sich, bei der gleichen

Firma zu bleiben, wobei William Vollzeit arbeiten und die volle medizinische Versorgung in Anspruch nehmen sollte, während Linda zu Hause bleiben sollte, bis ihr Sohn alt genug war, um eine Kindertagesstätte zu besuchen (die die Firma vor Ort hatte).

Anstatt dass die Wirtschaft besser wurde, verschlechterte sie sich und bald war auch William arbeitslos. Beide nahmen Gelegenheitsjobs an, wo und wann immer sie konnten, und teilten sich die Betreuung ihres Sohnes auf, da die Einstellung eines Babysitters zu kostspielig war und sie jeden Penny brauchten, um ihre Hypothek weiter zu bezahlen.

Als sie keine Arbeit mehr finden konnten, verloren sie ihr Haus. Wie alle ihre Freunde waren sie bis zum Anschlag verschuldet und dann obdachlos. Sie lebten ein paar Monate lang in ihrem Auto, bis die Gläubiger sie aufspürten und auch dieses pfändeten.

Sie blieben zusammen, stark. Sie klammerten sich aneinander.

Als sie ihren Sohn verloren, stellte das alles auf die Probe. Keine Krankenversicherung, kein Zuhause, keine Adresse. Ein Virus, eine Grippe, eine Lungenentzündung und eines Nachts war er weg.

Ihn zu verlieren, brachte sie fast um den Verstand. Sie wankten und schwankten, als die Wellen der Verzweiflung sie hinunter zogen, und Flaschen mit Alkohol zur Selbstmedikation zogen sie für ein paar Momente hoch, bevor sie in die Gosse stürzten und sie fast zerrissen. Jetzt hatten sie nur noch die Erinnerungen an ihren Jungen und ein Foto, das in einem Plastikschlitz in der Mitte eines Kissens eingerahmt war, das sie in einem

Rucksack mit Wechselkleidung, Toilettenartikeln und einer Rolle Toilettenpapier mit sich führten.

Dann entdeckten sie eine Verbindung zu ihrem Sohn durch die Natur. Sie gingen höher und höher und spürten seine Anwesenheit in Verbindung mit dem Himmel. Sie brauchten keine Nahrung und wenn doch, fanden sie etwas in der Natur. Sie badeten in den Bächen, aßen Äpfel und wilde Beeren. Löwenzahn und wilden Spargel. Pusteblumen und Frühlingszwiebeln. Brunnenkresse und Wildreis aus dem Norden. Alles Köstlichkeiten, die sie aufspüren und zubereiten konnten, ohne etwas in der Hand zu haben. Und Wasser, sie schlürften den Morgentau von den Blättern der Bäume und wenn es regnete, öffneten sie ihre Münder zum Himmel und tranken sich satt.

Und sie fanden diesen Platz, hoch über den Lichtern der Stadt. Weit weg von Versuchung und Lärmbelästigung. Umgeben von Natur, wo sie ganz bei sich sein konnten. An einem Ort, an dem sie sich nicht vor dem Schmerz verstecken mussten, an dem die Natur ihn für sie aufnahm, in ihnen.

Wo die Einfachheit eines herabfallenden Sterns sie in seinen Bann ziehen und ihnen ihren Sohn in einem Augenblick zurückbringen konnte, im Tod eines Nachtsterns.

"Wir sollten lieber schlafen gehen, morgen ist ein großer Tag", sagte William, als er seine Arme ausstreckte und gähnte.

"Ich möchte nicht, dass dieser Tag zu Ende geht."

Ein Kaninchen hüpfte über das Gras und blieb ab und zu stehen, um die Luft zu schnuppern. Ihre Mägen knurrten, aber keiner von ihnen war bereit, ein Leben für eine Mahlzeit zu opfern.

Linda griff in den Rucksack und zog das Kissen heraus. Sie küsste das Foto ihres Sohnes und William tat dasselbe.

William tupfte sich einen Platz für sich selbst und dann einen für Linda ab.

Linda plusterte das Kissen auf. Sie legte es auf den Boden, wo sie ihre Wange auf das Foto ihres Sohnes legte. William tat das Gleiche.

Sie kuschelten sich eng aneinander, wie zwei Löffel.

Da William hinten saß, entfaltete er vorsichtig die Zeitungsseiten. Eine Windböe kam auf sie zu und machte sich bemerkbar. William hielt die Zeitungen dicht an seiner Brust und schützte sie, als wären sie wertvoller als Gold.

Als sich die Luft wieder beruhigt hatte, deckte William Linda mit der ersten und zweiten Seite zu und überlappte dann die dritte und vierte Seite.

Sie kuschelten sich enger aneinander. So nah, wie zwei Menschen nur sein können.

"Gute Nacht, Schatz", sagte er.

"Liebe Nacht", erwiderte sie.

*When I Heard the Learn'd Astronomer von Walt Whitman 1865

MARGARETS OFFENBARUNG

Der Frühling lag in der Luft. Doch Margaret konnte sich nicht aus dem Trübsinn befreien.

Wenn sie von ihren Gefühlen überwältigt wurde, umarmte Margaret sich selbst, weil es ihr sonst niemand anbot. Ihre Freundinnen sagten, sie würde sich abkapseln. Sie sollte ihre Meinung sagen. Sie sollte um das bitten, was sie brauchte, nicht fordern. Sie sagte, sie solle nicht erwarten, dass ihr Mann E.S.P. hat.

In solchen Momenten rollte sich Margaret in einen imaginären, pelzigen Ball zusammen, wie eine Bärenmama. Dann streckte sie sich und gähnte, als ob sie aus einem langen Winterschlaf erwachen würde.

Trink noch einen, sagten sie, als ob das Besaufen alles besser machen würde.

Margaret sehnte sich nach einem Neuanfang. Eine saisonale Wiedergeburt, bei der sie sich wieder mit ihrem tiefsten Inneren verbinden konnte.

***

Um 5 Uhr morgens in einem Vorort von Toronto West in der Nähe des Ontariosees waren die Vögel aus ihrem Winterurlaub zurückgekehrt. Ein paar blieben das ganze Jahr über - diese betrachtete sie als ihre Allwetterfreunde. Sie hatten bereits den Heidelbeerstrauch entblößt. Um sie wieder anzulocken, füllte Margaret die Futterhäuschen mit schwarzen Ölsonnenblumensamen.

Im Winter reichte das Repertoire der Vogelstimmen von Blue Jays über Kardinäle und Tauben bis hin zu Killdeer. Margaret wartete jeden Morgen in der Stille, um zu hören, wie sie den neuen Tag einläuteten. Körperlich und geistig erfrischt, schloss sie die Augen und schlief wieder ein. Bis sie von widersprüchlichen Stimmen wachgerüttelt wurde.

Es war ihr jugendlicher Sohn gegen ihren Mann. Obwohl sie das gleiche Blut hatten, wetteiferten ihre Hormone um die Vorherrschaft und sie stritten sich - vor allem am Morgen.

Margaret und Michael Lindstrom heirateten vor dreizehn Jahren und kurz darauf wurde ihr dreizehnjähriger Sohn geboren.

Manche sagten, das Paar müsse heiraten, aber das ging sie nichts an.

Sie hatten sich bei einem Blind Date kennengelernt und sich auf Anhieb gut verstanden. Michael war eine Führungskraft in der Transportbranche. Margaret hatte zwei Jobs, während sie einen Bachelor in Grafikdesign absolvierte.

Michael arbeitete viele Stunden. Da Margaret studierte und zwei Jobs hatte, sahen sich die beiden nicht oft. Aber wenn sie sich sahen, flogen die Funken. Liebe lag in der Luft. Völlig Fremde sprachen sie an und sagten, wie verliebt sie aussahen, und die Sonne schien immer, wenn sie Händchen haltend spazieren gingen.

Margarets Freunde waren eifersüchtig, dass sie einen festen Freund hatte und machten sich Sorgen. Bei ihren vollen Terminkalendern hatten sie kaum Zeit für eine Affäre, geschweige denn für eine richtige Beziehung mit einem älteren Mann.

"Hab einfach Spaß, ohne Erwartungen", riet Annabelle, obwohl sie selbst, um Komplikationen zu vermeiden, eine Politik der offenen Tür verfolgte, die es ihr erlaubte, den Partner im Handumdrehen zu wechseln.

"Aber ich mag ihn. Ich meine, ich mag ihn wirklich", antwortete Margaret.

"Wenn es so sein soll, kann es auch bis nach deinem Abschluss warten", sagte Lizzy, die auf lange Sicht an der Universität bleiben wollte. Sie machte einen Bachelor of Science in Astrophysik, dann einen Master of Science und überlegte noch, welchen Abschluss sie nach ihrem Studium machen wollte. "Er ist alt, aber nicht uralt, und es ist unwahrscheinlich, dass er in nächster Zeit aufgibt."

Er ist freundlich, sanft und rücksichtsvoll. Außerdem hat er mich zu einem Arbeitsbesuch eingeladen, um seine Kollegen kennenzulernen. Er sagt, er will mit mir angeben." Sie lächelte.

"Du hast schon genug zu tun, weil du zwei Jobs hast und deinen Abschluss machst", bot Annabelle an. "Ganz zu schweigen davon, dass du viel zu jung bist, um dich zu binden. Es sei denn, ihr beide wollt das." Sie spottete und stieß mit Lizzy an.

"Ich könnte auch nein sagen", sagte Margaret und schenkte noch etwas Wein in ihr Glas ein.

"Was du nicht tun willst", sagte Lizzy. "Ich sage: Geh hin. Triff all die langweiligen Leute, mit denen er jeden Tag arbeitet. Das wird dich sicherlich von allen Illusionen befreien, die du von ihm hast - wenn sonst nichts."

Margaret seufzte und kehrte zu ihren Studien zurück. Er war nicht so alt und er verhielt sich auch nicht so. Ein Unterschied von sieben Jahren war heutzutage nichts mehr.

Später ging sie mit Michael zum Abendessen, wo sie ein paar seiner Arbeitskollegen traf. Sie war näher an deren Alter dran als Michael, aber er kam mit allen gut aus und überraschenderweise hatte sie eine schöne Zeit. Es gefiel ihr, als Michael sie als seine Freundin vorstellte. Nachdem er es gesagt hatte, sah er sie an, als hätte er erwartet, dass sie widersprechen würde, stattdessen nahm sie seine Hand. Sie mochte es sehr, ein Teil seines Lebens zu sein.

Nicht lange nach der Arbeit lud Michael Margaret ein, ihn auf eine Geschäftsreise zu begleiten. Sie lehnte ab, aber dann ließ die Verlockung, Seattle, Washington, zu besuchen, sie ihre Entscheidung in Frage stellen. Immerhin konnte sie noch studieren und eine Pause vom Alltag wäre willkommen. Wenn sie ging, würde sie sich bei ihrer Rückkehr richtig ins Zeug legen.

"Ich bezahle alle Kosten", sagte Michael. "Ich werde tagsüber unterwegs sein... du wirst viel Zeit zum Lernen haben - am Pool, im Whirlpool."

Sie schüttelte den Kopf, aber er merkte, dass sie schwächer wurde.

"Und wir fliegen in der Business Class."

Nun, das war's. Sie packte eine Tasche und sie flogen nach Seattle, wo sie tagsüber lernte. Abends schauten sie sich ein Spiel der Mariners an und gingen in den Tractor Tavern Rock Club. Sie hörten Bill Clinton bei einem Vortrag im Seattle Centre. Sie fuhren auf die Space Needle, sahen sich den Chihuly Garden an und besuchten das Museum of Pop Culture. Es war, als wären sie in den Flitterwochen; Liebe lag in der Luft und sie empfingen Tommy.

Margaret und Michael hatten nicht über Kinder gesprochen. Margaret wusste nicht, wie sie das Thema angehen sollte. Sie dachte über eine Abtreibung nach, aber sie wollte niemandem wehtun, der sich nicht entschieden hatte, geboren zu werden. Sie lud Michael zum Abendessen ein und sprach das Thema an.

"Ich will eine Familie, viele Kinder", sagte er.

Sie lächelte.

"Ich sehe mich selbst nicht als den Typ, der heiratet", sagte er nach einer Pause. "Aber wenn es um ein Kind ginge, würde ich darüber nachdenken zu heiraten. Alle Kinder haben den bestmöglichen Start verdient."

"Ich glaube, ich bin schwanger", platzte es aus ihr heraus.

Er schwieg erst, dann sprang er auf und umarmte sie. Er sagte, dass sie es mit Sicherheit wissen müssten. Sie machte einen Termin bei ihrem Arzt. Als dieser bestätigte, was sie bereits wusste, klammerten sie sich aneinander und weinten wie Idioten. Selbst jetzt, wenn sie an diesen Tag dachte, musste sie mit den Tränen kämpfen.

Sie brach das College ab, als die morgendliche Übelkeit ihr Leben in Beschlag nahm. Die verpassten Kurse schienen sich zu stapeln. Als klar war, dass sie das ganze Jahr wiederholen musste, nahm Margaret eine Auszeit und konzentrierte sich ganz auf die Zukunft. Es gab noch viel zu tun, bevor das Baby kam. Sie verkauften seine Wohnung. Sie kauften ein Haus in der Vorstadt und feierten eine schnelle Hochzeit auf dem Standesamt, um alle s offiziell zu machen.

Die werdende Mutter verbrachte ihre Tage damit, ihr Zuhause wohnlich zu gestalten. Als sie erfuhren, dass sie einen Jungen bekommen, gab Margaret Vollgas, um ein wunderschönes Kinderzimmer einzurichten. Sie wählten ein Sportthema: Baseball, Hockey, Basketball. Sogar Fußball. Alles Sportarten, die sie und Michael gerne auf ihrem Flachbildfernseher anschauten.

Wenn Michael bei der Arbeit war, machte Margaret manchmal ein Tablett mit Lebensmitteln wie Eis, Sellerie, Pilzen und Salsa. Dann setzte sie sich vor den Fernseher, legte etwas beruhigende Musik für das Baby auf und las ihm vor. Margaret wusste nicht mehr, wie oft sie ihrem Kleinen "Was zu erwarten ist, wenn du schwanger bist" vorgelesen hatte. Für sie war es wie eine Babybibel und der Austausch von Wissen stärkte ihre Verbindung.

An einem sonnigen Nachmittag ging sie mit einer Liste der Lieblingsbücher, die sie als kleines Mädchen geliebt hatte, in den örtlichen Second-Hand-Buchladen. Sie hatte vergessen, Mark nach seinen Lieblingsbüchern zu fragen, aber er war nie ein großer Leser. Sie brauchte zwei Fahrten, um alle Bücher ins Haus zu bringen. Sie saß auf der Couch und hatte die Kisten mit den Büchern vor sich stehen. Sie konnte nicht glauben, dass sie sie alle gefunden hatte! Sogar Pokey Little Puppy, das erste Buch, das sie jemals selbst lesen gelernt hatte. Oh, und sie blätterte durch Kopien von Charlotte's Web, Anne of Green Gables, Curious George, The Bobbsey Twins, Heidi und die gesamte Harry Potter Reihe. Mark lachte und sagte, sie sollten lieber in ein Bücherregal investieren. Er tat mehr als das, er baute selbst eines und sagte, dass es im Zimmer seines Sohnes keine solchen Hokuspokus-Möbel geben würde.

Bald darauf kam Tommy, und er war das schönste Kunstwerk, das sie je gesehen hatte. Manchmal konnte sie nicht glauben, dass sie und Michael ihn erschaffen hatten. Ihr Herz wuchs, denn sie wusste nicht, dass sie jemanden so sehr lieben konnte, wie sie Michael liebte: und sie liebte ihn sehr.

Michael wollte sofort ein weiteres Baby haben, aber eine zweite Schwangerschaft kam nicht in Frage. Tommys Geburt war schwierig gewesen, und der Arzt riet ihnen, es nicht noch einmal zu versuchen. Michael war der Meinung, dass es das Risiko nicht wert war, und er war damit einverstanden, zumindest sagte er das. Margaret glaubte ihm nicht, obwohl er in der Vergangenheit immer ehrlich gewesen war.

Unten gab es wieder laute Geräusche, die Margaret aus ihren Gedanken in die Realität zurückholten. Tommy schrie zuerst und knallte einen Schrank zu, dann schimpfte Michael mit ihm und die Situation eskalierte schnell. Sie stritten sich über die lächerlichsten Themen. Beide waren keine Morgenmenschen ... und sie auch nicht.

Ein einfacher Morgen voller Ruhe und Frieden war alles, was sie brauchte, um wieder auf die Beine zu kommen.

Margaret überlegte, ob sie aufstehen sollte, verwarf den Gedanken aber wieder. Sie würde warten, bis sie um ihre Hilfe baten. Unvermeidlich würden sie sie fragen.

Tommy steckte seinen Kopf in ihr Zimmer. Anstatt leise zu sein, rief er: "Schläfst du schon, Mama?" Er wartete ein oder zwei Sekunden, bis sie sich rührte.

"Ja", antwortete sie immer und rieb sich die müden Augen, obwohl es unmöglich war, den Lärm durchzuschlafen.

Jetzt, wo er ihre Aufmerksamkeit hatte, rief er: "Ich kann mein Sporthemd nicht finden, Mama."

Sie lächelte, da sie die Hemden immer an denselben Platz legte, aber dieses Mal erwähnte sie es nicht. Was sollte das bringen? "Sie sind in deinem Kleiderschrank, Schatz."

"Das sind sie soooo NICHT!", sagte er, gefolgt von einem Stampfen, einem Rückzug und einem Zuschlagen der Tür.

Sie begann zu zählen: ein Mississippi, zwei Mississippi, drei Mississippi.

"Ich hab's gefunden! Danke, Mama! Es war die ganze Zeit über hier."

Margaret ließ sich wieder unter die Decke fallen und schlief ein. Bis ihr Mann Michael in ihr Zimmer zurückkehrte. Er folgte einem strengen Regime. Zuerst kam die Toilette, dann das Händewaschen, das Zähneputzen, die Zahnseide, das Zungenkratzen mit gelegentlichen und sehr hörbaren Würgegeräuschen (wodurch sie sich oft die Ohren mit dem Kissen zuhielt), gefolgt von einer fünfzehnminütigen Dusche, dem Rasieren, dem Zähneputzen, dem Föhnen, dem Schminken und dem Rasierwasser. Alles auf die Sekunde genau getimt.

Als er fertig war, stieß er die Tür weit auf und der heiße Dampf entwich, bevor er ins Zimmer kam. Sie beobachtete ihn dabei, wie er den Boden überquerte, als würde er einem fliehenden Geist folgen. Der Geruch seines Eau de Cologne und der warme Dampf machten sie schläfrig und bald würde sie wieder einschlafen.

"Margaret, hast du einen verirrten Manschettenknopf gesehen?"

Sie hob den Kopf: "In letzter Zeit nicht", antwortete sie, während er die oberste Schublade durchwühlte, ohne sie ganz zu schließen. Dann öffnete er die mittlere Schublade und ließ sie teilweise offen. Schließlich zog er die unterste Schublade ganz heraus. Der Schrank ähnelte einer Treppe, aber er war eine Gefahr, da er jeden Moment umkippen konnte. Sie stellte sich vor, wie Tommy vorbeigeht und die ganze Kommode auf ihm landet. Der Schrecken darüber, was passieren könnte, zerriss sie bis ins Mark.

Wenn sie ihn von unten herausholen müsste... Hatte sie die Kraft dazu? Was, wenn... Sie sprang aus dem Bett und schloss jede Sch ublade.

"Ich wollte es tun", sagte Michael, als er auf dem Weg nach draußen die Tür hinter sich zuschlug.

Da sie bereits aufgestanden war, drückte sie sich an die Rückseite der geschlossenen Tür, bis Tommy von unten rief: "Mama, ich kann mein Mittagessen nicht finden!"

"Es ist in deiner Brotdose, zweites Fach, rechts im Kühlschrank."

"Nein, ist es nicht", antwortete er.

"Ich komme", sagte sie und griff nach dem Türgriff, aber bevor sie ihn öffnen konnte, rief er: "Oh, jetzt sehe ich es! Danke, Mama."

Als sie in ihr Zimmer zurückkehrte, murmelte sie "Gern geschehen", als der schwarze Spalt unter dem Bett winkte. Sie konnte direkt darunter schlüpfen und hatte außer den Staubhasen nichts, was ihr Gesellschaft leistete. Dort unten würde sie ihre ganz eigene Superkraft entwickeln - einen Schutzschild aus Dunkelheit, der laute, wütende Stimmen abwehrte.

Die Stimmen, die näher kamen, gaben ihr den Ausschlag und sie kroch in den dunklen Raum. In der behaglichen Umgebung verlangsamten sich ihre Atmung und ihr Herzschlag. Sie schloss die Augen, legte sich flach hin und griff mit der Hand nach oben, zog die Bettdecke auf den Boden und schob sie unter und über ihren ganzen Körper, als hätte sie eine Festung gebaut.

Michael kehrte in ihr Zimmer zurück. "Schatz?", sagte er.

Tommy hielt an der Tür inne: "Vielleicht ist sie im Bad?"

Michael sah nach und warf dann einen Blick auf das Bett.

"Sie ist doch nicht schon wieder da drunter, oder?" flüsterte Tommy.

"Schauen wir mal", hörte sie Michael antworten.

Die beiden ließen sich auf den Boden sinken und spähten in die Dunkelheit. Sie sahen eine Bewegung unter der Decke. Michael sah seinen Sohn an und legte dann den Finger an seine Lippen. Er nickte und war froh, seinen Vater zuerst sprechen zu lassen.

"Schatz", sagte Michael mit beruhigender Stimme, "würdest du bitte meine Hosen und Hemden in die Reinigung bringen?" Er öffnete seinen Mund und schloss ihn wieder.

Die arme Margaret konnte nicht glauben, dass er ihr eine To-Do-Liste gab und mit ihr sprach, als hätte sie sich jeden Tag ihres Lebens unter dem Bett versteckt. Das ärgerte sie zu Tode.

Da er den Wink nicht verstanden hatte, fuhr er fort: "Oh, und ich habe vergessen, dich am Wochenende zu fragen, ob es okay ist, wenn ich ein paar Freunde einlade. Heute Abend. Für eine kleine Feier. Eine Party für acht Personen, einschließlich uns. Tut mir leid, dass es wieder so kurzfristig ist. Ich wollte dich schon am Wochenende fragen."

Tommy machte Anstalten, sich zu seiner Mutter in ihren einsamen Kokon zu setzen. Stattdessen humpelte sie hinaus. Sie richtete sich auf und wischte sich den Staub ab. Sie starrten sie an, sagten aber nichts. "Ihr zwei geht jetzt runter", sagte sie und hielt die warme Bettdecke fest.

Michael warf einen Blick auf seine Uhr.

"Mir geht's gut, sehr gut. Ich bin in einer Minute da, bitte." Sie legte die Bettdecke zurück auf das Bett.

"Okay", antworteten sie und gingen.

Als sie weg waren, griff sie auf die andere Seite des Bettes. Sie schaltete die Heizdecke auf der Seite ihres Mannes aus. Als sie ihren Hausmantel und ihre Pantoffeln anzog, stellte sie sich vor, dass sie vergessen hatte, seine Decke auszuschalten. Würde das Haus abbrennen? Wahrscheinlich. Und es würde ihre Schuld sein. Alles war immer ihre Schuld.

Sie schloss ihren Hausmantel und richtete dann ihr Haar im Spiegel. Sie musste mit Michael über die Dinnerparty sprechen. Acht Leute. Heute Abend. Wenigstens war es nicht so schlimm wie beim letzten Mal, als es zwölf waren, oder beim letzten Mal, als es achtzehn gewesen waren. Trotzdem hatte sie ihn bei anderen Gelegenheiten wie dieser schon so oft gebeten, ihr mehr Bescheid zu geben. Das letzte Mal, als sie alles - na ja, fast alles - erledigt hatte, hatte sie keine Zeit gehabt, sich die Nägel zu lackieren. Michael wies sie vor den Gästen unbeholfen darauf hin und selbst ihr Sohn hatte genug emotionale Intelligenz, um das Thema zu wechseln, bevor sie in Tränen ausbrach.

Im Flur sprühten ihre Häschenpantoffeln Funken, während sie Socken, Unterwäsche und einen Manschettenknopf auf dem Weg aufhob. Teile davon hinterließen eine Spur, die sie nach unten führte, wo sie warteten.

Unten stand sie nun im Flur, der zum Wohnzimmer führte. Als sie eintrat, sah und hörte sie, wie ihr Mann auf einem Toast knusperte und eine Tasse Tee mit dem kleinen Finger hochhielt.

Neben ihm stand Tommy, der Rice Crisps verschlang und sich dabei den Mund verzog. Milchtropfen und Müslireste sammelten sich zwischen seinen Füßen und prasselten auf den Teppich.

Sie war erleichtert, dass der Stoff auf dem Boden die Flüssigkeit aufgesaugt hatte und nicht das letzte saubere Schulhemd ihres Sohnes verschmutzt hatte. Sie fügte eine zweite Notiz hinzu, um ihm ein paar neue Hemden zu bestellen - er wuchs so schnell; es war schwer, mit den Wachstumsschüben Schritt zu halten.

"Guten Morgen", sagte Margaret gerade, als Fred Feuerstein rief: "Wilma!

Ihre Familie quittierte ihre Anwesenheit mit einem Blick in ihre Richtung und brach dann gemeinsam in Gelächter aus, als Barney und Fred ihre üblichen Streiche fortsetzten. Wenigstens kamen sie miteinander aus. Die Feuersteins waren eine Sache, bei der sie sich einig waren.

Als eine Werbepause kam, sagte sie: "Wegen dieser Dinnerparty, Michael." Er drehte die Lautstärke am Fernseher herunter. Tommy protestierte, aß dann aber sein Müsli zu Ende.

"Tut mir leid", sagte ihr Mann. "Ich habe am Wochenende beim Golfspiel mit meinem Chef gesprochen. Ich bin mir nicht sicher, wie es dazu kam, aber das nächste, was ich weiß, ist, dass ich der Gastgeber dieser verdammten Veranstaltung bin. Es muss keine schwarze Krawatte oder etwas Ausgefallenes sein. Drei Gänge plus Dessert sollten genügen."

"Wer sind unsere Gäste? Was für Essen mögen sie? Gibt es Allergien? Gibt es Vegetarier?" Sie machte eine Pause. "Warum schmeißen wir nicht den Grill an?"

"Nein, die Idee mit dem Grill ist toll für ein Wochenendtreffen, aber das hier ist geschäftlich motiviert."

Sie seufzte.

Er fuhr fort: "Mein Chef und seine Frau, Jim und Dave aus dem Marketing, Lucy und ihr Mann William aus der Rechtsabteilung. Ich glaube, Lucy könnte Vegetarierin oder Veganerin sein. Lance aus der Finanzabteilung und seine Frau - ich habe sie noch nie getroffen. Er ist neu in unserem Team." Er schaute auf seine Uhr und zuckte zusammen.

Margaret griff nach seinem Ärmel. Sie fügte den fehlenden Manschettenknopf ein und zwängte sich dann direkt vor ihren Mann, in der Hoffnung, einen Kuss zu bekommen.

Michael zögerte eine Sekunde, bevor er Margaret das gab, was manche als Kuss bezeichnen würden - sie tat es nicht. Es war eher ein flüchtiger Kuss, den er im Vorbeiflug gab. Die Lippen der beiden hatten sich kaum berührt.

Bevor Margaret ein Wort herausbringen konnte, schlug Mark die Tür hinter sich zu.

Sie schlang ihre Arme wieder um sich. Ein oder zwei Sekunden lang sah es so aus, als wollte Tommy sie umarmen. Sie öffnete ihre Arme, und er streckte seinen Arm mit der offenen Handfläche nach oben in ihre Richtung. Sie verschränkte die Arme, als er direkt in die Verkaufsmasche 101 einstieg.

"Weißt du, Mama, heute ist Burger Day - zwei für einen - und ich brauche Geld. Das Geld ist für wohltätige Zwecke und ich habe diese Woche schon mein ganzes Taschengeld ausgegeben."

"Was ist mit dem Mittagessen, das ich gemacht habe?"

"Kein Problem, ich werde es in der Pause essen."

Margaret klopfte ihm auf den Kopf und ging dann in die Küche, wo ihr Portemonnaie am Haken hing. Als sie hineinging, warf sie einen Blick auf den Zustand ihrer Küche. Was für ein Durcheinander! Und sie musste alles für die Dinnerparty heute Abend auf Vordermann bringen. Kein Problem!

Sie hatte nur einen Zehn-Dollar-Schein dabei, den sie ihm in die noch immer wartende Hand legte. "Bring mir das Wechselgeld", sagte sie, als er das Haus mit einem festen Schlag der Tür verließ.

Zurück im Wohnzimmer sangen die Flintstones zum Abschluss "You'll have a gay old time! Margaret summte mit, während sie sich den Teppich über die Schulter warf und die schmutzige Tasse mit Untertasse, Glas und Schüssel einsammelte.

In der Küche steckte sie den Teppich in die Waschmaschine und das Frühstücksgeschirr in den Geschirrspüler, dann goss sie sich eine Tasse Tee aus der lauwarmen Kanne ein. Sie kehrte ins Wohnzimmer zurück, wo weniger Unordnung herrschte. Sie blätterte durch die Kanäle und stieß auf Judge Judy. Sie konnte nicht anders, als die Frau zu bewundern, die jeden und alles in ihrem Gerichtssaal unter Kontrolle hatte.

Ihre Freunde sagten, sie solle vor ihrer Familie aufstehen, das würde das Chaos und die Unordnung minimieren. Dann hätte sie das Ruder in der Hand. Andere sagten, sie solle sich einen Job suchen und das Haus verlassen, bevor sie es taten, damit sie lernen müssten, für sich selbst zu sorgen. Aber sie war so müde, so untypisch in diesen Tagen, ganz zu schweigen davon, dass sie seit der Geburt ihres Sohnes nicht mehr gearbeitet hatte. Wer würde sie jetzt noch einstellen?

Margaret war zunehmend unzufrieden mit ihrem Schicksal, da sie ihr Leben für die Bedürfnisse derer, die sie liebte, aufgab. Sie ärgerte sich über das ständige Geben, obwohl es ihre Entscheidung war, dies zu tun. Dann sprang sie auf den Zug der Schuldgefühle und des Selbstmitleids auf. Machten alle Mütter dasselbe durch? Diese Leere? Dieses Drängen und Ziehen in sich selbst, das eine Leere erzeugt. Diese innere Leere, die sie wie einen Sommersturm auf alles in ihrem Leben niederprasseln ließ. Sie war ein Wirbelsturm, der nur darauf wartete, zu passieren, und heute war der Tag, vor dem sie sich gefürchtet hatte.

Sie duschte und zog sich an, ohne zu frühstücken, aber sie nahm sich die Zeit, die Wolldecke in den Trockner zu werfen und mit dem sehnlichen Wunsch, rauszukommen. Raus. Irgendwohin, weg.

Margaret lenkte ihr Auto in Richtung des Einkaufszentrums und fuhr los. Sie parkte. Auf dem Weg dorthin hütete ein junger Mann die Einkaufswagen. Mit Hilfe des Windes waren einige von ihnen kurz davor, zu entkommen. Sie überlegte, ob sie etwas sagen sollte, um dem Mann die Last zu erleichtern, aber stattdessen lächelte sie ihn an. Unter seinem Atem nannte er sie eine Schlampe.

Die Hausfrau ignorierte ihn und eilte ins Haus. Sie konnte nicht anders, als sich zu fragen, warum ihre einfühlsame Geste nichts als Missbrauch zur Folge hatte. Macht nichts, dachte sie und konzentrierte sich auf das eigentliche Problem: die

Vorbereitungen für die Dinnerparty. Aber das Wichtigste zuerst: Was sollte sie anziehen? Sollte sie sich ein neues Outfit gönnen? Shoppen hatte ihr in der Vergangenheit geholfen, ihre Laune zu verbessern. Vielleicht würde es auch heute klappen?

Margaret ging den Modeflur entlang und entdeckte in einem Schaufenster eine Schaufensterpuppe, die einen schicken Anzug trug, der ihr gefiel. Sie wagte sich ins Innere des Ladens, wo sie überall von Spiegeln attackiert wurde. Sie zog sich zurück.

Auf der Rolltreppe bemerkte sie ein Haar- und Nagelstudio. Sie warf einen Blick auf ihre Nägel. Sie zog es vor, sie zu Hause selbst zu machen, sobald sie wusste, was sie anziehen würde - sie würde sich Zeit nehmen. Aber ihre Haare, das war eine andere Sache.

Sie stand vor dem Salon und beobachtete die Stylisten, die fleißig herumliefen. Es schien ein ruhiger Tag im Salon zu sein, denn nur ein Stuhl war besetzt. Sie überlegte, ob sie hineingehen und mit jemandem reden sollte, entschied sich aber dagegen, als sie auf ihr Handy schaute. Die Zeit verging wie im Flug, und sie hatte schon viel zu viel zu tun.

Ein blinkendes Neonschild erregte ihre Aufmerksamkeit. Darauf stand:

Reise zu deinem Traumziel. Nur heute im Angebot!

Sie war nicht mehr Margaret, sondern Margarita in Kuba. Sie stellte sich vor, wie sie in Kuba die Rhumba tanzte. Dann war sie in Australien und tanzte im Outback. Das geht nicht! Das war viel zu weit weg.

Ein junger Mann, der etwa halb so alt war wie sie, bemerkte sie. "Ich bin gleich bei dir", sagte er. Er widmete sich wieder seinem Telefongespräch.

Sie ging hinein und stellte sich unbeholfen in die Nähe der Rezeption. Sie hörte der ruhigen Stimme des jungen Mannes zu. Manchmal quittierte er ihre Anwesenheit mit einem Lächeln. Nach ein paar Augenblicken hörte er auf zu sprechen und hielt seine Hand über das Telefon.

"Nimm dir eine Tasse Kaffee oder Wasser, während du wartest. Ich werde nicht lange brauchen. Oh, und du kannst gerne in den Broschüren und Magazinen stöbern. Ich bin gleich bei dir."

Margaret goss sich eine dampfend heiße Tasse Kaffee ein und fügte Sahne und ein Stückchen Zucker hinzu. Sie blickte in die Richtung des jungen Mannes am Telefon, als sie eine Schachtel mit Keksen bemerkte. Als ob sie um seine Erlaubnis bitten würde.

Er legte seine Hand wieder auf den Hörer: "Oh ja, nimm dir ruhig ein oder zwei Kekse. Du bist herzlich willkommen."

"Danke", flüsterte sie und nahm einen Keks in die Hand. Es war der Schokoladenhimmel.

Während sie wartete, blätterte sie in einigen Zeitschriften. In der ersten ging es um die Schweiz. Jetzt war sie Maggie, die sich in Zermatt auf das Skifahren vorbereitete. Der große, blonde und gut aussehende Skilehrer namens Sven half ihr mit den Skiern. Jetzt waren sie mit dem Skifahren fertig und er bot ihr eine heiße Tasse Kakao an. Sie griff ohnmächtig danach und blinzelte ihn dann weg.

Sie nahm eine weitere Broschüre für Hawaii in die Hand und stellte sich vor, wie sie am Strand von Waikiki mit George Clooney abhängt. Dann schaute sie an sich herunter, stellte fest, dass sie einen Bikini trug und schrie auf.

Margaret kam zurück in die Realität und blickte in die Richtung des jungen Mannes, der immer noch am Telefon war. Er hatte ihren Ausbruch nicht bemerkt. Uff. Sie nahm einen weiteren Bissen von dem Schokoladenkeks. Einen Bikini oder eine andere Badehose zu tragen, kam für sie nicht in Frage.

An der Wand entdeckte sie ein Poster, das für eine Reise nach Großbritannien warb. Beefeaters. Sie trugen diese verrückten hohen Hüte. Jetzt war sie Cathy und suchte in den Yorkshire Moors nach Heathcliff. Es war ein sehr kalter und windiger Tag, aber sie gingen spazieren und genossen die frische Luft...

"Kann ich dir helfen?", fragte der junge Mann.

Heathcliff verschwand. "Äh, ich träume nur", antwortete Margaret mit geröteten Wangen.

Der junge Mann klickte auf seiner Tastatur und schaute auf den Bildschirm. Er drehte den Computer zu ihr hin. "Das sind die heutigen Last-Minute-Angebote, die nur einen Tag gültig sind. Sie sind gerade reingekommen!"

Fasziniert trat sie näher heran.

"Wenn du dich für England interessierst, wirst du so einen Preis nicht noch einmal finden.

"Ich wollte schon immer mal nach Großbritannien."

"In diesem Preis", sagte der junge Mann, "sind ein Mietwagen und eine Kombination aus Hotels und B&Bs enthalten. Du kannst herumfahren und dir aussuchen, wo du übernachten möchtest."

"Ich weiß nicht, wie man dort hinfährt, fahren die nicht auf der anderen Seite?"

"Das stimmt, aber das lernst du im Handumdrehen."

***

Margaret kehrte nach Hause zurück und gab eine Bestellung zum Mitnehmen auf. Sie wählte aus der Speisekarte eine Vielzahl von Gerichten aus, die allen Ansprüchen gerecht wurden. Sie stellte den Chardonnay, den Rose und das Bier in den Kühlschrank. Die vier Flaschen Rotwein stellte sie in das Weinregal.

Sie band sich eine Schürze um die Taille und machte sich ans Staubsaugen und Staubwischen. Sie legte den sauberen Teppich im Wohnzimmer neu aus. Als alles perfekt war, deckte sie den Tisch, so dass sieben Personen Platz hatten. Michael wollte nicht riskieren, dass Tommy eine Szene macht. Nicht vor seinem Chef und seinen Arbeitskollegen. Sie bereitete ein Tablett vor und stellte es auf den Tresen, damit er es mit auf sein Zimmer nehmen konnte.

Margaret ging in ihr Zimmer und packte einen Koffer und eine Handgepäckstasche. Sie bestellte einen Uber, der sie am Flughafen absetzte.

Drei Stunden später stieg sie in ein Flugzeug und war bald auf dem Weg ins Vereinigte Königreich.

Als sie aus dem Fenster schaute, überkam sie für den Bruchteil einer Sekunde ein Schuldgefühl. Sie kämpfte dagegen an.

Sie hatte einen Zettel am Kühlschrank hinterlassen, auf dem stand, dass sie verreisen würde.

Margaret hatte nicht erwähnt, wohin sie ging oder wann sie zurückkehren würde.

Auch nicht, dass sie ein One-Way-Ticket gekauft hatte. Sie würden es herausfinden.

DER REGENSCHIRM UND DER WIND

Es war Freitag der 13. und der Wind peitschte umher. Dinge, die nicht fliegen sollten, hüpften und prallten ab. Hinüber und herüber. Sie schlugen um mich herum Purzelbäume.

An einem solchen Tag wären manche Rentner im Bett geblieben, aber nicht ich. Warum sollte ich mich an einem so schrecklichen Tag hinauswagen? Aus diesem Grund - und nur aus diesem Grund - brauchte ich eine starke Tasse Kaffee.

Also spielte ich Dodgem, Ducken und Tauchen, um mich aus dem Haus und in mein Auto zu bringen. Dann machte ich mich auf den Weg zum nächsten Drive-Through. Ich war nicht der Einzige, der sich ins Ungewisse wagte, um seine Koffeinsucht zu kurieren.

Die Warteschlange bewegte sich langsam vorwärts. Ich bestellte einen extra starken Vanilla Latte und kroch dann mit dem Auto zum Fenster, um zu bezahlen. Ich griff nach meinem Portemonnaie und stellte fest, dass ich es zu Hause vergessen hatte.

Die Dame am Fenster streckte ihre Hand aus und zog sie wieder ein, um einem kleinen Ast auszuweichen, der mein Fenster berührte und dann in ihres prallte.

"Wechselgeld", sagte ich, als die Frau wieder die Hand ausstreckte. Ich durchwühlte immer noch das Handschuhfach und die Becherfächer. Nach dem Zählen hatte ich achtundsiebzig Cents. Unter meinem Sitz lag noch ein Dollar. Ich suchte weiter, während die Autos hinter mir warteten und der Typ direkt hinter mir hupte, andere folgten.

"Das reicht", sagte die Frau, als sie die Münzen nahm und mir den Kaffee reichte.

Ich lächelte mein größtes Lächeln und sagte: "Danke", schloss das Fenster und fuhr davon, so dankbar wie möglich. Der Kaffee roch himmlisch, aber ich nahm erst an der ersten roten Ampel einen Schluck.

Während ich wartete, nippte und genoss, schlug ein unbemannter Regenschirm mit seinem hölzernen Griff gegen meine Windschutzscheibe, bevor er abprallte und auf einem nahen Ast zum Liegen kam.

Ich merkte nicht einmal, dass mich der Kaffee verbrannte, bis die Ampel umschaltete. Ich hielt sicher an und stieg aus dem Fahrzeug aus. Es gibt nichts Besseres, als wenn heißer Kaffee über dein Bein in deine Socken und Schuhe läuft. Ich schüttelte mein Bein, wie ein Hund, der gerade gebadet worden war.

Ich sah es kommen, aber es war zu spät.

Dieser verdammte Regenschirm. Schon wieder.

***

Ich wachte auf, immer noch auf dem Parkplatz, den hölzernen Schirmgriff um meinen Hals gewickelt. Ich war schwer gestürzt, konnte mich aber auf dem Weg nach unten an der Autotür festhalten, was einerseits gut und andererseits schlecht war, da es meine missliche Lage verbarg.

Der Beton unter mir fühlte sich kalt und schwammig an. Als ich versuchte, aufzustehen, erfasste der Wind den Regenschirm und trug ihn wie ein verirrtes Grashalm weiter.

Ich stand noch nicht, aber ich stürzte mich nach oben und drückte mein Gewicht gegen die Autotür. Das plötzliche Klicken des Türschlosses verhieß nichts Gutes für mich □ ich hatte die Schlüssel im Zündschloss stecken lassen. Ich tastete nach meinem Handy und merkte schnell, dass es zu Hause in meiner Handtasche lag.

Ich lehnte mich mit verschränkten Armen gegen das Auto, in der Hoffnung, einen barmherzigen Samariter anzulocken.

In der Ferne entdeckte ich den Regenschirm, der sich auf den Weg machte. Ups. Ein entgegenkommendes Fahrzeug, das versuchte, dem wirbelnden Derwisch auszuweichen, prallte in das Heck eines anderen Wagens. Jemand würde jetzt die Polizei rufen. Ich würde sie herbeiwinken, damit sie mir auch helfen. Alles gut.

Schon bald war der verdammte Regenschirm wieder los und raste mit voller Geschwindigkeit in meine Richtung. War ich ein Regenschirmmagnet? Diesmal flog er hoch hinaus und drehte sich. In der Ferne war er eine wahre Schönheit. Er öffnete sich bis zum Himmel in seiner ganzen Schwärze. Es war faszinierend, so hoch hinauf zu fliegen, und du kennst ja das alte Sprichwort: "Was hoch hinaus will", nun ja, es bewahrheitete sich, als das verdammte Ding auf den Boden stürzte und mich für immer außer Gefecht setzen konnte. Wie bei den Pfadfindern war ich vorbereitet und anstatt darauf zu warten, dass es meinen Kopf trifft, packte ich es am Griff.

Ich hielt mich fest und hoffte, nicht selbst zu Mary Poppins zu werden. Meine Füße verließen den Boden, aber nur für ein oder zwei Sekunden, bevor ich Sirenen und das Klatschen von Schuhen auf dem Bürgersteig hörte.

Eine junge Frau schloss ihre Hand über meine am Griff. Wir stabilisierten uns, als weitere Schritte durch die Straßen liefen, während die Besitzerin auf den Knopf drückte und das klappbare Verdeck schloss.

***

Nach diesem seltsamen Morgen ging ich nach Hause, legte meine Füße hoch und weigerte mich, mich zu rühren, bis der Wind nachließ. Ich hielt mich an den Plan, bis mein Sohn mich bat, ihn um kurz nach halb acht bei seinem Freund am anderen Ende der Stadt abzuholen. Die Eltern sollten ihn eigentlich nach Hause bringen, aber sie waren nervöse Autofahrer, deshalb rief ich sie.

Der Volltreffer auf meiner Windschutzscheibe erinnerte mich ständig daran, wie mein Tag bisher verlaufen war. Ich wartete immer noch auf eine Nachricht von meiner Versicherung wegen des Selbstbehalts. Sie untersuchten den Aspekt der "höheren Gewalt".

Ich kontaktierte die Polizei, die mir mitteilte, dass sie die Existenz des Regenschirms bestätigen würde, aber nicht, dass er mit meiner Windschutzscheibe zusammenhing. Als sie mich sahen, hielt ich den Schirm fest.

Ich war sehr wütend auf die Person, die es versäumt hatte, ihren Regenschirm festzuhalten, und wollte schon an die Stadtverwaltung schreiben, um eine Regenschirm-Lizenzrichtlinie zu beantragen. Dann könnte ich sie dazu bringen, meine Selbstbeteiligung zu zahlen, oder noch besser, sie zu verklagen.

Ich startete den Wagen und fuhr rückwärts aus der Einfahrt, wobei ich auf fliegende Gegenstände achtete, als mir eine grüne

Flasche ins Auge fiel. Sie drehte sich im Kreis, als ob imaginäre Menschen Flaschendrehen spielen würden. Die meiste Zeit verließ sie den Boden nicht und sah aus wie ein längliches grünes Raumschiff, das abhob, immer höher stieg, dann abstürzte, sich drehte und wieder abhob. Ich ging weiter, zufällig in die gleiche Richtung, in die die Flasche flog.

Als ich einen Mann und eine Frau sah, die aufeinander zugingen, während die Flasche einen gefährlichen Salto machte, öffnete ich mein Fenster und rief ihnen zu. Als sie nicht reagierten, hupte ich. Die Flasche, die nun hoch in der Luft war, begann im freien Fall auf sie zuzustürzen.

Die Flasche kam herunter und traf die Frau mit voller Wucht am Kopf. Der grüne Behälter prallte dann ab und traf den Kopf des Mannes. Das gleichgültige grüne Objekt hob und senkte sich mehrmals, bevor es an einem Baumstamm zum Stehen kam.

Ich schaltete die Warnblinkanlage ein und stellte den Motor ab, bevor ich aus dem sicheren Auto stieg und mich erneut in den gefährlichen Wind begab.

Sowohl der Mann als auch die Frau waren bei Bewusstsein, aber sie bewegten sich nicht und versuchten auch nicht, aufzustehen. Ich fühlte den Puls der Frau, dann den des Mannes und schätzte die Situation ein, wobei ich mich an meine Erste-Hilfe-Ausbildung erinnerte, die ich vor Jahren gemacht hatte. Ich wählte den Notruf. Der Disponent stellte ein paar Fragen, aber das Knacken hinter uns ließ die Leute aufhorchen.

Wir sahen zu, wie der Wind weiter tobte und die Flasche durch die Luft schickte. Die majestätische Trauerweide bückte sich, um die Flasche aufzufangen, aber zu spät. Der Wind brach ihren dicken Rumpf in zwei Hälften und als der Baum auf dem Boden aufschlug, erschütterte der Nachhall die Erde unter uns.

"Komm schon!" rief ich.

Der Wind zerrte an unseren Fersen und wir machten uns aus dem Staub.

***

Als wir das Heiligtum meines Autos erreichten und uns anschnallten, gab ich Gas. Da die Flasche nicht mehr in Sicht war, fuhren wir weiter, um meinen Sohn abzuholen.

Nachdem wir ein paar Minuten verschnauft hatten, stellten wir uns vor.

Brent Welch war ein großer und sehr gut aussehender Mann mit dunklen Haaren und blauen Augen. Er hatte ein Grübchen am Kinn wie Cary Grant. Er war Partner in einer örtlichen Anwaltskanzlei, sehr redegewandt, hatte auffallend gute Manieren und war Single.

Eileen Manny, ebenfalls ledig, hatte lange blonde Haare und trug zu viel Make-up. Sie war eine zurückhaltende und wortkarge Kosmetikvertreterin, ihr 'Gesicht war ihre Palette'.

Ich stellte mich vor. "Mein Name ist Alice Mitchell. Ich bin seit kurzem verwitwet und eine pensionierte Highschool-Lehrerin."

Da wir uns nun kannten, bedankten sie sich bei mir, dass ich sie gerettet hatte. Dann fragten sie nach dem Riss in der Windschutzscheibe, als Jasper in das Fahrzeug kletterte und sich anschnallte.

Nachdem ich mich vorgestellt hatte, erzählte ich die Geschichte mit dem Regenschirm weiter. Meine Fahrgäste brüllten vor Lachen.

"Was ist so lustig?" fragte ich.

"Das hätte keinem anderen passieren können", antwortete Jasper.

Wir machten uns auf den Heimweg und setzten Mark und Eileen unterwegs ab.

Als wir endlich ankamen, stellte ich fest, dass an diesem ereignisreichen Freitag, dem 13. noch zwei Stunden übrig waren. Ich kletterte ins Bett, zog mir die Decke über den Kopf und versuchte zu schlafen.

Ich hatte keine Ahnung, was noch auf mich zukommen würde.

***

Am nächsten Morgen, Samstag, dem 14., brauchte ich ein paar Minuten, um aufzuwachen. Es war, als hätte es in meinem Traum an der Tür geklingelt, bis mein Sohn Jasper an meine Schlafzimmertür klopfte.

"Mama, es ist für dich □ die Bullen."

Ich warf die Decke zurück, zog mein Nachthemd über den Kopf, ersetzte es durch einen Jogginganzug und bürstete mir mit den Fingern die Haare, bevor ich hinausging.

Mein Sohn, der in diesen Dingen wenig Anstand hat, obwohl er mit ausgezeichneten Manieren erzogen wurde, hatte die Polizisten auf der Veranda stehen lassen.

Als ich meinen Kopf nach draußen steckte, halb hinein und halb hinaus, nahm der Wind zu und riss mir fast die Tür aus den Händen.

Die Offiziere sahen zerzaust aus, was man früher als "windzerzaust und interessant" bezeichnete. Das stämmige Offizierspaar sah so gut aus, dass es auch als Stripperinnen vom Thunder from Down Under arbeiten könnte. Ich bat sie herein.

"Nein danke, Ma'am", sagte der Blondschopf, der, als er seinen Hut abnahm, wie der andere Typ aussah, der nicht "Ponch" von C.H.I.P.S. war.

Jon", sagte ich laut, ohne es zu wollen (der Name des blonden Typen von C.H.I.P.S. war mir gerade eingefallen).

"Mein Name ist Marshall", sagte der Blonde. "Mein Partner ist Officer Ramsey."

"Freut mich, dich kennenzulernen. Und was kann ich für Sie tun?"

Der Blonde sagte: "Wir haben gestern eine Meldung über einen verlassenen Notruf von dir erhalten, kannst du uns bitte erklären, was passiert ist?"

"Ich beobachtete einen Mann und eine Frau, die aufeinander zugingen, während ich darauf wartete, dass eine rote Ampel umsprang. Ich habe die Flasche bemerkt."

"Mitten auf dem Weg?" fragte Ramsey.

Ich nickte. "Ja, die Flasche flog hoch und kam dann wieder runter. Ich versuchte, sie auf mich aufmerksam zu machen, aber ehe ich mich versah, traf die Flasche erst die Frau und dann den Mann. Beide fielen auf den Bürgersteig, hart."

"In welchem Zustand waren sie, als du sie erreicht hast, und wie lange hat es gedauert, bis du dort angekommen bist?" Jon, ich meine Marshall, fragte.

"Ich habe innerhalb von Sekunden geparkt und bin sofort zu ihnen gegangen."

Ramsey war der Notizentyp, er schrieb alles auf, was ich sagte.

Marshall hatte sein Handy auf mich gerichtet und nahm alles auf, was ich sagte.

Ich vermutete, dass es in Ordnung war, obwohl ich es in dem Moment nicht in Frage stellte.

"Sie waren bei Bewusstsein, atmeten und hatten einen starken Puls. Nachdem ich das bestätigt hatte, rief ich den Notruf an."

"Was ist dann passiert?"

"Ein riesiger Baum stürzte um und wir rannten zu meinem Auto."

"Hat einer der beiden nach einem Arzt gefragt oder die Notaufnahme aufgesucht?"

"Nein, sie waren hellwach. Wir haben gelacht und uns unterhalten. Ihre Häuser lagen auf dem Rückweg, wir haben sie abgesetzt und es war überhaupt kein Problem."

Wir blieben still.

***

"Worum geht es hier eigentlich?" fragte ich und spürte, wie der Wind durch meinen Trainingsanzug strich.

"Hast du einen der beiden schon mal getroffen?" fragte Marshall. "Immerhin sind ihre Häuser nicht weit von deinem entfernt."

"Nein." Ich stand schweigend da und versuchte herauszufinden, worauf sie mit ihren Fragen hinauswollten. Was spielte es für eine Rolle, ob ich einen von ihnen schon einmal gesehen hatte? Drinnen schaltete mein Sohn den Fernseher ein und die Musik dröhnte. Ich schloss die Tür hinter mir und trat hinaus.

"Was war das für eine Flasche?" fragte Ramsey.

"Es war eine grüne Flasche."

Die beiden Beamten tauschten Blicke aus.

"Stimmt es, dass du gestern wieder einen Vorfall mit einem Regenschirm hattest?" fragte Marshall.

"Ja, es war ein schrecklicher Freitag der 13.".

"Die Sache ist die", sagte Ramsey. "Welch und Manny sind gestorben."

***

Als ich nach meiner Ohnmacht aufwachte, blickten mich drei besorgte Gesichter an. Zwei davon gehörten zu den Officers Ramsey und Marshall. In ihren Händen hielten sie Exemplare des Reader's Digest, mit denen sie mir wie Fächer zuwinkten. Das andere gehörte zu Jasper, der ein Glas Wasser in der Hand hielt, aus dem er mir ab und zu ein paar Tropfen auf die Stirn spritzte.

"Geht es dir gut, Mom?"

Ich war mir nicht hundertprozentig sicher. Trotzdem versuchte ich, mich aufzusetzen, um weitere Attacken von Reader's Digest und Wasser zu vermeiden.

"Du hattest einen kleinen Schock", sagte Ramsey, als zwei Sanitäter zu mir herüberkamen. Einer überprüfte meinen Puls, der andere schnappte sich das Blutdruckband und begann zu pumpen. Beide sagten: "Alles in Ordnung".

Ich versuchte, sie zur Tür zu begleiten, aber sie sagten, das sei nicht nötig.

Ramsey setzte sich mir gegenüber.

Die Schmetterlinge in meinem Bauch flatterten herum und ich fühlte mich immer noch etwas empfindlich, während mir Fragen über fliegende Flaschen, die Menschen töten, im Kopf herumschwirrten.

Ich dachte, ich würde nur den letzten Gedanken denken, bis Ramsey antwortete: "Wir kennen die Todesursache noch nicht. Der Gerichtsmediziner untersucht gerade die Leichen."

"Uns ist aufgefallen, dass du einen großen Riss in deiner Windschutzscheibe hast", sagte Marshall. "Ist einer von ihnen dagegen gefahren?"

"Nein, er wurde durch den Regenschirm verursacht."

"Ich glaube, wir haben genug Informationen", sagten die Beamten.

Jasper führte sie hinaus.

Ich ging in die Küche, machte mir eine starke Tasse Tee und öffnete eine Packung Schokoladenkekse. Draußen hörte ich den Wind, der die Blätter hin und her wehte. Ich öffnete die Hintertür und bat Mutter Natur, es zu unterlassen.

Wie erwartet, ignorierte sie meine Bitte.

***

Der Sonntag war ein ruhiger Tag. Ich blieb für mich und Jasper behandelte mich, als wäre es Muttertag, mit Frühstück,

Mittagessen und Abendessen im Bett. Noch immer unter Schock stehend, akzeptierte ich die Rolle der Krankenschwester für einen Tag und nur einen Tag.

Am Montagmorgen machte ich mich als Erstes auf den Weg zum Glasersatzgeschäft. Ich musste nur den Selbstbehalt bezahlen und sie würden es auf der Stelle reparieren.

Mein Telefon klingelte, und es war Officer Ramsey. Er bat mich, aufs Revier zu kommen "und dein Auto mitzubringen".

Ich erklärte ihm, wo ich war und warum. Er sagte, mein Auto werde "untersucht". Er sagte, ich würde für ein paar Tage ohne Auto dastehen.

Ich sagte ihm, dass ich so schnell wie möglich da sein würde und verließ das Gelände.

Später wartete ich an einer roten Ampel, als mir ein junges Paar auffiel, das Händchen haltend zusammen ging. In seiner anderen Hand hielt er eine Tasse Kaffee. Sie trank aus einer grünen Flasche. Im einen Moment waren sie glücklich, im nächsten ließ sie seine Hand fallen, als wäre sie eine heiße Kartoffel. Er wiederum ließ seinen heißen Kaffee fallen und verschüttete ihn über seine Hose und Schuhe.

In einem Sekundenbruchteil traf er den Boden ihrer Flasche und sie flog in die Luft. Diejenigen von uns, die an der Ampel warteten, sahen sie hochgehen. Sie war wie eine Rakete, die direkt in den Himmel stieg.

Sie kam genau dann herunter, als das junge Paar aufblickte.

Er traf die Frau am Kopf, prallte vom Kopf des Mannes ab und rollte über den Bürgersteig auf die Straße.

Ich stieg sofort aus meinem Auto aus und wählte unterwegs den Notruf. Andere folgten mir und stiegen aus ihren Fahrzeugen aus. Wir blockierten die gesamte Kreuzung.

Das Mädchen war bewusstlos, und der Mann war hellwach.

"Ein Krankenwagen ist auf dem Weg", sagte ich.

Wir hörten die Sirenen. Sahen die Polizeiautos.

"Was in aller Welt macht ihr hier?" fragte Ramsey.

"Oh Mann", antwortete ich.

***

Ich erklärte ihm die Situation. Diesmal gab es eine Menge Zeugen.

Nachdem der Krankenwagen das Paar ins Haus gebracht hatte und losgeschrien war, forderten die Beamten alle auf, den Bereich zu räumen, außer mir. Sie hatten bereits mit den meisten Zeugen gesprochen.

"Nehmt ihr mich fest?"

Sie tauschten Blicke aus.

"Müssen Sie mein Fahrzeug immer noch beschlagnahmen?" Ich war ein Angeber, ich hatte schon viele Polizeishows gesehen.

"Du kannst nach Hause gehen", sagte Ramsey.

"Wir wissen, wo du wohnst", sagte Marshall mit einem Grinsen. "Verlass nur nicht die Stadt, okay?"

Ich lachte und machte mich auf den Weg.

***

Auf dem Heimweg gab es keine Zwischenfälle.

Ich schob das Brathähnchen in den Ofen, schälte die Kartoffeln und schnitt etwas Gemüse, während ich über die grünen Flaschen in der Luft nachdachte.

Ich ging in mein Büro und tippte "fliegende Flaschen" in eine Suchmaschine ein. Sie verlinkte mich zu einem Typen auf YouTube, der Süßigkeiten in eine Flasche steckte und sie dann auf dem Boden zerschmetterte. Nichts passierte. Neugierig geworden, schaute ich weiter zu. Als er sie das nächste Mal zerschlug, schoss die Flasche, nachdem sie das Gesicht eines Kameramanns getroffen hatte, wie eine Rakete in die Luft.

Dann stieß ich auf einige Myth Busters-Experimente, die bestätigten, dass eine volle Flasche das Potenzial hat, einen Schädel zu zerbrechen. Leere Flaschen hingegen nicht □ dieser Mythos wurde durch die beiden jüngsten Todesfälle wahrhaftig entlarvt.

Ich schaltete den Computer aus. Ich wollte nicht mehr darüber nachdenken.

Wie aufs Stichwort kam Jasper herein. "Alles in Ordnung, Mom?"

Ich erzählte ihm vom letzten Vorfall und den Experimenten auf YouTube.

"Du machst Witze, oder?"

Ich schüttelte den Kopf und ging in die Küche, um die Kartoffeln umzurühren.

"Zu allem Überfluss wurden auch noch die Beamten Ramsey und Marshall an den Tatort gerufen. Sie müssen denken, dass ich eine Art Pechvogel bin."

"Wir sind eine Kleinstadt, Mom, wir gehen uns alle gegenseitig an. Hat jemand den Vorfall mit seinem Handy aufgenommen?"

Aus dem Munde eines Kindes. Wenn ja, wäre es vielleicht online gestellt worden. "Wie finde ich es? Welche Schlüsselwörter sollen wir verwenden?"

Wir gingen zurück in mein Büro und siehe da, da war es.

"Du musst es den Beamten sagen."

Officer Ramsey antwortete sofort. Jasper schickte ihm den direkten Link, während ich ihn über die Details informierte.

Die Kartoffeln waren fast fertig, also goss ich das Wasser ab und gab etwas Salz und Pfeffer dazu.

Jasper und ich setzten uns zum Abendessen, während im Hintergrund der Fernseher lief. Es gab einen Bericht über das Paar, das von der Flasche getroffen wurde. Wir legten unser Besteck ab und rückten näher zusammen. Der Sprecher sagte, dass der Zustand des Mädchens kritisch sei, aber zum Glück sei der Junge stabil.

Wir waren nicht mehr hungrig.

***

Ich schlief nicht viel, wälzte mich ständig hin und her.

Irgendwann gab ich nach und machte mir eine Tasse Tee.

Ich stand mit der Tasse in der Hand da und schaute aus dem Fenster auf den Wind, der immer noch wehte und alles herumwirbelte. Ich zitterte.

In meinem Leben passierten gute und schreckliche Dinge immer im Dreierpack.

Ich ging in mein Büro und klickte auf einige Informationen über übernatürliche Ereignisse einschließlich Vorahnungen. Alle Anzeichen waren da. Das Universum versuchte, mir etwas zu sagen.

Aber was?

Die Anzeichen deuteten darauf hin, dass es sich um einen zornigen Geist handeln könnte, um jemanden, der ermordet oder vorzeitig getötet worden war. Jemand, der hier herumhängt und Rache üben will. Ich konnte keine Verbindung zu den Opfern erkennen. Sie waren ja schließlich völlig fremd.

Ich begann wütend zu tippen. Listen zu erstellen, half mir immer, mir über Dinge klar zu werden.

In Spalte Nummer eins schrieb ich mich selbst. Alleinstehend. Verwitwet. Rentnerin. Ein Sohn. Verheiratet seit fünfunddreißig Jahren. Der Ehemann starb an Darmkrebs. Stadium 4. Meine Eltern sind beide verstorben. Ich war ein Einzelkind. Unsere Familie hatte immer in der Nähe gelebt. Unsere Genealogie reicht weit zurück in diese Gegend.

Auf Liste Nummer zwei stand Brent Welch. Er war dreiunddreißig Jahre alt und war Anwalt. Ich habe seinen Nachruf gegoogelt. Er war ledig. Er war nie verheiratet. Er lebte allein. Seine Familie stammte ebenfalls aus dieser Gegend. Warum hatten wir uns nie zuvor getroffen? Seine Verwandten waren maßgeblich daran beteiligt, unsere Gemeinde in der Pionierzeit zu einem bewohnbaren Ort zu machen. Seine Mutter und sein Vater waren beide verstorben. Er war ein Einzelkind.

Wir hatten ein paar Dinge gemeinsam. Das ließ mich aufhorchen.

In die nächste Spalte setzte ich Eileen Manny. Sie war neununddreißig Jahre alt. Sie hatte eine Zwillingsschwester namens Esther, die in der Nähe wohnte. So viel zu dieser Theorie. Sie hatten zwar lokale Wurzeln, aber sie reichten nicht so weit zurück wie die von Brent und mir. Eileen war verheiratet, aber ihr Mann war bereits verstorben. Eileens Eltern lebten beide noch, aber sie waren weggezogen. Eileens Tochter ging auf dieselbe Schule wie Jasper. Seltsam, dass wir uns nicht schon früher über den Weg gelaufen waren.

Meine Listen enthielten nur wenige Informationen und waren absolut keine Hilfe.

Müde ging ich zurück ins Bett, wo mir Listen mit nutzlosen Informationen im Kopf herumschwirrten.

***

Es regnete sehr stark, aber die Wolken befanden sich nicht an ihrem normalen Platz. Stattdessen waren sie unter mir. Es regnete von unten nach oben. Ein weiteres Zeichen für den Klimawandel und die Umweltverschmutzung in den Städten?

Ich schwebte außerhalb meiner selbst, während meine Füße fest in meinen Tender Tootsies steckten. Meine Beine waren unter einem geblümten, mehrfarbigen Rock im Stil der Sechzigerjahre versteckt. Er wehte im Wind und entblößte sie, während der Rock erst nach außen und dann wieder nach innen klappte. Um meine Taille trug ich einen Gürtel aus dickem, braunem Leder. Er war zu eng und schnürte mich ein.

War ich tot?

Ich habe mich gezwickt. Also nicht tot.

Ich trug eine weiße Bluse mit einem hohen Rüschenkragen und eine Halskette, Perlen, schwarz, ein Rosenkranz. Ich ließ die kühlen Perlen durch meine Finger gleiten und versuchte, mir alles einzuprägen, aber ich konnte mich nicht erinnern, was ich damit anfangen sollte.

Der Wind hob mich auf und trug mich. Er wehte mich vorwärts und rückwärts.

Mein langes Haar schlängelte sich in einem engen Zopf über meinen Rücken.

Dann stand ich auf einem Stück Land, über den Wolken. Es gab nicht viel Platz, um mich zu bewegen, ohne Angst zu haben, herunterzufallen.

"Mama! Mama! Wach auf! Bitte wach auf!"

Es war Jasper. Ich war wieder da.

Ich schrie auf, als ein grüner Feuerball mein Haar versengte und den Rosenkranz zum Schmelzen brachte. Es tropfte auf meine Brust und durch meine Finger.

***

Ich setzte mich auf und schaute auf meine Finger, in der Erwartung, dass grüne Klumpen hindurchsickern würden, aber sie waren blitzsauber. Es war nichts weiter als ein schlechter Traum gewesen.

Mein Sohn rief immer noch nach mir. Ich lief ins Wohnzimmer und öffnete und schloss ein paar Mal die Augen, um mich zu vergewissern, dass ich sah, was ich sah. Was für ein Durcheinander!

Ein grünes Ding war durch das Dach meines Hauses gekracht. Auf dem Weg zu seiner letzten Ruhestätte (dem Keller) hatte es alles zertrümmert und zerstört, was sich ihm in den Weg stellte, und dabei eine neongrüne Substanz um mein Haus herum gesprüht, als würde ein Hund sein Revier markieren. Der grüne Farbton hätte eine nette Note sein können, wenn es nicht so viel davon gegeben hätte und wenn es nicht wahllos herumgespritzt worden wäre.

"Was in aller Welt?"

"Hast du es nicht gehört?" fragte Jasper. "Es war wie ein Überschallknall."

Ich ging näher an das Loch heran. Ich hatte gar nichts gehört. Ich hatte geschlafen und geträumt. Jetzt war ich hellwach und sprachlos. Ich verschränkte die Arme und schaute nach unten. Dampf stieg aus dem Loch auf. Ich streckte meine Handfläche aus und obwohl es ein Stockwerk unter uns war, konnte ich die Hitze aufsteigen spüren. Ich versuchte zu sprechen, aber ich fand keine Wo rte.

Jasper beobachtete mich und wartete darauf, dass ich etwas sagte.

Es sah nach nichts Besonderem aus, wie es in meinen Kellerboden eingelassen war. Es war nicht rund, quadratisch oder eiförmig. Es hatte viele Gesichter, war dreidimensional, kugelförmig, fast euklidisch, ein solides Dodekaeder.

"Sollten wir nicht jemanden anrufen?" fragte Jasper, als er sich neben mir über die Kante lehnte.

"Ich weiß nicht, wen wir anrufen sollten. Wir sind nicht verletzt, aber das Haus ist es. Es ist kein Geist, also würde das Ghost Busting Team nicht helfen. Ich bin mir nicht sicher, ob Neil deGrasse Tyson oder eines der Wissenschaftsmagazine Hausbesuche machen."

Jasper lachte. "Ich wünschte, Stephen Hawking wäre noch da."

"Ich glaube, das ist eher eine Stephen-King-Sache", sagte ich.

Wir standen unter Schock, aber wir hielten es mit Humor.

"Wir müssen da runter und uns das genauer ansehen."

"Ich weiß nicht, Mama; das Ding strahlt Hitze aus. Ich habe das Gefühl, ich bekomme einen Sonnenbrand, wenn ich hier stehe."

Er hatte Recht, aber ich hatte es nicht bemerkt, weil Hitzewallungen in meinem Alter ganz normal sind.

"Was ist mit der Polizei?" fragte Jasper, zückte sein Handy und machte ein paar Fotos.

"Ich weiß nicht, wie sie uns helfen können, aber zumindest sind sie nicht weit weg." Mir graute es vor der Vorstellung, mit den Officers Ramsey und Marshall zu sprechen.

"Das habe ich aufgenommen", zeigte Jasper mir, "als es durch das Dach kam."

Das Foto des Dings in der Abwärtsbewegung zeigt, wie es sich kurz vor dem Aufprall faltet und entfaltet.

"Es ist verzerrt", sagte Jasper. "Es bewegte sich sehr schnell."

Ich rief bei der Polizei an und Officer Ramsey hatte den Tag über frei, also fragte ich nach Officer Marshall. Nachdem ich es ihm erklärt hatte, fragte er: "Ist das ein Scherz?"

Da ich ihm schon einmal ein Foto geschickt hatte, schickte ich ihm jetzt eines. Beweise. Ich wartete.

Officer Marshall fragte, ob jemand verletzt sei, und ich bestätigte, dass es nur das Haus sei. Ich erklärte ihm, dass wir nach unten gehen wollten, um uns das genauer anzusehen. Er schlug vor, dass wir auf ihn warten und es uns gemeinsam ansehen sollten.

Nachdem wir aufgelegt hatten, gingen Jasper und ich in die Küche und ich setzte den Kessel auf.

"Von allen Häusern auf der Welt, warum gerade unseres?", fragte er.

"Ich habe gerade dasselbe gedacht, mein Sohn." Ich dachte auch an die Versicherung und was sie wohl sagen würde. Erst die kaputte Windschutzscheibe und jetzt ein zerstörtes Haus. Ich goss Wasser in den Instantkaffee, und wir setzten uns.

"Wenn es aus Jade wäre, wären wir stinkreich", sagte Jasper.

"Ja, die Chinesen nennen Jade den Edelstein des Himmels."

Wir tranken einen Schluck und schauten nach unten, während die Hitze von ihm ausströmte. Aufsteigend. Ich fragte mich, ob es heiß genug sein könnte, um den Rest des Hauses in Brand zu setzen. Ich beschloss, die Feuerwehr zu rufen.

***

Kurz darauf klingelte es an unserer Tür und wir bekamen unerwarteten Besuch. Es waren nicht die Polizisten oder die Feuerwehr. Es waren unsere Nachbarn. Sie hörten den Aufprall, versammelten sich und kamen, um nachzusehen (und um zu sehen, ob es uns gut geht).

Sie drängten sich herein und sahen, dass es Jasper und mir gut ging.

"Es ist ganz schön heiß hier drin", sagte Artois von der anderen Straßenseite. Er war bekannt dafür, das Offensichtliche auszusprechen.

"Was ist das?", fragte seine Frau und spähte in das Loch.

"Du kannst genauso gut raten wie ich", sagte ich.

"Die Polizei ist da", sagte Jasper und ging, um sie hereinzulassen.

"Geht zurück in eure Häuser", forderte Officer Marshall, aber niemand rührte sich.

Die Feuerwehrleute kamen mit bereitstehenden Schläuchen an. Sie folgten der Hitze und besprühten das Objekt von oben. Anstatt kühler zu werden, zischte es und spuckte. Es kam mehr Dampf heraus. Es wurde immer heißer, so heiß, dass es uns die Kleidung wegschmolz.

"Zieht euch zurück! Zieh dich zurück!" forderte Officer Marshall. Die Jungs in der Schutzkleidung konnten die Hitze nicht so spüren wie wir. Innerhalb von Sekunden stellten sie den Wasserangriff ein.

In diesem Moment kam der Vertreter der Versicherungsgesellschaft: "Wow!", sagte er.

Das war das Letzte, was ich hörte.

***

Als ich im Bett zu mir kam, hatte ich die Decke bis zum Hals hochgezogen und war mir sicher, dass ich gerade schlecht geträumt hatte, als ein grünes Ding durch die Decke stürzte. Ich ging hinaus, um der Sache nachzugehen.

Im Wohnzimmer sah ich eine riesige Schaufel, die in das Loch hinabgelassen wurde, um den grünen Krater aus meinem Haus zu heben. Das klang nach einem guten Plan.

Das Maul des Dings öffnete sich, groß, größer, dann so groß, wie es nur ging. Es fuhr mit seinen Kiefern unter das Ding und klammerte sich fest.

"Alles auf Anfang!", rief jemand.

Das Gerät drehte sich und knarrte. Es schrie auf und gab dann mit einem Seufzer und einem gebrochenen Kiefer nach. Die Metallzähne wurden verbogen und verdreht, als das, was noch an der Hebevorrichtung hing, wieder nach oben gezogen wurde.

"Was jetzt?" fragte ich.

"Ma'am", sagte Officer Marshall, "warum melden Sie sich und Ihr Sohn nicht für ein paar Tage in einem Hotel an? Vielleicht haben Sie sogar eine Versicherung, die das abdeckt."

"Höhere Gewalt", sagte ich.

"Mein Schwager ist ein Versicherungsfachmann und ich habe ihn danach gefragt. Er sagte, dass die meisten Policen Meteoriten abdecken. Wenn wir also feststellen können, dass es sich um einen Meteor handelt, dann ist alles abgedeckt."

"Und wer entscheidet, was es ist und was nicht?"

"Wir haben jemanden kontaktiert, der uns vielleicht beraten kann oder uns die richtige Richtung weist."

Ich setzte mich in meinen Lieblingssessel □ ausnahmslos mein kleines Stück Frieden im Chaos.

***

Als niemand hinsah, ging ich die Treppe hinunter, um mir das Ding genauer anzuschauen. Als ich näher kam, schien es ein Geräusch zu geben, ein Brummen oder Summen, das immer stärker wurde, je näher ich kam, und auch die Hitze nahm zu. Da war auch ein Geruch, der mich dazu brachte, mir die Hand vor die Nase zu halten.

Als ich daneben stand, hatte ich das Gefühl, dass alles auf den Kopf gestellt war. Als ich aufblickte, spiegelten sich die Gäste, die im Wohnzimmer standen, unten, als ob ihr Körper oben wäre und ihr Schatten unten mit mir durch den Boden schwebte. Es war ein seltsames Gefühl, als ob ich dort unten wäre, aber nicht allein.

Die schattenähnlichen Dinge waren gespiegelte Bilder mit grünen Lichtern, Energie, die zu dem Objekt führte. Ich studierte die Gäste oben und ihr Gegenstück unten; wenn sie sich bewegten, bewegte sich auch ihre schattenähnliche Energie.

Ich ging um einen der Strahlen herum und näher an die gefallene Masse heran und die Hitze ließ nach. Wenn ich dem Muster mit den Schattenenergien folgte, konnte ich näher an das gefallene Objekt herankommen.

Als ich es genauer untersuchte, fielen mir die Schlitze auf der Oberfläche des Dings auf. Sie waren wie Augen geformt, aber es gab weder eine Pupille noch ein Augenlid oder Wimpern. Nachdem ich es umrundet hatte, wurde mir schwindlig.

Um mich zu beruhigen, lehnte ich meinen Arm an die Wand. Das nächste, was ich wusste, war, dass sich die Wand verschoben hatte und ich außerhalb meines Hauses war. Die Wand meines Kellers war zu einem Drehkreuz geworden.

Außer dem Gras sah nichts mehr so aus, wie es sein sollte. Der Schuppen war weg, ebenso der Fahrradständer und das Fahrrad meines Sohnes. Und noch etwas: Die Nachbarhäuser waren alle weg.

Ich begann zu laufen und wünschte mir, ich hätte ein Seil am Haus befestigt, an dem ich mich festhalten könnte, falls ich mich verlaufen würde,

Als ich aufblickte, waren weder Sonne noch Himmel zu sehen. Was an ihre Stelle getreten war, war nur Grün über und um sie herum, außer den Bäumen. Die Bäume hatten keine Äste, nur Stämme, die in den Himmel ragten.

Ich zwickte mich, um sicherzugehen, dass ich wach war. Ich war es.

Ich drehte mich um und betrachtete mein Haus. Das sich nähernde Objekt war sichtbar, halb drinnen und halb draußen.

Einen Moment lang wollte ich umkehren, bis mich ein Gefühl überkam. Mir war nach Singen zumute und ich tat es. Tom Jones' The Green, Green Grass of Home.

Ich schwankte und tanzte mit mir selbst, es war, als würde ich auf einer Wolke schweben. Dann war eine Hand in meinem Kopf, die Hand meines Mannes Luther.

Ich schlang meine Arme um seinen Hals, und er tat dasselbe mit meinen.

Wir küssten uns und wir tanzten.

Als das Lied zu Ende war, verbeugte er sich, hauchte mir einen Kuss zu und verschwand.

Ich wischte mir eine Träne weg.

***

Ich fühlte mich jetzt noch einsamer als an dem Tag, an dem er starb, schlang meine Arme um mich und ging zum Haus.

Wieder drinnen, wurde ich von dem Objekt angezogen, das sich zu bewegen und zu summen schien. Etwas anderes, es drehte sich gegen den Uhrzeigersinn.

Im Obergeschoss hörte ich einen Schrei, gefolgt von einem Krachen. Ein Körper fiel durch das Loch, vereinte sich mit seiner

Schattenenergie und kam auf der Oberfläche des Objekts zum Liegen. Das Fleisch des Mannes brutzelte und spuckte, bis nur noch eine X-Form übrig war, in der sich die Arme und Beine des Mannes ausgebreitet hatten.

Mein Magen kribbelte, als ich mich auf den Weg nach oben machte.

***

Die leeren Gesichter sagten alles.

Ich ging zu Jasper und fragte ihn, wer der Mann war. Er erklärte mir, dass es sich um einen Kameramann von der Lokalzeitung handelte. Er hatte versucht, die beste Aufnahme zu machen, sich aber zu weit vorgebeugt.

"Alle raus!" forderte Marshall. Dieses Mal akzeptierte er kein Nein als Antwort.

Jasper und ich hatten unser Haus wieder für uns allein, jedenfalls das, was davon übrig war.

***

Officer Marshall und zwei weitere Beamte waren an der Vorderseite meines Hauses postiert.

Zwei weitere Beamte trafen ein und wurden auf der Rückseite postiert.

Sie sperrten den Bereich mit Klebeband ab. Die neugierigen Nachbarn mussten die Straße überqueren.

Jasper und ich zogen die Vorhänge zurück und spähten hinaus, als eine Kolonne schwarzer Fahrzeuge quietschend zum Stehen kam. Die Türen öffneten sich gleichzeitig wie in einer Szene aus Men in Black. Schwarze Anzüge. Ray-Bans.

"Oh je", sagte Officer Marshall. "Ich glaube, der Experte, den wir kontaktiert haben, hat die Behörden eingeschaltet."

"Oh Mann, das hat er wirklich", sagte ich.

"Wow", rief Jasper aus, als er die einzige Frau im Gefolge erblickte.

Sie trug einen roten zweiteiligen Anzug mit einer maßgeschneiderten Jacke und einem Rock über dem Knie. Unter der Jacke trug sie eine weiße Bluse mit offenem Kragen und eine Halskette mit einem Diamantenherz. Abgerundet wurde ihr Look durch ein Paar rote Sieben-Zoll-Absätze und eine passende Handtasche.

Die Männer hielten sich zurück, als die Frau die Treppe hinaufstieg.

Sie war eindeutig die Anführerin des Rudels.

Jasper und ich gingen zum Eingang, zusammen mit Marshall und den beiden anderen Beamten. Wir bildeten ein halbes Hufeisen.

Die Frau zeigte ihren Ausweis. Sie war vom Heimatschutz und hatte einen weiteren Agenten bei sich. Es waren zwei vom FBI, zwei von der CIA und zwei von der Behörde für den Schutz von Ausländern. Zwei vom Secret Service.

"Wo ist es?", fragte die Frau. Ihr Name war Charlotte Cassidy. Sie nahm ihre dunkle Sonnenbrille ab und ihr rabenschwarzes Haar stand sofort im Kontrast zu ihren blauen Augen. In ihrer Hand trug sie einen Gegenstand, der tickte. "Es ist nicht so groß, wie ich es mir vorgestellt habe." Sie näherte sich dem Loch mit dem ausgefahrenen Gerät und es wurde still.

"Strahlungsdetektor?" flüsterte Jasper.

Ich zuckte mit den Schultern.

Der Mann von der CIA, Frank Dune, setzte immer wieder seine Sonnenbrille auf und nahm sie wieder ab, obwohl er drinnen war. Das war sehr nervig. Sein Partner Jake Flatts stieß ihn mit dem Ellbogen und sagte ihm, er solle damit aufhören. "Ma'am, was wissen Sie über dieses Objekt?"

"Es ist durch mein Dach gefallen. Es ist lächerlich heiß. Es brummt, manchmal summt es. Sie haben versucht, es mit einem Gabelstapler rauszuholen, aber der ist kaputt gegangen." Ich trat näher heran und deutete auf die X-förmige Form, die der Tote hinterlassen hatte.

"Es ist weg", sagte Jasper.

"Was ist weg?" fragte Charlotte.

Officer Marshall meldete sich zu Wort. "Ein Fotograf ist hineingefallen und hat sich darauf geschmolzen. Es gab einen

Abdruck seines Körpers in Form eines X, aber der ist nicht mehr zu sehen."

"Vielleicht war er nie da?", fragte sie.

"Er war auf jeden Fall da", sagte ich. "Wir haben jede Menge Zeugen."

"Mein Gott!", sagte einer der Jungs vom Department for The Protection of Aliens (T.D.F.T.P.O.A.). Sein Name war Alex Greene und er wollte unbedingt hinuntergehen und es sich a nsehen.

Charlotte übernahm die Führung und schlug vor, die Gruppe aufzuteilen. Sie wies darauf hin, wer oben bleiben sollte und wer mit ihr nach unten gehen sollte. Ich gehörte zu der letzteren Gruppe.

Alex Greene und seine Partnerin Jessie Filtch waren sichtlich verärgert darüber, dass sie ausgeschlossen wurden, aber Charlotte hielt es für das Beste, dass sie und ihr Team zuerst die Gefahr sehen, bevor sie die anderen loslassen.

***

Als ich die unterste Treppe erreichte und langsam ging, um unterwegs nachdenken zu können ☐ manchmal hat das Alter seine Vorteile ☐, überlegte ich, ob ich ihnen von dem Tanz mit meinem

Mann erzählen sollte. Mir wurde klar, dass ich das tun sollte, auch wenn es sie eigentlich nichts angeht.

Ich bemerkte sofort eine Veränderung an dem Objekt. In zwei der augenähnlichen Schlitze befanden sich zwei echte Augen. Die Farbe war allerdings nicht menschlich, denn im Hintergrund waren grüne Flecken zu sehen und anstelle der Pupille war etwas Feuerballrotes. Ich keuchte und ging weiter.

Als ich mich erholt hatte, erwartete ich, dass die Gäste erstaunt oder zumindest interessiert an den Schatten waren, die von den Leuten oben ausgingen. Seltsamerweise schienen sie sie nicht zu bemerken.

Charlotte war damit beschäftigt, mit ihrem nicht mehr tickenden Ticker herumzufuchteln. Sie kam näher an mich heran. "Was genau beunruhigt dich an diesem Ding? Es scheint mir völlig harmlos zu sein."

P. G. Willow (kurz "Pinguin"), der Vertreter der Nationalen Sicherheit, bewahrte mich davor, etwas zu sagen, was ich bereut hätte. "Sei doch mal ein bisschen sensibel, ja? In das Haus dieser Frau wurde eingedrungen und es wurde in Stücke zerschlagen." Er hielt inne: "Haben Sie daran gedacht, dass es brüten könnte?"

"Es hat nicht einmal die Form eines Eies", erwiderte Charlotte, nachdem sie gespottet hatte.

"Ein Ei, wie wir es kennen", entgegnete Pinguin.

Charlotte rollte mit den Augen.

"Was mich beunruhigt", sagte ich und versuchte, nicht zu böse zu klingen, obwohl ich mich böse fühlte, "ist nicht so sehr dieses Ding, sondern ihr alle, die ihr durch mein Haus trampelt. Warum seid ihr überhaupt hier? Warum sind nicht die Jungs von der Ausländerbehörde hier unten und nicht das FBI, die CIA und der Heimatschutz?"

"Es ist sehr heiß", bot Charlottes Schalterbeamter von Homeland Security an. Sein Name war Brad Hitt und er war gut darin, das Offensichtliche zu sagen, wie mein Nachbar.

Ich schlängelte mich herum und versuchte, die Aufmerksamkeit auf die Schatten zu lenken. Ich ging rein und raus. Aber nichts.

War ich der Einzige, der sie sehen konnte?

"Was sind das für Lücken in der Oberfläche?" fragte Hitt.

Ich ging auf ihn zu und fragte ihn, welche es sind. Ich fragte mich, was er sehen konnte und was nicht. Er sagte, es seien Hunderte oder Tausende von leeren, schlitzartigen Dingen. Dann streckte er die Hand aus und hätte das Ding berührt, wenn ich ihn nicht rechtzeitig aufgehalten hätte.

"Willst du dich umbringen?"

Charlotte meldete sich zu Wort: "Ich glaube, wir haben genug gesehen. Das Ding muss abgekühlt werden. Ruf die Feuerwehr an. Wenn sie es abgekühlt haben, können wir es hier rausrollen. Ganz einfach."

Ich erzählte ihr, was passierte, als die Feuerwehr das versuchte.

Charlotte sprach direkt in ihr Telefon: "Das fragliche Objekt erhitzt sich, wenn man Wasser darauf schüttet. Ich wiederhole, er erhitzt sich, anstatt abzukühlen, wenn kühles Wasser darauf gegossen wird." Sie durchquerte den Raum. Wir alle folgten ihr.

"Wartet einen Moment", sagte Hitt. Wir haben alle gewartet. "Macht nichts", sagte er.

Charlotte und ihr Gefolge gingen, nachdem sie uns genaue Anweisungen gegeben hatten:

#1. Niemand Neues darf das Haus betreten.

#2. Keiner darf ohne ihre Erlaubnis etwas in den sozialen Medien oder sonst wo veröffentlichen.

Dann waren sie weg, bis auf zwei.

***

Zurück blieben Alex Greene und sein Partner, Jessie Filtch. Die beiden Jungs von der Abteilung für den Schutz von Ausländern.

"Mama, kann ich dich kurz sprechen?"

Wir entschuldigten uns und gingen in mein Büro.

"Mama, ich finde, die beiden Typen sind Idioten."

"Jasper, wie kannst du nur so etwas sagen?"

"Ich denke, wir sollten jemanden anrufen, einen Experten. Wie Sam und Dean bei Supernatural. Die werden wissen, was zu tun ist."

Ich schüttelte den Kopf. "Jasper, das sind fiktive Figuren.

"Ich weiß, Mom, aber im echten Leben muss es doch auch solche Typen geben."

"Warum surfst du nicht mal im Internet und schaust, was du herausfindest?"

Ich ließ Jasper in meinem Büro zurück und ging zu Alex und Jessie. Sie trugen seltsame Schutzkleidung, darunter Uniformen und Masken, und mit den Waffen, die sie bei sich trugen, sahen sie aus wie die Ghostbusters.

Ich wollte eigentlich vorangehen, aber stattdessen folgte ich den Jungs. Sie schleppten so viel zusätzliches Zeug, Schläuche und Geräte mit sich herum. Einer der Jungs tickte aus.

Die Jungs arbeiteten gut zusammen, mit einer seltsamen Osmose. Einer wusste, was der andere dachte, bevor er es mitteilte. Sie näherten sich dem Objekt und legten mit Schutzhandschuhen ihre Hände darauf. Ihre Anzüge erledigten den Job □ zunächst. Sie tauschten Blicke aus und gaben sich gegenseitig einen Daumen nach oben.

Ich ging etwas näher heran und nahm einen merkwürdigen Geruch wahr. Irgendetwas brannte. Zuerst leuchtete Jessies Handschuh auf und dann der von Alex. Sie rannten zum Waschbecken und rissen sich mit der anderen Hand die zerfetzten Handschuhe ab. Ihre Hände waren verbrannt, aber es war nicht so schlimm, wie es hätte sein können.

"Wow!" sagte Jessie, nachdem er seine Maske abgenommen hatte. "Dieser Mistkerl ist heißer als die Hölle."

Dieser Ausbruch der Wahrheit brachte mich zum Lachen, als Alex seine Maske abnahm. "Hast du das bemerkt?

Die beiden Männer sahen sich gegenseitig an und dann mich. Ich war mir nicht sicher, worauf sie anspielten, also schwieg ich.

"Ja", sagte Jessie. "Die Augen."

Ich war überrascht, dass sie sie sehen konnten und sagte das auch.

"Moment mal", sagte Alex. "Willst du uns sagen, dass du sie ohne Augenausrüstung sehen kannst?"

Ich nickte.

"Was kannst du noch sehen?" fragte Jessie.

Ich zögerte und sagte, ich sei gleich wieder da. Sie setzten ihre Kapuzen wieder auf und ich ging nach oben, um die Schattenenergie zu demonstrieren. Ich wartete und erwartete, etwas von ihnen zu hören, wie einen Freudenschrei, aber ich hörte nichts."

"Oh, du bist wieder da", sagten sie.

"Hast du etwas bemerkt?"

"Darf ich euer Bad benutzen?" sagte Alex und ging die Treppe hinauf.

Jessie setzte seine Kapuze auf und als Alex zurückkam, tauschten sie Blicke aus.

"Du kannst also die Schatten sehen?"

"Wir haben unsere Hände hindurchgesteckt", gab Jessie zu. "Und wir können sie auch lesen."

Ich trat näher heran. "Dann mach es doch nicht so spannend."

"Es ist ein Glühen der ionisierten Luft, Rydberg-Atome, daher die grüne Färbung", sagte Alex. "Es ist schwer zu erklären, da es normalerweise nur im Weltraum oder an Orten wie dem Polarlicht auftritt. Es ist extrem selten, ich meine, es kommt in keinem Keller vor."

Mir blieb der Mund offen stehen. Ich schloss ihn.

"Auf Aluminiumbasis", erklärte Jessie. "Nicht giftig oder gefährlich. Wir glauben, dass das Objekt zufällig hier ist, von weit, weit weg. Angesichts seiner Größe und Form, ganz zu schweigen von seinem Gewicht, wird es nicht einfach sein, es zurückzuschicken. Wahrscheinlich haben wir gar nicht die Technologie dafür."

"Ich brauche einen Drink", sagte ich.

Als ich mich auf den Weg nach oben machte, fragte Jessie: "Was ist mit der Wand?"

"Angenommen, sie kann sie sehen", sagte Alex.

Ich tat so, als hätte ich sie nicht gehört und ging weiter. Dann kippte ich mir einen Schluck Whiskey hinter die Binde.

"Mama?"

"Ich bin in der Küche, Schatz."

"Ich habe zwei Typen gefunden, die wie Sam und Dean aussehen. Sie fahren jetzt hierher, etwa fünfundvierzig Minuten entfernt, und benutzen ihr GPS. Ich hoffe, es macht dir nichts aus, aber ich habe ihnen eine laufende Rechnung angeboten. Bis zu hundert Dollar, um ihre Kosten zu decken."

Ich lächelte. "Das ist gut."

"Sie haben eine Website und jede Menge Zeugnisse und Erfahrungen mit dem Übernatürlichen, dem Okkulten und dem Außerirdischen."

"Gut gemacht, Jasper. Sag mir Bescheid, wenn sie ankommen. In der Zwischenzeit werde ich die beiden Gäste unten beschäftigen."

"Geht es dir gut, Mama? Du siehst ein bisschen müde aus?"

"Ich bin müde, aber gleichzeitig auch aufgeregt.

"Ich auch!"

***

Ich ging zurück in den Keller und bestätigte, dass ich es sehen konnte.

"Bist du hindurchgegangen? Auf die andere Seite?" fragte Jessie.

"Ich bin rübergegangen und habe mich so an die Wand gelehnt." Ich machte es vor und ging noch einmal hindurch. Die Jungs waren schon angezogen und folgten mir.

"Wie ist die Luft?" fragte Jessie.

"Sie ist frisch und schön."

Sie nahmen ihre Masken ab.

"Wann hast du die Leere zum ersten Mal bemerkt?" fragte Alex.

"Eigentlich gar nicht, ich habe mich nur zufällig dorthin gelehnt."

"Es sieht sehr seltsam aus mit all dem grünen Himmel", sagte Alex. Er berührte das Gras und sagte, es fühle sich künstlich an.

Sie gingen in die entgegengesetzte Richtung, in die ich zuvor gegangen war. Ich folgte dicht hinter ihnen. Wir liefen eine ganze

Weile und lauschten aufmerksam der Stille. "Warum habt ihr Jungs es die Leere genannt?"

"Er hat nur einen Scherz gemacht", sagte Jessie. "Die Leere ist das, was man in der Spielewelt oder in der virtuellen Realität so nennt. Wir sind uns noch nicht sicher, was es ist, aber wir haben das Gefühl, dass diese Welt die Welt ist, aus der euer Objekt stammt."

"In der Tat", fügte Alex hinzu. "Das Ding wäre hier getarnt, wie ein Chamäleon."

Ich hörte ein lautes Pfeifen. Interessanterweise konnte ich an diesem anderen Ort Geräusche aus meinem Haus hören. Alex und Jessie reagierten nicht auf das Geräusch, als ich mich auf den Weg zurück zum Eingang machte und direkt hinein ging. Die Jungs waren mir auf den Fersen, aber sie kamen nicht durch. Ich griff mit meiner Hand in die Leere (in Ermangelung eines besseren Wortes) und zog sie dann zurück. Er war mit einer gallertartigen grünen Substanz gefüllt. Ich griff erneut mit beiden Händen hinein, um verzweifelt nach Jessie und Alex zu greifen. Ich schrie ihre Namen durch die Wand und versuchte sogar, mich wieder hindurchzudrücken, aber ich hatte kein Glück.

Jasper flüsterte laut.

"Bring sie her, Jasper, ich glaube, wir brauchen ihre Hilfe □ JETZT."

***

Unser Sam und Dean waren zwei junge Burschen, kaum älter als Jasper. Sie waren mit Ausrüstung beladen, als sie die Treppe herunterkamen. Der Größere der beiden hatte blondes Haar und hieß Bert (kurz für Albert) und der zweite Junge, der einen Haarschnitt im Armee-Stil hatte, hieß Leo (kurz für Galileo).

Nachdem wir ein paar Höflichkeiten ausgetauscht hatten, erzählte ich von den verschwundenen Agenten und der Leere.

Leo sprach in ein Mikrofon, das er an seinem Handy hatte. Er beschrieb das Objekt mit Größe und Abmessungen. Er bat mich zu erklären, wie die Leere funktioniert.

Bert ging zu dem grünen Objekt hinüber, um es sich genauer anzusehen. Er streckte seine Hand aus und berührte das Objekt, bevor ich ihn aufhalten konnte. "Es ist total cool", sagte er. "Ich meine von der Temperatur her. Nach Jaspers Beschreibung von vorhin würde ich sagen, dass es einen Kurzschluss gegeben hat."

Ich berührte es selbst; es fühlte sich besonders glatt und kühl an. Ich suchte nach dem Augenpaar, aber ohne Erfolg. Ich wunderte mich über die Schatten und bat Jasper, die Treppe hinaufzulaufen, damit ich es mir ansehen konnte. Nichts. Bert und Leo beobachteten mich aufmerksam.

"Ich glaube, wer auch immer dieses Ding besitzt, muss einen Traktorstrahl darauf haben."

"Wir sollten sagen, er HATTE einen Traktorstrahl", sagte Bert. "Denn er scheint defekt zu sein."

"Kann ich jetzt runterkommen?" fragte Jasper.

Ich entschuldigte mich dafür, ihn vergessen zu haben.

"Die Jungs auf der anderen Seite, wie heißen sie?" fragte Leo.

Wir riefen nach ihnen. Nichts.

"Also, der Traktorstrahl", sagte ich, "er funktioniert nicht mehr, also wie reparieren wir ihn? Und wenn wir ihn reparieren, werden sie ihn dann wieder einholen können?"

"Wenn wir es schaffen, den Hohlraum zu öffnen, können wir das Objekt durchschieben", sagte Leo.

"Und die Jungs zurückholen", fügte Jasper hinzu.

Ich hätte immer noch ein riesiges Loch in meinem Dach, aber dann könnte ich es wenigstens reparieren lassen.

Gemeinsam standen wir vier auf einer Seite des Objekts. "Ich zähle bis drei", sagte Bert und wir schoben es mit allem, was wir hatten.

"Das war eine clevere Idee", sagte Bert, als wir es keinen Millimeter verschieben konnten. Er zögerte einen Moment und fragte dann: "Als ihr auf der anderen Seite wart, habt ihr da eine Gefahr gespürt?"

Ich dachte darüber nach. Das hatte ich nicht und sagte es. "Eine Sache", gab ich zu. "Jasper, das wird ein Schock für dich sein. Ich hatte gehofft, es dir unter vier Augen sagen zu können."

Ich erzählte von dem Tanz mit meinem Mann. Besorgt fragte ich Jasper, was er darüber dachte. Er sagte, er wünschte, er wäre bei mir gewesen.

"Hat er nach mir gefragt?"

Ich wünschte, er hätte es getan, aber er hatte es nicht. Es ging alles so schnell.

"Lass mich das mal klarstellen", unterbrach mich Alex. "Es war nicht dein Mann. Es war eine Manifestation deines Mannes. Übernatürliche Wesen können Gedanken lesen, manche können Geister beschwören und sogar die Lebenden nachbilden."

"Aber er fühlte sich echt an, roch sogar echt."

"Das ist genau das, was sie dich glauben lassen wollen", sagte Leo.

Draußen hörte ich Autoreifen, die quietschend zum Stehen kamen.

"Sie sind zurück", sagte ich, als wir uns auf den Weg zur Haustür machten.

"Verdammt noch mal", sagten Leo und Bert. "Wir haben ein Recht darauf, hier zu sein. Wir gehen nirgendwo hin."

Ich öffnete die Tür.

Wir standen fest auf unserem Platz und waren fest entschlossen, uns nicht von der Stelle bewegen zu lassen.

***

Diesmal war es nicht Charlotte, die die Gruppe anführte. Stattdessen war es der Präsident.

Er war größer als alle anderen und trug einen dicken Mantel, der durch ein Paar Lederhandschuhe noch betont wurde. Seine

Leibwächter standen dicht bei ihm, sprachen in Mikrofone und machten ihn sichtlich heiß.

"Herr Präsident", sagte ich und machte einen Knicks. Er streckte seine unbehandschuhte Hand aus. Ich stellte ihn Jasper vor, dann Bert und Leo. "Willkommen in meinem Haus, Herr Präsident."

Mit gesenktem Kopf trat er ein und fragte: "Und, wo sind sie durchgekommen?"

Woher wusste er das? Hatten sie mein Haus verwanzt? Ich war verärgert und sagte das auch.

Charlotte kam mit ausgefahrenem Telefon nach vorne und drückte auf "Play". Auf ihrem Telefon war eine Nachricht von Jessie und Alex.

"Heiliger Strohsack!" rief Bert aus.

"Warum haben wir nicht daran gedacht?" fragte Leo.

"Das würdet ihr doch nie tun, oder?" sagte Charlotte mit einer ungebührlichen Arroganz, über die der Präsident mit hochgezogenen Augenbrauen nicht gerade erfreut war.

"Folgt mir", sagte ich und führte sie in den Keller.

"Moment mal", sagte der Präsident. "Wie kommt es, dass dieses Ding keine Wärme mehr abgibt?" Er drehte sich zu Charlotte um. "Ich dachte, du hättest gesagt, es sei glühend heiß."

Charlotte erkannte, dass der Präsident Recht hatte, und fragte nach einem Update.

"Es scheint passiert zu sein, als die Jungs in die Leere gingen", bot ich an.

"Ruf sie noch einmal an", befahl der Präsident, Charlotte versuchte es, aber sie antworteten nicht.

Bert sagte zum Präsidenten: "Wir haben gerade überlegt, ob wir das Ding hier rausrollen können, jetzt, wo es kalt ist. Wenn wir die Lücke öffnen und die Jungs rein- und das Ding rausbringen können, könnte man das als Austausch des guten Willens betrachten."

"Für wen?", fragte der Präsident.

"An den, der es hergeschickt hat", sagte Leo.

"Bitte erzähl mir mehr", sagte die Präsidentin und bald waren auch Charlotte und ihr Gefolge um sie versammelt und hörten zu.

"Wir glauben", sagte Leo, "dass derjenige, dem dieses Ding gehört, einen Traktorstrahl auf es gerichtet hat. Wir glauben, dass der Traktorstrahl eine Fehlfunktion hatte □ aber in jedem Fall müssen wir die beiden Jungs da rausholen, bevor er sich wieder einschaltet."

Der Präsident schüttelte Leos und Berts Hand. Er wandte sich an Charlotte. "Stell die beiden ein."

Die Jungs fühlten sich geschmeichelt, lehnten das Angebot aber ab und erzählten dem Präsidenten von ihren früheren Erfahrungen mit dem Übernatürlichen, dem Okkulten und dem Außerirdischen. Sie erzählten dem Präsidenten von ihren mehr als fünf Millionen Zugriffen auf YouTube und Millionen von Anhängern in den sozialen Medien.

"Nun, das ist sehr beeindruckend", sagte der Präsident. Seine Hand glitt in seine Tasche, er holte zwei Visitenkarten heraus und gab sie den Jungs. Diese wiederum gaben ihm ihre Visitenkarten.

"Nun lasst uns zur Sache kommen", sagte der Präsident. "Wie bekommen wir unsere Jungs zurück und zwar pronto."

Ich lehnte mich an die Wand, wie ich es schon einmal getan hatte, und hoffte, durchzukommen, aber dieses Mal klappte es nicht.

***

Wir schafften es, das grüne Objekt ein wenig zu bewegen, so dass es in Position war, wenn sich der Hohlraum öffnete.

"Jetzt können wir nur noch warten", sagte der Präsident. Dann rief er Charlotte zu sich, dankte uns dafür, dass wir hervorragende Bürgerinnen und Bürger waren, und machte dann einen Antrag auf Abreise.

"Kann ich dich um einen Gefallen bitten?" sagte Bert.

"Aber sicher", sagte der Präsident.

"Können wir ein Selfie für unsere Website machen?"

Der Präsident sagte: "Kein Problem", und sie machten mehrere.

Wir gingen die Treppe hoch und warteten auf ein Zeichen. Irgendein Zeichen.

***

Der Tag wurde zur Nacht.

Draußen pfiff der Wind und rüttelte an den Dachziegeln, als würde er ein Rennen gegen sich selbst veranstalten. Ich schloss die Augen, fröstelte, schaute durch den Spalt in der Decke nach oben und entdeckte einen Lichtstrahl in der sternenklaren, sternenlosen Nacht.

Ich keuchte auf und bald standen alle in meiner Nähe und schauten nach oben.

"Wow!" rief Leo aus. "Ich glaube, das ist der Traktorstrahl."

"Das nenne ich mal hochbeamen, Scotty!" sagte Bert.

Der Traktorstrahl kam herunter, schlängelte sich durch das Loch und fuhr in den Keller, wo er sich an dem grünen Objekt festhielt. Der Traktorstrahl war ebenfalls grün, aber er schimmerte und zitterte, als er das Ding ergriff.

Sobald er es fest im Griff hatte, schien er anzuhalten und dann die Motoren hochzufahren. Das Geräusch war ohrenbetäubend und wir hielten uns alle die Ohren zu, als es das Objekt erst von der Wand weg und dann langsam, aber stetig in den Himmel hob.

Wir konnten unsere Augen nicht davon abwenden. Wir hätten in Gefahr sein können □ trotzdem konnten wir nicht wegschauen. Es stieg höher und höher in den Nachthimmel. Wir gingen nach draußen, um mehr von dem zu sehen, was sich am anderen Ende befand, aber aus allen Perspektiven war nichts zu sehen, außer dem Strahl einer grünen Linie, die das Objekt davon trug.

Als es ganz verschwunden war, so hoch oben, dass es mit bloßem Auge nicht mehr zu erkennen war, blieben wir schweigend zusammen stehen, bis ich sagte: "Okay, das Objekt ist weg, aber was machen wir mit Alex und Jessie? Sie sind immer noch in der Leere gefangen."

"Ich schätze, wir brauchen einen Plan B", sagte Leo.

"Das überlassen wir dir", sagte Charlotte, während sie die Kurzwahltaste ihres Telefons drückte und den Präsidenten informierte und dann den Fall für abgeschlossen erklärte. "Hier gibt es keine Sicherheitsprobleme und keine Außerirdischen." Sie und ihr Gefolge packten zusammen und machten sich auf den Weg zu ihren Fahrzeugen.

"Moment mal!" rief ich. "Sind dir deine Männer denn egal?"

"Kollateralschaden", sagte Charlotte, als sie die Tür ihres Autos zuschlug. Sie fuhren weg.

"Ich schätze, es liegt an uns", sagte ich.

Bert und Leo sahen sich an.

Bert sagte: "Es tut mir leid, aber wir wissen nicht, was wir tun sollen und wie wir sie zurückholen können. Wir werden uns auch auf den Weg machen, um ein bisschen zu schlafen. Wir rufen euch morgen früh an, wenn uns etwas einfällt."

Jasper und ich waren nicht amüsiert. Jetzt, wo das Objekt verschwunden war, wollten alle gehen. Sie ließen uns im Stich.

Jasper ging in sein Zimmer und ich zog meinen Schlafanzug an und dachte ständig an die verschwundenen Männer. Ich versuchte mich abzulenken, indem ich einen Krimi las, aber das Geheimnis direkt unter meinem eigenen Dach verlangte meine Aufmerksamkeit. Nach zwei Stunden Hin- und Herwälzen stand ich auf und machte mir eine Tasse Tee.

Ich hätte meinen Hausmantel angezogen, wenn ich gewusst hätte, dass Besuch kommt.

***

Während ich am Tee nippte und darüber nachdachte, wie ich das Dilemma lösen könnte, blickte ich zu den Sternen hinauf, während mir eine Träne über die Wange rann. Zwei Männer waren irgendwo in der Leere verloren, ohne Familie, ohne Freunde, ohne Land. Sie waren tapfere Bürger gewesen. Sie hatten etwas Besseres verdient.

Ich schnappte mir einen Schokoladenkeks und wollte gerade hineinbeißen, als ich einen grün schimmernden Stern bemerkte. Ein grüner Stern? Ich rieb mir die Augen, aber er war immer noch da und zwinkerte mir zu. Ich ging nach draußen, um mir den Nachthimmel genau anzusehen.

Es war kein Stern.

Er bewegte sich, fiel schnell in meine Richtung und wurde immer größer.

"Oh nein!" rief ich zu niemandem. Dann rief ich nach Jasper, und er kam herausgerannt. Ich zeigte nach oben und überlegte, wie wir ihm schnell aus dem Weg gehen könnten.

Als sich der Abstand zwischen ihnen und uns verringerte, konnten wir unsere Aufregung nicht mehr zurückhalten und sprangen vor Freude, als das Ding anhielt und sie da waren.

Zwei schwarze Regenschirme wurden aufgespannt, Alex und Jessie schnappten sich jeweils einen und begannen, auf uns zuzugehen. In ihren Anzügen aus reflektierendem Material fielen Alex und Jessie sanft auf uns zu.

Nachdem sie sanft gelandet waren, griffen die beiden in ihre Anzüge und zogen zwei grüne Flaschen heraus. Nachdem sie den Deckel aufgeklappt hatten, leerten sie den Inhalt. Sie kletterten aus ihren Anzügen und zogen die Kleidung an, mit der sie losgefahren waren. Sie steckten die Flaschen wieder hinein und befestigten sie an den Regenschirmen.

Der Traktorstrahl rastete an den Schirmen und Anzügen ein. Wir winkten, als die Objekte in den Himmel gezogen wurden und sahen zu, bis wir sie nicht mehr sehen konnten.

"Willkommen zurück!" riefen Jasper und ich.

"Ich könnte eine Tasse Tee vertragen!" sagte Alex.

"Ich würde einen Schuss Whiskey vorziehen", sagte Jessie.

"Wer waren die?" fragte ich. "Oder sollte ich sagen, WAS waren sie?"

"Alles zu seiner Zeit", sagten unsere beiden zurückgekehrten Helden unisono. "Aber zuerst brauchen wir Kekse und Getränke."

Sie stellten sich darauf ein, dass sie wieder da waren, während ich alles auftischte. Wir saßen zusammen am Tisch und nippten. und warteten. Sie hatten nichts zu sagen. Keine Fragen an uns, obwohl das riesige grüne Ding nicht mehr in meinem Haus war.

Meine Geduld ging langsam zur Neige, also bat ich sie, uns zu erzählen, was passiert war.

"Es war ein Kurzurlaub", sagte Alex.

"Ja, ein bezahlter Urlaub", sagte Jessie.

Ich bin aufgestanden. "Was soll das heißen? Wo warst du? Wer hatte dich? Wurdest du gefangen gehalten? Wie waren sie so? Wie hast du sie überzeugt, dich zurückzuschicken?" Ich setzte mich wieder hin.

Jasper fuhr fort: "Und was war dieses grüne Ding? Warum war es hier? Wurde jemandem in den Arsch getreten, weil er es fallen gelassen hat?"

Die Männer sahen sich mit leeren Gesichtern an. Sie hatten keine Ahnung, wovon wir sprachen. Das nenne ich mal ahnungslos.

"Mama, ich glaube, die Aliens haben ihr Gehirn gelöscht."

"Stimmt. Das nenne ich mal einen Neuanfang."

Es blieb uns nichts anderes übrig, als zu schlafen. Jessie ließ sich auf dem Sofa nieder, Alex auf dem La-Z-Boy-Sessel.

Alex sprang auf. "Oh, bevor ich es vergesse."

Jessie sprang ebenfalls auf. "Ja, wir haben etwas für dich."

Jasper und ich sahen uns an, als wären sie angestupst oder geschockt worden.

Jessie zog ein grün schimmerndes Etui aus seiner Tasche. Es kräuselte sich, als ich es in die Hand nahm und fühlte sich sehr kühl an. Ich öffnete es und keuchte. Darin befand sich die Christophorus-Medaille meines Mannes. Die Medaille, die ich ihm zu unserem ersten Hochzeitstag geschenkt hatte.

Alex reichte Jasper einen ähnlichen Gegenstand. Darin befand sich die Uhr seines Vaters. Jasper legte sie direkt an sein Handgelenk. "Hat er etwas über mich gesagt?"

Alex sagte: "Er sieht dich jeden Tag, euch beide. Es stimmt, was man sagt: Die, die wir lieben, sind nie weit weg von uns."

Sowohl Alex als auch Jessie sprangen auf, dieses Mal im Einklang. "Wir müssen gehen."

"Was jetzt?" fragte ich. "Ist alles in Ordnung mit euch?"

"Ja", sagten sie gemeinsam. "Wir müssen dem Präsidenten etwas übergeben. Jetzt."

Draußen hielt ein Auto an und sie fuhren los.

***

"Wir müssen es ihm selbst überbringen", forderten Jessie und Alex.

Es war mitten in der Nacht, aber der Präsident willigte ein, sie zu empfangen.

Als sie das Oval Office betraten, saß der Präsident bereits in seinem seidenen Bademantel.

"Was habt ihr zwei für mich?", fragte der Präsident.

Gemeinsam präsentierten Jessie und Alex ihm das Objekt. Es war ein außergewöhnlich großer grüner Knopf. Darauf standen die folgenden Worte: "PUSH ME. JUST DO IT."

"Was wird passieren?", fragte der Präsident.

"Das wissen wir nicht."

"Ich muss jemanden fragen, einen meiner Berater. Ich kann doch nicht einfach..."

"Aber du bist der Präsident", sagte Jessie.

"Ja, du kannst doch alles tun, oder?"

Der Präsident legte den grünen Knopf auf seinen Schreibtisch neben den roten Knopf. Zusammen sahen sie ziemlich weihnachtlich aus.

Jessie und Alex sagten: "Raus. Raus. Raus."

"Okay Jungs, okay", sagte der Präsident. "Lasst uns gehen."

Draußen angekommen, konnte der Präsident es kaum erwarten, loszulegen, und das tat er auch.

Der Himmel färbte sich von blau zu grün, als ein Traktorstrahl das Land von Küste zu Küste abdeckte und jede einzelne AR-15 aufspürte.

EPILOG

Weit, weit weg, auf dem Planeten mit dem grünen Himmel und der grünen Erde, auf dem die Bäume nur noch Stämme waren, verarbeiteten die Außerirdischen die irdischen Materialien, die sie gesammelt hatten.

Die AR-15s wurden zu Ästen geformt.

Die Flaschen wurden an den Ästen aufgehängt, und sie pfiffen im Wind.

Die Schirme dienten als Regen- und Sonnenschutz.

Wann immer die Aliens mehr AR-15s brauchten, leuchteten sie den Knopf auf und die Präsidenten drückten ihn immer.

DARRYL UND ICH

Am selben Tag, an dem ich erfuhr, dass ich schwanger war, starb mein Mann.

Ich befinde mich in einem Kriegsgebiet. Ich bin nicht allein. Mein Baby ist bei mir, in mir.

Ich lege meine Arme schützend über mein Baby, während ich die Straße entlanglaufe, während um uns herum Bomben explodieren. Ich versuche, einen Unterschlupf für uns zu finden, aber die Bomben kommen immer näher.

Ich bin verloren, aber ich habe keine Angst. Mein Kind tritt mir zur Beruhigung in die Hand. Wir halten zusammen, während der Rest der Welt in die Luft fliegt.

Ich bleibe stehen und betrachte mich in einem Spiegel in der Mitte der Straße. Ich trage ein knallrotes Kleid mit passenden roten Schuhen und schwarzen Strümpfen. Ich streiche mir mit den Fingern durch die Haare und greife in meine Handtasche, um Lippenstift zu holen. Ich mache einen Kussabdruck auf dem Glas, werfe meinen Kopf zurück und mache ein Selfie. Ich poste es auf Instagram. Oder versuche es. Ich bin mir nicht sicher, ob ich genug Balken habe.

Ich höre eine Sirene heulen. Sie kommt in meine Richtung. Sie geht auf den Spiegel zu. Ich strecke die Hand aus, um sie zu greifen, aber eine Hand packt meine. Ich schreie. Die Sirene schreit.

"Geh rein. Bist du verrückt? Steig ein!", sagt der Krankenwagenfahrer in einer Sprache, die ich weder kenne noch verstehe. Zum Glück gibt es Untertitel.

Ich zögere, bevor ich einsteige. Ich muss Darryl finden. Darryl ist hier irgendwo und unser Baby braucht seinen oder ihren Vater. Darryl sucht nach mir und wir suchen nach ihm. Unser Kind ist der Magnet. Das Radar. Das GPS.

Ich werfe meinen Kopf zurück und schreie laut und deutlich seinen Namen: "Darryl!" Ich höre zu und schreie dann erneut. Ich rufe seinen Namen und höre zu. Der Fahrer des Krankenwagens sagt, ich sei verrückt und legt den Rückwärtsgang ein.

Der Krankenwagen prallt gegen den Spiegel und eine Bombe explodiert. Überall fliegen Splitter herum.

Auf den Glasscherben ist eine Menge Blut.

Ich wache auf und schreie.

***

Nachdem Darryl gestorben war, hatte ich jede Nacht denselben Traum. Ich erlebte immer wieder, wie es geschah, obwohl ich nicht dabei war. Es war ein Routineeinsatz als Teil der Friedenstruppe der Vereinten Nationen.

Es ist ein Bewältigungsmechanismus, es zu träumen und es zu leben. Ich versuche, den Mann zu finden, den ich liebe, als wir ihn beerdigen. Die Beerdigung war wunderschön. Ich war so stolz auf Darryl. Er hat sein Leben für die Sache aufgegeben und ich verstehe das. Ich bewundere ihn für seine Hingabe, denn sie hat ihn zu einem besseren Menschen gemacht.

Sie drapierten die Flagge über seinem Sarg. Ich warf zwei Handvoll Erde auf den Boden und fiel schluchzend auf die Knie. Meine Mutter und andere, darunter auch meine Freunde, versuchten zu helfen, aber ich schrie sie weg. Ich wollte mit Darryl allein sein. Ich wollte ihm von dem Baby erzählen.

Unserem Baby.

Ich wollte nicht gehen, bevor ich die Möglichkeit hatte, mich zu verabschieden. Ich legte mich neben dem offenen Grab auf den Bauch und stützte meinen Kopf auf meine Arme. Ich sagte ihm, wie sehr ich ihn liebte und verabschiedete mich von ihm, bevor ich ihm einen Kuss zuwarf und mich erhob.

Mom war an meiner Seite und Moni auch. Jede nahm einen meiner Arme und zog mich wieder zu sich. Wir machten uns auf den Weg zum Auto.

Auf dem Weg nach Hause spürte ich Darryls Anwesenheit. Seine Arme legten sich um mich. Die Haare stellten sich auf meinen Unterarmen auf, ich konnte ihn riechen. Ich konnte ihn spüren.

Dann war er weg.

Zu Hause, in der Tür, wartete eine längliche Schachtel mit einer Schleife in der Mitte auf mich. Ich wollte fragen, was es dort zu suchen hatte, aber die Trauer im Raum hat mich weggefegt. Ich schwebte von einem Menschen zum anderen und ließ mich von ihren "Es tut mir so leid" und "Es wird mit der Zeit besser werden" Klischees leiten. Der übliche Schwachsinn nach einer Beerdigung.

Nachdem sie gegangen waren, fühlte ich mich leer.

Meine Mutter brachte mich ins Bett, wie sie es immer tat, als ich ein kleines Mädchen war.

Nachdem sie die Tür hinter sich geschlossen hatte, hob ich meine geballten Fäuste zum Himmel, weil er mir Darryl genommen hatte.

Dann fiel ich auf die Knie und dankte für unser Baby, das in mir heranwuchs.

***

Als ich aufwache, starre ich auf die leere Stelle neben mir und wische mir den Sabber aus den Mundwinkeln. Die Türklingel läutet. Ich werfe die Decke zurück und trete auf den Boden. Noch bevor ich es aus unserem Zimmer schaffe, stürzt meine Zimmermutter mit weit geöffneten Armen auf mich zu.

Ich muss sie bitten, mir den Schlüssel zurückzugeben.

"Ich habe mir solche Sorgen gemacht", sagt sie, umarmt mich, drückt mich und lässt mich wieder wie ein kleines Mädchen fühlen. Sie tritt zurück und schaut mir ins Gesicht.

Ich schiebe mein Haar hinter mein linkes Ohr und versuche zu lächeln. Ich mache mich auf den Weg in die Küche und fülle die Kaffeekanne mit Wasser. Ich öffne den Geschirrspüler, um mich abzulenken, während die Kaffeemaschine hinter mir spuckt. Mutter schließt die Spülmaschinentür, drückt die nötigen Knöpfe und schiebt mich mit dem Rücken zu einem Stuhl, auf dem sie mir keine andere Wahl lässt, als mich zu setzen.

Sie sitzt auf Darryls Platz und ich sitze auf niemandes Platz. Als sie das merkt, setzt sie sich auf den anderen Niemandssitz. Sie springt auf, bevor ich es kann, und gießt den Kaffee ein. Ich füge Sahne und Zucker zu meinem hinzu und nippe daran. Ein Schluck ist genug. Ich renne ins Bad. Ich habe vergessen, dass Kaffee bei einigen meiner Freunde morgendliche Übelkeit auslöst.

Als ich in die Küche zurückkehre, hat Mutter eine Tasse entkoffeinierten Kamillentee gemacht. Er soll mich beruhigen.

Ich nippe an dem bitteren, heißen Getränk und beobachte, wie meine Mutter in der Küche herumläuft wie eine Person auf einer Mission. "Ich mache dir einen Toast", sagt sie, als er fast wie aufs Stichwort auftaucht. Mutter benutzt das Messer, um die Kruste zu zerdrücken, eine weitere Erinnerung an die Zeit, als ich ein kleines

Mädchen war. Dann verteilt sie die Butter und dreht sich um, um mich anzuschauen.

Mama gibt etwas Erdbeermarmelade dazu und geht in den Kühlschrank. Sie holt den Käseblock heraus, den sie über meinen Toast raspelt. Sie legt ihn wieder auf den Toaster (mit der Marmeladen- und Käseseite nach oben) und drückt den Knopf herunter, damit der Toast ein paar Sekunden aufheizt.

Das ist ein weiteres Ritual aus meiner Kindheit und ich bin dankbar, dass sie hier ist.

Mama schneidet den Toast in Dreiecke und ich kann nicht glauben, wie gut er schmeckt, als ich hineinbeiße. Ich esse beide Scheiben und trinke dann noch einen Schluck Tee, denn er schmeckt jetzt nicht mehr so bitter, seit sie ein paar Spritzer Honig hineingetan hat. Sie denkt, ich hätte es nicht bemerkt... Ich nehme Mamas Hand und sage ihr noch einmal danke.

Das Baby ist nicht mehr hungrig.

Die Mutter des Babys ist nicht mehr angenehm betäubt.

Die Großmutter des Babys fühlt sich nicht mehr nutzlos.

Die Mutter räumt auf und plappert über dies und das. Ich höre zu, ohne ihre Bemühungen um Ablenkung zu würdigen. Ich lasse sie glauben, dass ihre Ablenkungsmanöver funktionieren. Um ehrlich zu sein, kann ich mit ihren Gedankengängen und ihrem Tempo nicht mithalten. Es fühlt sich an, als würde ich ihr von unter Wasser aus zuhören.

Sie lacht. Ich springe. Ich bin zurück von dem Ort, an den meine Gedanken gereist sind. Ich bin blitzschnell irgendwo hingegangen. Ich spürte, wie ich verschwand.

Ich war ein kleines Mädchen und versteckte mich unter der Treppe. Dann ging ich die Treppe hoch und in den Schrank, wo es sehr dunkel war. Die Ärmel vom Hemd meines Vaters bewegten sich. Ich rannte hinaus und verriet mein Versteck. Ich wurde erwischt.

"Ich erinnere mich an die Zeit", sagt Mutter und holt mich in die Gegenwart zurück. Es ist, als würde sie die Geschichte zum ersten Mal erzählen. "Als du klein warst, hast du die Krusten immer versteckt. Bevor ich anfing, sie mit einem Messer zu zerkleinern, haben wir sie in Taschen oder in Pflanzgefäßen gefunden. Ah, die in Pflanzgefäßen. Sie saugten das Wasser auf und töteten einige der Pflanzen, bevor wir herausfanden, was du getan hast.

"Die Pflanzen abtöten", ahme ich nach.

Sie kommt zu mir, kniet sich hin und fragt: "Geht es dir gut, Schatz?"

Fast lache ich über ihre lächerliche Frage, aber ich fange mich, bevor ich es tue und sage: "NEIN, ICH BIN VERDAMMT NOCH NICHT IN SORGE." Darryl. Mein Gott, Darryl. Ich schiebe den Stuhl zurück, schaffe Platz zwischen Mutter und mir und stehe auf. Ich bin wie ein Zombie. Aber ich muss mich nicht von Menschenfleisch ernähren. Ich will Darryl. Ich lächle, als ich in meinem Kopf wiederhole, dass ich mich ernähren muss, dass ich mich ernähren muss.

Jetzt, wo ich stehe, sollte ich mich bewegen. Meine Füße wollen irgendwohin gehen, und doch tue ich genau das Gegenteil. Ich setze mich wieder hin. Mutter tut das Gleiche. Sie nippt an ihrer Tasse Kaffee, die wahrscheinlich schon eiskalt ist.

Ich stehe auf und sage: "Ich bin müde", obwohl ich gerade erst aufgewacht bin, das weiß ich. Sie weiß es auch. Aber das ist mir scheißegal. Ich gehe zurück in unser Zimmer, in mein Zimmer, meine Mutter folgt mir. Als sie mich einholt, legt sie ihre rechte Hand auf meine Hüfte, als müsste sie mich führen. Als ob ich mich auf dem Weg verlaufen könnte.

An der Tür drehe ich mich um und sehe sie an. Sie hat Tränen in den Augen, aber sie kullern nicht über. Sie weiß, wie es sich anfühlt, einen Ehemann zu verlieren, weil sie ihren Papa verloren hat, aber das ist nicht dasselbe. Sie hatten ein ganzes Leben zusammen. Sie hatten einander siebenunddreißig Jahre lang, bevor Daddy starb. Wir waren nur zweieinhalb Jahre verheiratet. Darryl wird seinen Sohn oder seine Tochter nie sehen. Ich möchte das sagen, aber ich tue es nicht.

Ich glaube, sie weiß, was ich denke, auch wenn ich es nicht genau weiß. Es ist diese Mutter-Tochter-Osmose-Sache. Sie küsst mich auf die Stirn, als sie mich ins Bett bringt. Sie geht hinaus und schließt die Tür hinter sich.

Ich steige wieder aus dem Bett, gehe zum Spiegel und betrachte mich. In achtundvierzig Stunden bin ich um zehn Jahre gealtert. Obwohl ich die meiste Zeit davon geschlafen habe, sind die Tränensäcke unter meinen Augen riesig. Es sieht so aus, als hätte ich die ganze Zeit geweint, aber in Wahrheit habe ich schon keine Tränen mehr. Mein Gesicht sieht nicht mehr wie ich aus. Ich bin eine Fremde, sogar für mich selbst.

Ich lasse ein wenig Wasser laufen und spritze es auf mein Gesicht, bevor ich ein Gesichtstuch mit warmem Wasser tränke, das von Darryl stammt. Ich halte es über mich, um ihn einzuatmen.

Ich finde sein Badetuch, ziehe meine Kleidung aus und wickle es um mich. Es umhüllt mich und wärmt mich, als läge ich in seinen Armen. So sitze ich eine gefühlte Ewigkeit. Als ob er mich festhalten würde. Keine Tränen fließen. Es gibt keine Tränen mehr zu weinen. Es ist, als würde Darryl uns umarmen. Er hält uns zusammen, uns drei, Darryl, das Baby und mich.

Mutters Klopfen an der Tür holt mich in die Gegenwart zurück. Ich muss in den Schlaf gefallen sein. Ich stehe zu schnell auf, als die Tür auffliegt. Darryls Handtuch fällt auf den Boden.

Mutter und die Nachbarin kommen ins Zimmer und ich schnappe mir rechtzeitig Darryls Handtuch und verstecke meine Nacktheit. Ich beginne zu kichern und kann nicht mehr aufhören.

Mutter und er sehen besorgt aus. Die Augen der Nachbarin quellen aus ihrem Kopf. Bald werden sie die Männer in den weißen Sakkos rufen, um mich abzuholen, wenn ich mich nicht zusammenreiße.

***

Es ist mein Hochzeitstag und ich schreite am Arm meines Vaters in einer großen Kirche den Gang entlang. Ich weiß, dass ich träume, denn Dad hat mich nie zum Altar geführt. Er war schon tot, als Darryl und ich geheiratet haben, und Darryl und ich haben nicht in einer Kirche geheiratet. Elton Johns "Your Song" ist unser Lied. Ich meine, es war Darryls und mein Lied. Wir haben die Version von Ewan McGregor bevorzugt, weil wir Moulin Rouge geliebt haben.

Papa und ich grüßen die Menschen, die wir unterwegs sehen. Oma Eleanor, die schon tot ist, seit ich ein kleines Mädchen war, wirft mir einen Kuss zu. Ich nehme eine Blume aus meinem Strauß. Baby's Breath, ihre Lieblingsblume. Ich gebe sie ihr.

Sie lächelt und eine Träne läuft ihr über die Wange.

Auf der anderen Seite des Ganges steht meine Cousine Ruth. Sie und ich standen uns schon als Kinder sehr nahe. Jetzt sehen wir uns nur noch selten. Ich vermute, dass sie genau das Gleiche denkt wie ich, als ich an ihr vorbeigehe. Notiz an mich selbst: Lade sie bald mal zum Essen ein.

Da sind Darryls zwei jüngere Brüder, Dale und Donny. Ihre Eltern hatten eine gewisse Vorliebe für den Buchstaben D. Notiz an mich selbst: diese Tradition nicht fortsetzen.

Ich sehe meine andere Großmutter, die Mutter meiner Mutter. Sie hat es nicht zu unserer Hochzeit geschafft. Sie und meine Mutter halten sich an den Händen und ich löse mich für ein paar Sekunden von meinem Vater, um sie beide zu umarmen. Meine Knie geben ein wenig nach, als Oma meine Hand ergreift und mir etwas in die Hand legt. Ich schließe instinktiv meine Finger darum; auch wenn ich nicht sehe, was es ist, kann ich spüren, dass es ein

Schlüssel ist. Dad zieht mich in seinen Arm und wir machen uns wieder auf den Weg zum Altar.

Meine Brautjungfern, Trish und Moni (kurz für Monique), stehen jetzt dicht bei mir. Sie sehen umwerfend aus in ihren antiken weißen Kleidern, aber Moment mal, ich war diejenige, die antikes Weiß trug.

Dad dreht mich um, nimmt meine Hand von seinem Arm und schlingt sie um Darryls Hand. Ich drehe mich um und schaue meinen zukünftigen Ehemann an, aber es ist nicht Darryl. Nun, es war einmal Darryl, aber jetzt ist er es nicht mehr. Er ist tot. Er ist ein verrottender Leichnam.

Ich schreie, als der grüne Schleim aus seinen Lippen läuft, wenn er versucht zu lächeln. Ich bin nicht die Einzige, die schreit.

Alle schreien.

Alles schreit - sogar die Maschinen.

Ich öffne meine Hand.

Ich verschlucke den Schlüssel.

Überall zersplittern Glassplitter.

***

Ich öffne meine Augen. Ich bin nicht zu Hause, sondern im Krankenhaus. Ich höre Ticken, Herzschläge. Piepen. Flüstern. Ich schließe meine Augen wieder. Ich tue so, als ob ich schlafe.

"Keine Veränderung."

"Ich kann nicht aufgeben."

"Was ist mit dem Baby?"

Das Baby. Diese beiden Worte holen mich in die Realität zurück und ich versuche, mich aufzusetzen, aber es gelingt mir nicht.

Als ich meine Arme und Beine nicht mehr bewegen kann, schreie ich. Ich greife an meinen Bauch, mein Baby, unser Kleines, und stelle fest, dass der Babybauch jetzt größer ist. Wie lange habe ich geschlafen?

"Mama?"

"Oh, mein Schatz! Liebling", sagt sie. "Das wird schon wieder", ruft sie, aber ich glaube ihr nicht. Nicht ein einziges Wort.

"Wie lange bin ich schon hier?" frage ich und mein Kopf ist wie eine Echokammer, als die Worte in meinem Schädel widerhallen.

Sie umarmt mich und hält mich fest, anstatt mir zu antworten. Als ich mich zurückziehe, nimmt sie meinen Kopf in die Hand und schaut mir in die Augen, als ob sie mich suchen würde.

Ich versuche, nicht zu blinzeln, aber ich kann nicht aufhören. Hasst du es nicht auch, wenn das passiert? Sobald du versuchst, etwas nicht zu tun, verrät dich dein Körper und bringt dich dazu, es noch mehr zu tun.

Sie sagt nichts. Sie denkt, ich kann die Wahrheit nicht ertragen. Die Stimme in meinem Kopf, die mit der Wahrheit umgehen kann, ist die von Jack Nicholson in A Few Good Men. Darryl liebte diesen Film. Wir haben ihn so oft gesehen, dass ich aufgehört habe zu zählen.

"Ich will es wissen", höre ich mich sagen, aber so wie sie mich ansieht, bin ich mir nicht sicher, ob ich es laut gesagt habe oder nur in meinem Kopf. Ich versuche es noch einmal, dieses Mal etwas lauter und sie reagiert.

"Lass mich", sagt sie und verlässt den Raum. Nach ein paar Minuten kommt sie mit jemandem zurück, den ich nicht kenne. Die beiden bewegen sich durch den Raum, als ob sie die Bühne für ein Theaterstück abdecken würden. Sie flüstern, sehen mich an und flüstern noch mehr.

Wie unhöflich.

Ich warte, als ob ich unsichtbar wäre und versuche, nicht zu explodieren.

Der Fremde sticht mir eine Nadel in den Arm und ich gehe los und denke, dass Krankenhauspersonal in Straßenkleidung verboten werden sollte.

Ich träume wieder, dass ich die Straße entlanglaufe und nach Darryl suche, während die Bomben hochgehen.

***

Die Beule an mir ist jetzt noch größer. Er ist sogar merklich größer. Wenn sich das Baby bewegt, sehe ich Teile von ihm oder ihr durch meine Haut. Gliedmaßen, die Abdrücke hinterlassen, als würde ich mich von innen nach außen drehen, während unser Kind gegen die Wände meines Bauches drückt.

Ich bin nicht mehr im Krankenhaus. Ich bin zu Hause, sitze in einem Kinderzimmer und schaukle in einem Stillstuhl, der nicht im üblichen Sinne schaukelt. Stattdessen gleitet er.

An den Wänden hängen Schlafschafe, die darauf warten, gezählt zu werden. Ich beginne zu zählen, lächle dann und schaue auf die Krippe. Die Zeit steht still, das muss sie auch, denn hier passiert nichts, heute, jetzt.

Ich erhebe mich aus dem Stuhl, halb wach und halb schlafend. Ich berühre das Handy und es beginnt Frere Jacques zu spielen. Ich singe mit, während ich eine Decke mit einem Schaf darauf aufhebe.

Ich falte die Decke immer kleiner, bis sie nur noch ein kleines Quadrat ist. Dann lege ich sie zurück ins Kinderbett und werfe einen Blick auf mich im Spiegel in der Ecke.

Ein Teil des Spiegels ist sichtbar und ein Teil nicht, weil etwas ihn verdeckt. Ich gehe näher heran und hebe den Staubschutz ab, um einen Schatz zum Vorschein zu bringen, der sich seit Jahrzehnten in meiner Familie befindet. Ein Familienerbstück, das von der Mutter der Mutter der Mutter der Mutter meiner Mutter weitergegeben wurde.

Der Rahmen fühlt sich kühl an, als ich mit den Fingern darüber fahre. Er ist aus Holz und mit zwei ineinander verschlungenen

Händen graviert. Die verschnürten Fingerabdrücke fühlen sich noch kühler an. Ich bewege meinen Körper näher heran, bis mein Babybauch gegen das Glas stößt. Er berührt es nicht. Er geht durch sie hindurch. Als ich näher und näher komme, verschwindet mein Babybauch darin.

Ich trete einen Schritt zurück und mein Babybauch löst sich mit einem saugenden Geräusch. Mein Baby strampelt und strampelt wieder, als ich mich vom Spiegel entferne und zu dem Stuhl zurückkehre, auf dem ich begonnen hatte. Als ich mich setze, setzt sich das Mobile wieder in Gang und wir beginnen, im Einklang mit ihm zu gleiten.

Mein Baby beruhigt sich, und wir schlafen.

***

"Wach auf, Cath", sagt Darryl.

Ich rolle mich zu ihm und kuschle mich an ihn. Das Baby stößt zwischen uns hin und her. Wir können uns nicht mehr so nah kommen wie früher, aber auf vielen anderen Ebenen sind wir uns näher.

Der Wecker geht los und ich kuschle mich an Darryls Kissen, nicht an ihn. Mein Baby strampelt und ich stehe aus dem Bett auf, um halb wach den Flur entlang zum Badezimmer zu laufen, wo ich aufs Klo gehe. Ich drehe das Wasser auf, stelle mich unter die Dusche und lasse das Wasser über mich laufen.

Mein Baby liebt das Wasser und wir bleiben so lange dort, bis das heiße Wasser ausläuft und sich in kaltes verwandelt. Hungrig werfe ich meinen Hausmantel über und gehe die Treppe hinunter, als Mama durch die Vordertür hereinkommt. Sie muss geklingelt haben, als ich in der Dusche war. Notiz an mich selbst: Mom bitten, mir den Schlüssel zurückzugeben.

"Ich habe Geschenke mitgebracht", sagt sie. Sie kippt eine ganze Schachtel eisgekühlter Donuts auf den Tisch; die Donuts sind noch warm und duften himmlisch. Ich stopfe mir einen in den Mund und sie einen in ihren. Wir umarmen uns und essen noch einen zweiten Donut, bevor wir beschließen, uns eine Kanne Tee zu machen.

Mein Baby stößt ein Dankeschön aus und Mama spürt es selbst. "Oh", sage ich, als das Baby sich weiter bemerkbar macht, indem es einen Purzelbaum in mir schlägt.

"Geht es dir gut?" fragt Mama.

"Er ist glücklich", sage ich.

Mama merkt, dass ich "er" gesagt habe. Sie erwähnt es aber nicht. Stattdessen erzählt sie mir den neuesten Klatsch und Tratsch.

Ich höre aus Höflichkeit zu, nicht weil ich mich für das lokale Geschehen interessiere. Bevor ich Darryl kennengelernt habe, bin ich auf den Klatsch-Zug aufgesprungen. Manchmal war ich sogar der Schaffner ohne Hut. Manchmal war ich auch der Zugbegleiter. So oder so, ich war immer auf dem Zug. Ich ließ mich von den Klatschbasen treiben.

"Hast du das Kinderzimmer gesehen?" frage ich wie aus dem Nichts, während sie mitten im Satz ist.

Sie sieht mich an, als wäre ich ein Fremder. "Bist du sicher, dass es dir gut geht?", fragt sie und runzelt die Stirn in Form eines horizontalen Fragezeichens.

Ich merke, dass ich etwas Seltsames gesagt habe, vielleicht sogar etwas Dummes. Ich weiß nicht, was es war. "Mir geht es gut", sage ich und versuche, sie zu beruhigen.

Ich stehe auf und hoffe, dass sie dasselbe tut, aber sie tut es nicht. Stattdessen nimmt sie sich einen weiteren Donut aus der Schachtel und beißt hinein.

Mein Baby tritt mich heftig. Als wolle es noch einen Donut. Ich muss pinkeln und sage es. Mama folgt mir den Flur entlang.

"Ich treffe dich im Kinderzimmer", sage ich.

"Okay", antwortet Mama.

Als ich zu ihr ins Kinderzimmer komme, steht sie vor dem Spiegel. Ich stelle mich an ihre Seite und trete immer näher an das Glas heran. Ich teste, ob das Baby durchkommt, so wie gestern, aber das tut es nicht. Kein Plätschern. Keine Verbindung. Habe ich geträumt?

Als ich mich abwende, fängt das Handy an, "Frere Jacques" zu spielen, ganz von alleine.

"Ich habe es zurückgespult, Cath", sagt sie. "Die Dekoration ist uns doch wunderbar gelungen, oder? Ich bin so zufrieden."

Ich kann mich nicht an die Dekoration erinnern und will es auch gar nicht zugeben. Wie konnte ich so etwas nur vergessen?

"Deine Ur-Ur-Ur-Großmutter wäre so zufrieden. Ich bin froh, dass der Spiegel jetzt dir gehört."

Die Welt beginnt sich zu drehen und zu verblassen. Ich bewege mich vorwärts und kippe fast um. Mama fängt mich auf und faltet mich in den Stuhl, auf dem ich hin und her gleite, hin und her.

"Gehört der Spiegel nicht rechtmäßig dir?" frage ich.

"Ja, aber das macht mir nichts aus. Er passt perfekt in dieses Zimmer."

Während ich über den Spiegel nachdenke, schlafe ich ein. Mutter ist weg. Es ist dunkel hier drin, bis auf ein flackerndes Licht in der Ecke in einiger Entfernung vom Spiegel.

Das Baby strampelt. Es ist unruhig. Ich stehe auf und gehe auf den Spiegel zu. Als wir näher kommen, wird das Licht heller. Mein Baby strampelt und bewegt sich. Ich ziehe die Decke weg und betrachte das Spiegelbild meines Babybauchs, der immer näher kommt. Das Baby schießt ein Feldtor.

Mein Babybauch stößt gegen den Spiegel. Das Baby stößt erneut und schließt die Lücke zwischen dem Babybauch und dem Glas. Wenn sich die beiden berühren, verschwindet mein Babybauch darin. Es gibt einen Sog, der uns hineinzieht.

Ich stehe jetzt mit der Nase am Glas. Ich drücke mich weiter hinein, bis mein ganzes Gesicht drin ist. Mein Kopf folgt mir. Mein Baby rollt in der Spiegelung davon.

Eine starke Windböe kommt irgendwo hinter uns auf und drückt uns weiter hinein. Jetzt ist genug von mir drin, um den Unterschied in der Luft zu bemerken. Herbst. Laub. Dort, wo wir waren, war es Frühling und hier Herbst. Wie kann das sein?

Ich rieche und fühle die kühle Luft, die uns umweht und uns willkommen heißt. Eine Brise flüstert über meine Haut wie eine Berührung.

Mein Baby schiebt sich vor und zurück, um auf der anderen Seite Trost zu finden. Trost in der gläsernen Welt. Ich streichle meinen Babybauch, um mich zu beruhigen, und mein Baby drückt sich zurück, um das Gleiche für mich zu tun.

Es ist wunderschön dort. Ich bin mitten in einem Wald. Nein, ich bin an einem Strand mit Sand, reinem weißen Sand und Wellen, die an das Ufer plätschern.

Nein, ich bin in der Nähe von Bergen, hohen Bergen mit Wegen, die sich um sie herumschlängeln. Es sind viele Welten, die ineinander übergehen. Ich höre Vögel singen. Es gibt Raben, Krähen, Blauhäher, Flamingos, Kookaburras, Braunkehlchen, Spatzen, Spottdrosseln und Möwen. Ich kann das Salz des Ozeans auf meiner Zunge schmecken.

Ich rufe: "Hallo", und meine Stimme hallt im ganzen Land wider. Mein Baby tanzt zum Echo, kitzelt mich und bringt mich zum Kichern. Ich fühle Frieden, rein und süß. Freudig. Zuhause.

Auf der anderen Seite, hinter mir, reißt mich etwas zurück. Ich will nicht gehen. Mein Baby will auch nicht gehen, aber irgendetwas packt mich. Es reißt uns von dort weg. Zurück.

"Was zum Teufel machst du da?", schreit jemand. Die Stimme ist wackelig, verzerrt.

Ich höre die Worte, aber die Stimme klingt, als wäre sie in einer Wolke.

***

Kaum sind wir zurück, wollen wir wieder weg. Wir wollen dort sein, dort existieren. Nur dort und nirgendwo anders.

Es ist Moni und sie ist sehr böse auf mich. "Was hast du dir nur dabei gedacht?"

Ich sage nichts, während ich wieder in den Spiegel schaue.

"Spiel mir nicht die Unschuldige", sagt Moni. "Du warst auf Reisen. Ich meine in einer anderen Dimension, nicht wahr?"

"Auf Reisen?" Ich äffe sie nach. Ich denke kurz darüber nach, wie verrückt ich ausgesehen haben muss und sage: "Ich habe mein Spiegelbild betrachtet, unser Spiegelbild. Das Baby und ich."

"Das meiste von dir war weg!" Moni schreit. "GELÖSCHT!"

Ich lache und versuche, so zu tun, als hätte sie nicht gesehen, was sie gesehen hat. Ich versuche, ihr das Gefühl zu geben, dass sie verrückt ist. Anstelle von mir. Ich war dort gewesen. Ich hatte eine andere Welt gesehen. Ich durchquere den Raum, weg vom Spiegel, drehe mich um und gehe zum Spiegel. Ich mache eine Faust und schlage sie direkt gegen das Glas, in der Hoffnung, dass nichts passiert, aber das tut es nicht.

Moni folgt mir und macht das Gleiche. Dann stehen wir uns Auge in Auge gegenüber und brechen in Gelächter aus. Wir müssen verrückt ausgesehen haben. Verrückt. Lächerlich.

Das Baby strampelt.

Es dauert nicht lange, bis wir unten sind. Moni sagt, dass meine Mutter weg musste und sie deshalb rübergekommen ist.

"Ich brauche keinen Babysitter."

"Es ist sechs Monate her", sagt Moni, "dass Darryl gestorben ist, und wir machen uns alle Sorgen um dich und das Baby."

"Dem Baby und mir geht es gut", sage ich. "Wir vermissen ihn immer noch jeden Tag, aber es wird leichter." Das war eine Lüge.

"Ich weiß, was wir morgen machen sollten", sagt Moni. "Lass uns an den Strand gehen."

Das klingt lustig und so stimme ich zu. Allerdings habe ich nicht vor, einen Badeanzug zu tragen.

***

Wir kommen am Strand mit einem Picknickkorb an, der mit Mittagessen und allerlei Leckereien gefüllt ist. Wir ziehen unsere Schuhe aus und lassen den Sand zwischen unseren Zehen zerdrücken, obwohl es draußen alles andere als warm ist.

"Darryl und ich sind im Sommer immer gerne hierher gekommen."

"Er ist jetzt hier bei uns und immer", sagt Moni.

Moni hat recht, aber das hält mich nicht davon ab, ihn zu vermissen. Ich will mehr als seine Erinnerungen. Ich will, dass er hier ist und seine Arme um mich legt.

"Ich vermisse seine Arme, dass er mich hält, seinen Atem. Ich vermisse alles an ihm, jeden einzelnen Tag."

Moni legt ihren Arm um meine Schulter.

"Das Schlimmste ist", fahre ich fort, "dass Darryl unser Baby nie kennen wird und unser Baby Darryl nie kennen wird."

"Du weißt nicht, was die Zukunft für dich bereithält", sagt Moni.

Ich weiß, worauf sie damit hinaus will. Sie schlägt vor, dass ich mich mit jemand anderem treffen soll. Der Gedanke ist keine Überlegung wert. Ich war mit Darryls Baby schwanger, um Himmels willen.

"Ich will keinen anderen. Niemand könnte jemals Darryl oder das, was wir zusammen hatten, ersetzen. Außerdem ist mein Herz zu gebrochen. Ich werde nie einen anderen lieben. Mein Herz gehört Darryl und nur Darryl."

"Sag so etwas nicht. Du weißt nicht, was die Zukunft für dich bereithalten könnte. Liebe kann mehr als einmal passieren. Sieh dir meine Mutter an. Ich meine, Papa ist gestorben, sie hat meinen Stiefvater geheiratet und die Liebe ein zweites Mal gefunden. Es ist nicht dasselbe. Es kann nie dasselbe sein wie deine erste Liebe, aber es kann immer noch Liebe sein. Sie kann genug sein. Du musst nur offen dafür sein. Sie sind glücklich und du könntest es auch werden", sagt Moni.

Dann breche ich in einen Sprint aus, so weit wie eine im achten Monat schwangere Frau sprinten kann, und gehe ins Wasser. Die Temperatur ist kalt, aber erfrischend, und ich mag das Gefühl der Kühle auf meiner Haut.

Moni drängt sich neben mich.

"Dieses Baby liebt Wasser."

Moni legt ihre Hand auf meinen Bauch und das Baby strampelt. "Ja, das tut es", sagt sie.

Wir stehen bis zu den Knien im Wasser und lassen uns von den Wellen umspülen. Das Baby liebt es und macht ein paar Purzelbäume.

"Wirst du mir davon erzählen?" fragt Moni.

"Ich bin mir nicht sicher, was du meinst", sage ich.

"Ich meine die Sache mit dem Spiegel, was ihr gemacht habt? Warst du auf Reisen? Weltenbummeln?"

Ich denke darüber nach und beschließe, dass sie recht hat. Ich meine, durch den Spiegel sind mein Baby und ich sozusagen an einen anderen Ort gereist. Eine andere Dimension. Die Musik aus The Twilight Zone hallt in meinem Kopf nach.

"Und was weißt du darüber?" frage ich.

"Ich schaue Filme und lese Bücher. Es gibt sogar Reisen in Alice im Wunderland. Als ich hereinkam, war das meiste von dir weg und es war offensichtlich, dass es im Spiegel war. Du warst im Spiegel. Also, was hast du gesehen? Oder hast du etwas gesehen?"

"Ich weiß nicht, ob ich darüber reden will", sage ich, weil es ein Geheimnis ist. Ich möchte es erst einmal für mich behalten. Ich habe das Gefühl, dass es verschwindet, wenn ich es laut ausspreche.

Ich weiß, dass sich das dumm anhört, aber es war alles so seltsam und es war mir nur einmal passiert. Zweimal für das Baby, aber einmal für mich. Ich will dabei sein und es noch einmal tun, bevor ich mit jemandem darüber spreche.

"Versprich mir eines", sagt Moni, während wir auf der Heimfahrt den Sonnenuntergang beobachten. "Versprich mir, dass du nicht alleine hingehst. Ich meine, ohne jemanden auf dieser Seite, der dich zurückzieht."

Ich nicke als eine Art Versprechen, aber ich bin mir nicht sicher, ob ich es halten werde.

"Ich würde gerne heute Nacht bei dir bleiben, um dir Gesellschaft zu leisten", sagt Moni.

Ich sage zu, denn ich bin zu müde, um etwas anderes zu tun als zu schlafen, erschöpft von der frischen Seeluft. Mein Baby bewegt sich nicht einmal mehr in mir.

Ich ziehe meinen Pyjama an und schlafe sofort ein. Ich träume von Darryl, suche nach ihm, schaue hoch und tief und überall. Ich laufe und laufe und meine Füße bekommen Blasen und bluten, aber immer noch kein Darryl. Ab und zu treffe ich jemanden oder etwas wie eine Vogelscheuche auf einem Feld. Ich frage ihn, ob er Darryl gesehen hat, und wie in Der Zauberer von Oz zeigt er in alle Richtungen. Er ist eine große Hilfe.

Ich frage auch eine seltsame, bärtige Frau, die in einem Zirkus arbeitet, ob sie Darryl gesehen hat. Sie lacht und lacht und lacht.

Er ist nirgends zu sehen, also wache ich auf und schalte meinen Laptop ein. Ich verbringe den Abend damit, mir Fotos von uns anzuschauen. Von unserem Leben.

Als wir zusammen waren, konnte man die Liebe überall um uns herum sehen. Ich weiß, es klingt wie ein dummes Klischee, aber sie war da, vor allem, wenn Darryl mich ansah oder wenn ich ihn ansah. Wir liebten uns mit einer Liebe, die es in einer Welt, in der wir getrennt waren, nie wieder geben würde.

Wenn ich alleine in der Vergangenheit stöbere, habe ich das Gefühl, dass er, das Baby und ich gemeinsam die Fotos anschauen. Das Baby liegt auf meinem Schoß. Darryl steht hinter mir und schaut mir über die Schulter, während ich von Seite zu Seite blättere.

Als ich fertig bin, geht die Sonne auf und läutet einen neuen Tag ein.

Erschöpft gehe ich zurück ins Bett.

***

"Cath. Cath! CATH!"

Was zum? Hör auf damit. Ich will weiter träumen.

"CATH!!"

Ich merke, dass ich Darryls Stimme höre. Was? Ich rüttle mich wach. Ich lausche und höre sie wieder.

"Cath."

"Darryl?"

Ich werfe die Decke zurück und öffne die Schlafzimmertür. Nachdem ich geantwortet habe, flüstert er wieder und wieder meinen Namen.

Ich finde mich im Zimmer des Babys wieder, wo ich still stehe und lausche. Ich zittere, als würde ein Windhauch durch mich wehen. Dann hole ich die Decke aus dem Kinderbett und wickle sie mir um die Schultern. Das Baby ist still, als wäre es noch nicht aufgewacht.

"Cath."

Ich schaue zum Fenster. Der Wind lässt es klicken und klappern, dann schiebt er es ganz auf. Der kühle Herbst legt seine Arme um mich, hält mich fest und schiebt mich gleichzeitig an.

"Cath."

Ich drehe mich in die Richtung, aus der die Stimme kommt. Der Spiegel. Mein Baby wacht auf und tritt mich, kräftig. Ich stehe stramm und gehe auf den Spiegel zu. Der hölzerne Rahmen aus Händen bewegt sich, verdreht sich, verschiebt sich. Das Glas im Inneren des Rahmens schimmert und zittert. Es ist, als ob eine Wolke in das Kinderzimmer gekommen ist und durch das Glas hindurchgeht. Ich gehe näher heran. Ich hebe meine Hand und lege meine Handfläche gegen die Oberfläche.

*SPIEGEL DU REFLEKTIERST MICH

MIT REDUNDANZ.

Ein Gedicht, das ich in der High School gelesen habe, dringt in meine Gedanken ein. Es taucht in meinem Kopf auf, als meine Hand die Oberfläche durchbricht und im Glas verschwindet.

Weiter, immer noch den Spalt überbrückend. Da ist sie. Eine andere Hand drückt auf meine. Darryls Hand. Darryls Hand?

Ja. Das bestätigt sich, als sich die Wolke im Spiegel lichtet. Wir berühren uns Handfläche an Handfläche.

Erschrocken trete ich zurück und ziehe meine Hand ebenfalls zurück. Das Baby strampelt und ich berühre es mit meiner Handfläche. Die Wolke zieht wieder ein, während ich das Baby tröste und Darryl verschwindet.

Ich möchte sie zertrümmern.

Ich möchte in ihr sein.

Hatte ich mir das alles nur eingebildet? War ich wahnsinnig?

Ich bin wahnsinnig.

"Cath. Komm zurück. Bitte."

Ich streichle unser Baby mit einer Hand und dann kommt eine Hand rüber, auf unsere Seite und hält meine Hand. Es ist Darryls Hand. Er ist hier und tröstet unser Baby. Irgendwie. Auf irgendeine Weise. Meine Liebe.

"Darryl."

Seine andere Hand, die mit seinem Ehering, wandert durch den Spiegel auf unsere Seite. Wir fallen in ihn hinein, in seine Umarmung und in den Spiegel.

"Oh Cath."

Seine Hände lassen mich erschaudern, als er sie über das Baby streicht. Das Baby dreht sich zu ihm und wir sind halb drin und halb draußen.

"Er ist wunderschön", sagt Darryl. "Wie seine Mutter."

"Wir wissen nicht, ob er ein Er oder eine Sie ist", sage ich und schaue in seine blauen Augen.

"Er ist auf jeden Fall ein Er", sagt Darryl. "Er ist stark und gesund."

Als Antwort auf die Stimme seines Vaters strampelt und rollt das Baby.

"Steh still", sage ich und drücke mich weiter in den Spiegel. Das Baby ist fast ganz durch, aber ich bin nicht durch das Glas. Ich kann mich jederzeit zurückziehen, wenn ich es brauche. Ich bin mir nicht sicher, warum ich mir Sorgen mache. Immerhin ist es Darryl. Wie sehr ich ihn vermisst habe. Trotzdem bleibt ein Teil von mir auf der anderen Seite verankert.

"Darryl, das ist dein Sohn. Sohn, das ist dein Daddy", sage ich, während mir die Tränen wie Wasserfälle über die Wangen laufen. Keine kleinen, zierlichen Frauentränen, sondern dicke, fette, saftige Regenweintränen. Ich schluchze.

Darryl küsst mich auf die Lippen. Er schmeckt nach Herbst, aber warm und kühl zugleich. Dann beugt er sich herunter und küsst unser Baby.

"Sohn, du musst für mich auf deine Mutter aufpassen, okay, ich bin so stolz auf dich und auf das, was du eines Tages sein wirst. Ich liebe dich. Ich liebe euch beide."

Ich stoße uns an, schiebe uns ein Stückchen weiter nach vorne. Ich überlege, ob ich ganz durchgehen soll, aber etwas, ein Gefühl, hält mich zurück. Ich will dabei sein. Ich will durchgehen und bei Darryl sein, wo auch immer er ist. Ich will, dass wir drei zusammen sind, für immer. Entschlossen versuche ich zu drängen und zu schieben. Ich will, dass wir den ganzen Weg durchkommen.

"Tu es nicht", fleht Darryl. "Versuch es gar nicht erst. Das haben wir jetzt. Genießen wir es, solange wir können. Es ist unversöhnlich."

"Ich will dich. Ich will, dass wir drei zusammen sind. Für immer."

"Wir haben nur das, was sie uns geben wird", sagt Darryl. "Die Zeit ist ein unbeständiger Freund oder Feind. Wir wissen nie, was kommen und was gehen wird."

"Du bist ein Dichter und ich wusste es nicht einmal", sage ich kichernd.

Eine starke Brise weht und Darryl tritt zurück. Weg.

"Geh jetzt", fordert er mich auf.

"Nein! Wo willst du denn hin, Darryl?" schreie ich. "Komm zurück. Bitte verlass mich nicht. Verlass uns nicht wieder."

"Ich werde versuchen, so schnell wie möglich zurückzukommen und dich wiederzusehen. Wenn ich kann. Geh jetzt. Irgendwie. Denk immer an mich. Ich werde dich immer in Ehren halten. Glaube an mich und dann können wir vielleicht versuchen, uns noch einmal zu treffen."

Der Wind bläst eine riesige Wolke heran. Sie versperrt uns den Blick auf Darryl. Vorher war die Wolke weiß und bauschig, aber jetzt ist sie schwarz und voller Wut.

Ich ziehe uns zurück.

Dabei gebe ich in den Knien nach.

Ich lasse mich auf den Boden fallen und schluchze.

Es fühlt sich an, als hätte ich Darryl noch einmal verloren.

Diesmal weine ich jedoch für zwei. Ich trauere für zwei.

***

"Cath, geht es dir gut?"

Ich wache auf und erinnere mich, aber es ist nur meine Mutter. Sie versucht, mich vom Boden hochzuheben, aber ich bin zu schwer.

"Ich habe einen Krankenwagen gerufen", sagt sie, während ich versuche, mich hochzuziehen und es nicht schaffe.

"Ich will ins Bett", sage ich und kämpfe gegen ein weiteres Heulfest an.

Als der Krankenwagen eintrifft, kommen sie die Treppe hochgerannt. Sie testen meine und die Vitalwerte des Babys und nachdem sie festgestellt haben, dass es uns gut geht, helfen sie mir ins Bett.

Meine Mutter schwebt in der Luft und um sie zu beruhigen, sage ich: "Ihm geht es gut und mir geht es auch gut.

Sie hält inne. "Ich wusste gar nicht, dass du schon nach dem Geschlecht des Babys gefragt hast."

"Äh, habe ich nicht", sage ich. "Es ist ein Gefühl, das ich habe, dass es ein Er ist."

Die Lüge scheint zu wirken. Ich gebe vor, müder zu sein, als ich tatsächlich bin. Das Baby scheint auch zu schlafen. Nachdem sie mir einen Kuss auf die Stirn gegeben hat, geht Mama hinaus und schließt die Tür hinter sich.

Ich liege stundenlang wach, denke an Darryl und frage mich, wann wir uns wieder sehen und berühren können.

***

Jeden Tag nach unserem Besuch bei Darryl möchte ich zurückkehren.

Ich schreibe genau auf, was passiert. Eine Aufzeichnung zu machen, macht Sinn. Nur so kann ich sicherstellen, dass mein Schwangerschaftsgehirn meine Erinnerungen intakt hält. Indem ich alles aufschreibe und mich damit beschäftige, können wir denselben Tag wieder und wieder erleben. Es ist wie unsere eigene Version des Films Murmeltiertag, nur dass ich diesmal Bill Murray b in.

Darryl hatte gesagt, es sei "unversöhnlich". Hat er die Zeit gemeint?

Ich frage Moni, was sie denkt. Sie findet es auch ziemlich seltsam.

Wir beginnen zusammenzuarbeiten, um übernatürliche Ereignisse zu erforschen. Unser Ziel sind Ereignisse, die mit Reisen innerhalb von Spiegeln online zu tun haben.

Wir finden faszinierende Artikel über Paralleluniversen. Einige beziehen sich auf Spiegel als Eingangspunkte. Die Recherchen sprechen von Dingen wie virtuellen Realitäten und Dimensionsspaltungen. Es wird auch über dimensionale Türöffnungen und das Okkulte gesprochen. Abgesehen von fiktiven Romanen finden wir jedoch keine echten Beweise, obwohl wir einige Behauptungen finden.

Wir finden ein paar Listen mit Dingen, die du niemals mit Spiegeln machen solltest, wie z.B.:

Schaue niemals bei Kerzenlicht in einen Spiegel, er könnte dir eine sehr verwunschene Version deines Hauses zeigen.

Wenn du zwischen zwei hohen, weißen Kerzen in einen Spiegel starrst, könntest du den Geist eines geliebten Menschen sehen, der verstorben ist. Ihre Seele kann in deinem Spiegel stecken.

Da ist mir das Herz aus dem Mund gesprungen.

Steckte Darryls Seele dort fest? Es schien kein schlechter oder beängstigender Ort zu sein, aber er hatte das Unversöhnliche erwähnt.

Ich schaudere und gehe zum nächsten Punkt über.

Decken Sie einen Spukspiegel während eines Gewitters immer ab. Blitze werden die Geister freisetzen.

Ich erzähle Moni, dass der Spiegel teilweise abgedeckt war, als ich das erste Mal in den Raum kam. Ich umarme mich und zittere wieder.

"Erstens", sagt Moni, "hat deine Mutter ihn wahrscheinlich dort hingestellt, damit er nicht auf dem Boden liegt. Es ist nichts. Ein Zufall." Sie sieht mich an. "Bist du sicher, dass du damit weitermachen willst?"

Ich nicke und lese den nächsten Zettel.

Es ist ein schlechtes Omen, einen Spiegel aus dem Haus einer verstorbenen Person geschenkt zu bekommen.

"Oh mein Gott!" schreie ich und schlage mir die Faust in den Mund. Ich will das Baby nicht erschrecken, aber der Spiegel ist schon seit Jahrhunderten nach einem Todesfall in unserer Familie. Nicht als Geschenk mit einer Schleife dran, sondern als Geschenk und Familienerbstück.

Ich bin mir nicht sicher, wer den Spiegel besaß, bevor er in unsere Familie kam. Ich muss mehr über ihn herausfinden.

Ich erkläre das Moni, die selbst ein wenig zittert, bevor sie das nächste liest.

Wenn jemand sein Spiegelbild in einem Raum sieht, in dem kürzlich jemand gestorben ist, wird er bald sterben.

"Puh, das war's schon", sagt sie und schaut mich an, um zu bestätigen, was ich mit einem Nicken tue.

Ich lese die nächste Nachricht.

Wenn ein Geist in der Nacht durch dein Haus wandert, kann ein Spiegel ihn einfangen.

Das ist gruselig. Keiner von uns beiden sagt etwas dazu.

Das Baby bewegt sich.

Ich scrolle weiter durch den Artikel. Es gibt wissenschaftliche Beweise. Es werden Quantenspiegel und Multiversumsspiegel als Tore zu anderen Welten erwähnt.

"Wir müssen mehr wissen. Ich muss mehr über diesen Spiegel wissen und wie er zu meiner Familie kam. Wo hat er seinen Ursprung? Wer hat ihn uns gegeben und wann?" sage ich mit einem Zittern.

"Wie sollen wir das machen?" fragt Moni, und wir beide sitzen eine ganze Weile nachdenklich da, allein, aber gemeinsam.

Die Tage und Wochen vergehen wie im Flug. Moni und ich suchen weiter, wann immer wir Zeit haben.

Wir verfolgen das Konzept des Reisens durch Spiegel. Es geht bis auf die alten Zivilisationen zurück.

Wir untersuchen unseren Spiegel von oben bis unten, in der Hoffnung, das Zeichen eines Herstellers zu finden. Kein Glück.

Da das Baby in einer Woche erwartet wird - ein paar Tage mehr oder weniger - sitzen Moni und ich in meiner Küche zusammen. An der Art, wie sie immer wieder anfängt und aufhört, merke ich, dass sie etwas Wichtiges auf dem Herzen hat.

"Du denkst vielleicht, es ist ein bisschen verrückt."

"Sag es mir", sage ich.

Das Baby strampelt. Ich streichle seinen Fuß.

"Ich warne dich", sagt Moni. "Es ist da draußen."

"Mach weiter."

"Okay, es geht los. Im Internet habe ich eine Frau gefunden, die Hellseherin und ein Medium ist. Sie hat einen außergewöhnlich guten, ja sogar ausgezeichneten Ruf. Sie bringt Ergebnisse in den Fällen, in die sie sich einmischt."

Ich lehne mich näher an sie heran.

"Tante Maria macht Kartenlegen zu ihrem Hobby. Sie hat sich über die Frau, von der ich spreche, informiert. Sie hat nur Gutes über sie herausgefunden."

"Eine Hellseherin also?" sage ich. Ich verstehe den Hokuspokus der Medien nicht. Obwohl ich von diesem Typen weiß, der im Fernsehen war, John irgendjemand. Edwards. Ich spreche seinen Namen laut aus.

"Ja", sagt Moni.

"Du meinst, die Hellseherin wird Darryl kontaktieren?"

Moni nickt.

"Aber ich habe es geschafft, ihn selbst zu kontaktieren. Ich weiß nicht, wie sie helfen kann, denn wir waren ja schon selbst dort."

"Wir sollten es versuchen. Wir brauchen sie. Nicht für Darryl, sondern für den Spiegel", sagt Moni. "Wenn es ein reisender Spiegel ist. Du sagst, er ist es, weil du darin gereist bist. Wir müssen mehr über ihn wissen. Sie könnte ihn testen. Hellseher machen Tests, meine ich."

"Oh", sage ich und bin jetzt noch interessierter als vorher. Ich lehne mich ein bisschen näher heran.

"Ich habe ihr ein bisschen erklärt, was passiert ist, ohne zu sehr ins Detail zu gehen. Ihr Name ist Anna August und sie möchte dich unbedingt kennenlernen und das Zimmer und den Spiegel sehen. Ich würde auch gerne hier sein, zur moralischen Unterstützung. Das heißt, wenn du mich dabei haben willst."

"Du musst mit mir hier sein", sage ich und das Baby strampelt, um seine Stimme abzugeben. Ich gehe zum Wasserspender und gieße mir ein Glas mit kühler Flüssigkeit ein. "Wie viel verlangt sie für einen Besuch?" sage ich nach ein paar Schlucken.

"Fünfhundert."

Ich setze mich hin und drücke das kühle Glas an meine Stirn.

"Ich weiß, dass das viel verlangt ist", fährt Moni fort, "und ich würde es gerne als Geschenk anbieten."

"Das ist lieb von dir", sage ich. "Aber wenn wir beide es fifty-fifty teilen würden, die Hälfte als Geschenk von dir, wäre das wunderbar. Wie sammelt sie es ein? Ich meine, im Voraus?"

Moni erklärt, wie es funktionieren würde. Wir müssen sofort eine zehnprozentige Anzahlung leisten, als Zeichen des guten Willens. Anna schickt uns eine Quittung und vereinbart ein Datum und eine Uhrzeit für einen persönlichen Besuch. Der Restbetrag würde dann bei der Ankunft fällig werden.

"Bei der Ankunft?" sage ich. Es kommt mir ein bisschen frech vor, so viel Geld im Voraus zu verlangen, aber wer kennt schon die Regeln für Hellseher?

Moni holt sich ein Glas Orangensaft aus dem Kühlschrank und nimmt einen großen Schluck. "Laut ihrer Website erfolgt die Lieferung beim Betreten des Hauses ihres Kunden, also bei dir."

"Oh, sie verspricht also keine Gegenleistung?"

"Äh, nein", bestätigt Moni. "Aber ich habe das Gefühl, dass das in der Welt der Hellseher die Norm ist. Wenn sie sich bereit erklärt, deinen Fall zu übernehmen, geht sie voll und ganz darauf ein. Sie will sicherstellen, dass ihre Kunden das auch sind. Sie kann sich aussuchen, wem sie helfen will. Indem sie ihren neuen Kunden sagt, dass sie eine Anzahlung und den Restbetrag im Voraus verlangt, kann sie die Spinner aussortieren."

Ich lache und frage mich, ob sie mich auch dann für eine Spinnerin halten würde, wenn ich im Voraus bezahle. "Ist sie, ist Anna von hier?"

"Nein, sie ist nicht von hier, aber sie wusste, wo du wohnst. Ich meine, bevor ich ihr deine Adresse sagte. Sie sagte, sie habe in den letzten Monaten eine seltsame Störung in dieser Gegend gespürt. Sie war sogar so stark, dass sie in Erwägung zog, der Sache selbst nachzugehen."

Das klingt interessant und weit hergeholt zugleich. "Du meinst, sie hatte eine Vorahnung?"

"Das habe ich mich auch gefragt, aber sie sagte nein. Obwohl sie oft welche hat. In diesem Fall spürte sie eine psychische Störung. Etwas hat sie überrollt. Es ließ ihr die Haare zu Berge stehen. So etwas in der Art."

Wenn ich einen Gruselfilm sehe, passiert mir das auch, aber ich sage es nicht. Stattdessen stimme ich zu, die Anzahlung zu überweisen und ihr bei der Ankunft den vollen Betrag zu zahlen. "Wir müssen mehr herausfinden, und wir haben nicht viele Möglichkeiten."

"Es gibt viele andere Möglichkeiten", sagt Moni, "aber Anna hat einen guten Ruf auf der Straße. Ich werde das so schnell wie möglich in die Wege leiten."

***

Am dritten Mai um drei Uhr nachmittags kommt die bekannte Hellseherin und das Medium Anna August zu mir nach Hause. Moni und ich verstecken uns hinter den Vorhängen. Wir beobachten, wie sie aus ihrem Fahrzeug auf meine Einfahrt tritt. Wir sind beide sehr neugierig und wollen sie unter die Lupe nehmen, bevor wir sie in natura treffen.

In den letzten Wochen haben wir eine Obsession für Anna entwickelt. Gleichzeitig bin ich von dem Spiegel besessen, seit Anna mir gesagt hat, dass ich mich von ihm fernhalten soll. Ich hatte nicht mit ihr gesprochen, aber sie bestand darauf, dass Moni die dringende Nachricht an mich weitergibt.

Die Nachricht lautete: Wenn ich noch einmal reingehe, wird sie es erfahren. Unsere Vereinbarung würde annulliert werden. Außerdem würde sie trotzdem die volle Zahlung verlangen.

Es wäre leichtes Geld für sie, wenn ich die Warnung ignorieren würde. Sie würde bezahlt werden, ohne dass ich auch nur einen Schritt über die Schwelle gemacht hätte. Ihre Worte erschreckten mich so sehr, dass ich die Kinderzimmertür abschloss. Nur für den Fall der Fälle.

Anna ist um die sechzig Jahre alt und eine gut aussehende Frau. Sie ist nicht hübsch, sie ist gut aussehend. Das ist nicht als Beleidigung gemeint. Es ist die Art, wie sie auf uns beide wirkt. Sie ist sehr groß, fast zwei Meter, und trägt ihr Haar zu einem Dutt zusammen. Das macht sie noch größer.

Sie trägt einen hochgeschlossenen, blutroten Mantel mit schwarzen, herzförmigen Knöpfen. An ihren Füßen trägt sie dicke schwarze Keile. Im Gesicht trägt sie nur einen Hauch von Mascara und roten Lippenstift, sonst nichts. Das dunkle schwarze Haar hinter ihrem linken Ohr enthüllte einen schwarzen herzförmigen Ohrring. Er passt perfekt zu den Knöpfen an ihrem Mantel.

Anna geht mit einem starken Gefühl der Entschlossenheit und Zielstrebigkeit auf die Eingangstür zu. Sie wackelt ein wenig auf ihren Keilabsätzen und wir kichern. Als Anna uns sieht, zwinkert sie uns zu und macht ein Kreuzzeichen über sich. Sie zögert, dann macht sie das Kreuzzeichen über meinem Haus.

Wir waren so abgelenkt und angetan von allem, was Anna getan hat, dass wir einen Mann nicht bemerkten, der hinter ihr herlief.

Er ist fast fünf Fuß groß, hat schwarze Haare und einen schwarzen Bart. Er trägt einen schwarzen Mantel, eine schwarze Mütze, die seine Augen verdeckt, eine schwarze Hose und schwarze Schuhe. Er schwebt wie eine dunkle, einsame Wolke über uns. Wir erkennen, dass die gebückte Haltung von dem kommt, was er auf seinem Rücken trägt: ein kleiner schwarzer Koffer. Obwohl er nur klein ist, reicht sein Gewicht aus, um ihn in die Knie zu zwingen.

Anna schlägt den Türklopfer, und wir eilen ihnen entgegen.

***

Anna fegt herein wie der Wind und die dunkle Wolke weht nicht weit dahinter. Sie streckt mir zuerst ihre Hand entgegen und nimmt meine andere Hand. Sie schaut mir in die Augen und ich ihr in die ihren, die einen seltsamen Grünton mit winzigen roten Flecken über der Pupille haben.

"Ich freue mich so, dich endlich kennenzulernen", sagt sie, streckt die Hand aus und hält dann inne, bevor sie das Baby berührt. Ich nicke, dass es in Ordnung ist, und sie legt ihre offene Hand auf das Baby. Ich erwarte, dass er strampelt, um ihre Anwesenheit zu bestätigen, aber er tut es nicht.

"Er muss schlafen", sage ich. Aus irgendeinem Grund habe ich das Gefühl, dass wir unhöflich sind, wenn er sich nicht mit einem Tritt meldet.

Anna wirft ihren Mantel zurück. Sie wendet sich an Moni und sagt hallo. Sie stellt uns ihren Mann vor, der im Hintergrund steht und sich den Rücken verrenkt. Sein Name ist Ballard.

Ich gehe zu ihm hinüber und wir schütteln uns die Hände. Er braucht Hilfe, um die Truhe von seinem Rücken zu bekommen, also helfe ich ihm. Danach steht er aufrecht und groß. Er ist gar nicht so klein. Er ist klein für einen Mann und Anna überragt ihn mit ihren Keilstiefeln.

"Kümmern wir uns um die langweiligen Details", schlägt Ballard vor.

"Ja", sagt Anna.

"Sie meint das Geld", flüstert Moni.

Ich hole meine Handtasche vom Beistelltisch. Sie enthält den vollen Betrag, den ich Anna gebe, die ihn Ballard überreicht.

"Danke", sagt Anna.

Ballard nimmt das Geld heraus und blättert den Stapel durch. Als er sich vergewissert hat, dass der volle Betrag da ist, steckt er ihn in seine Manteltasche.

Anna sagt: "Ich würde jetzt gerne das Zimmer sehen."

Wir drei, Moni, Anna und ich (oder vier, wenn ich das Baby mitrechne), machen uns auf den Weg zum Kinderzimmer. Ich schaue zurück und sehe, wie Ballard in seiner Tasche nach einem Schlüssel fischt, den er in das Schloss steckt und den Kofferraum öffnet.

Ich bin neugierig auf den Schlüssel, aber noch neugieriger auf den Inhalt. Ballard fährt fort. Ich wende meine Aufmerksamkeit wieder der Sache zu.

"Zu gegebener Zeit", sagt Anna, während sie uns weitergehen lässt. Sie sieht, dass ich Ballard neugierig anschaue. Es scheint ihr nichts zu entgehen.

Bevor wir das Kinderzimmer erreichen, hält Anna plötzlich an. Ich stoße fast mit ihr zusammen, da ich jetzt am Ende des Rudels bin und Moni an der Spitze steht.

Annas Atmung verändert sich. Sie keucht und ihre Wangen werden ganz rot. Sie hält sich mit geballten Fäusten an der Wand zu ihrer Rechten und an der anderen Wand zu ihrer Linken fest und steht stocksteif da. Ihre Fäuste platzen auf wie blühende Rosen.

Sie legt ihre Hände flach und offen auf die Oberfläche der Wände auf beiden Seiten von ihr.

Ihr Kopf fliegt zurück und ihre Augen öffnen sich weit und blicken an die Decke. Ihr ganzer Körper beginnt zu zittern und zu zucken, als hätte sie einen epileptischen Anfall.

***

Dann pumpt etwas durch ihren Körper. Was auch immer es ist, ich sehe, wie es sich seinen Weg durch sie bahnt. Ich sehe Moni an, deren Augen fast aus ihrem Schädel springen. Ich greife über Annas Schulter und nehme Monis Hand in meine. Wir stehen still und wissen nicht, was wir tun sollen. Anna vibriert und windet sich weiter.

Dann ist Ballard da und legt etwas gegen Annas hochgezogene Stirn. Es ist silbern.

Ich sehe es im Licht aufblitzen, aber ich kann nicht erkennen, was es ist. Erst ist es verschwommen, dann schimmert es. Bald sinken Annas Arme und ihr Kopf. Dann ist sie wieder unter uns.

"Es tut mir leid, meine Liebe", sagt Ballard. "Ich habe nicht erwartet, dass..." Er hält inne und schaut zu Moni und mir, die immer noch zusammen stehen und sich an den Händen halten.

"Ich auch nicht", sagt Anna, während sie tief einatmet und mehrmals ausatmet, um sich zu beruhigen. "Das war ein mächtiges

Etwas oder Jemand. Darf ich ein Glas Portwein haben, bevor wir weitermachen?"

Ich beginne zu sagen, dass ich keinen Port im Haus habe. Ballard, der vorbereitet gekommen ist, holt einen Flachmann aus seiner Jacke. Er dreht den Verschluss auf und reicht ihn Anna.

Ihre Hände zittern, als sie versucht, einen Schluck zu nehmen. Ballard hilft ihr dabei.

Anna wischt sich mit der Hand den Mund ab. Ich kann immer noch sehen, wie ihre Finger zittern, als sie den Flachmann zurückreicht. Ballard bietet mir einen Schluck an. Ich lehne ab, wegen des Babys. Moni lehnt ebenfalls ab, bedankt sich aber bei Ballard für das Angebot.

Anna bricht das Schweigen. "Und jetzt lasst uns weitermachen."

***

Bevor wir die Kinderzimmertür erreichen, knallt sie zu. Die Wucht ist so groß, dass ich denke, die Scharniere könnten brechen. Ich schiebe mich an dem Gefolge vorbei und nutze den Umfang meines Kindes, um mir einen Weg zu bahnen.

Als ich an der Tür bin, greife ich in meine Tasche und hole den Schlüssel heraus. Sobald ich aufgeschlossen habe, versuche ich, die Klinke zu drehen. Ich sage "versuchen" aus zwei Gründen.

Erstens rührt er sich nicht und zweitens ist er so glühend heiß, dass ich schreie, wenn meine Haut mit ihm verschmilzt. Es ist, als würde sich der Metallgriff mit mir verschweißen und meine Haut brutzelt und riecht, als würde ich gegrillt.

Mein versengtes Fleisch riecht fast bakkig, während ich weiter versuche, mich von dem Griff zu lösen. Die nächsten Sekunden fühlen sich an, als wäre die Zeit stehen geblieben und ich konzentriere mich auf den Griff selbst, anstatt auf den Schmerz. Mit einer einzigen Bewegung löse ich mich von ihm. Der Griff bewegt sich. Für eine Sekunde denke ich, er würde sich drehen und öffnen, aber das tut er nicht.

Ich schaue nach links, wo Moni steht und starrt und sich fragt, was sie tun soll, aber nichts tut. Ich schaue zu Ballard hinüber, der Anna anschaut, die ihre Augen geschlossen hat und Worte murmelt.

Ich beobachte sie und höre ihrem Gemurmel zu, bis ich merke, dass sie eine Beschwörung oder einen Zauberspruch spricht. Zumindest sah es so aus, wie in den fiktiven Fernsehsendungen, die ich mit Hexen gesehen hatte.

Führen Hellseher Beschwörungen oder Zaubersprüche aus? Ich war mir nicht sicher, aber was auch immer sie vorhatte, ich hoffte, es würde funktionieren.

Während mir dieser Gedanke durch den Kopf geht, erhöht sich die Hitze des Türgriffs von einer Neun auf eine Zehn und ich schreie vor Schmerz auf. Ballard stürmt mit dem Schnapsfläschchen in der Hand auf mich zu und spritzt den

Inhalt über meine Hand. Es raucht und spuckt und riecht wie ein verdorbener Weihnachtspudding.

Es funktioniert und meine Hand löst sich von der Klinke. Ballard führt mich von der Tür weg. Ich bleibe stehen, während Moni Ballard den Erste-Hilfe-Kasten reicht, den sie aus dem Bad geholt hat. Er wickelt meine Hand in Mull, nachdem er sie mit einer Flüssigkeit gegen Verbrennungen besprüht hat. Das kühlt die Temperatur meiner Haut. Als er die Gaze um die Hand wickelt, ist der Schmerz minimal.

Als wir auf den Korridor zurückkehren, ist Anna nirgends zu sehen, aber die Tür zum Kinderzimmer steht weit offen.

Diesmal geht Ballard voran und Moni und ich folgen nicht weit dahinter. Ballard hält seinen rechten Arm vor sich, als würde er die Ankunft des Unsichtbaren und Unbekannten erwarten. Wenn er ein Kreuz in der Hand hätte, wäre das nicht unangebracht. Ich habe zu viel Fernsehen geschaut, als dass es mir gut tun würde.

Als er das Kinderzimmer betritt, flüstert Ballard: "Anna". Er steht in der Tür und hindert Moni und mich daran, den Raum zu betreten.

Keine Antwort.

Ballard geht ganz hinein, während er immer noch nach Anna ruft, und wir gehen hinter ihm hinein.

Das Fenster ist weit geöffnet, wie an dem Tag, als ich den Spiegel betrat. Der Wind ist allerdings heftig. Er bläst die Vorhänge nach vorne. Sie kräuseln sich und schweben wie von Geisterhand über dem Boden.

Die fliegenden Vorhänge lenken meinen Blick in die Richtung des Spiegels. Moni und Ballard tun das Gleiche, aber dieses Mal sind sie hinter mir, während ich auf den Spiegel zugehe. Die Decke, die einst über dem Spiegel drapiert war, liegt jetzt zerknüllt auf dem Boden.

"Anna!" rufe ich.

Ballard schreit den Namen seiner Frau.

Obwohl ich ihn nicht kenne, jagen mir die Tonlage und der Klang seiner Stimme eine Gänsehaut über die Unterarme. Ich drehe mich um und schaue ihn an und sehe pure Angst. Ich konnte mir nicht vorstellen, dass er so ausflippt. Ballard ist in jeder Hinsicht ihr Partner. Gemeinsam konzentrieren sie sich darauf, Menschen zu helfen, mit ihren Lieben auf der anderen Seite in Kontakt zu treten. Sie sind Profis.

Ich mache mich auf den Weg zum Spiegel. Mit einem großen Schritt gehe ich mit meinem ganzen Körper hinein.

Das letzte, was ich höre, ist Moni, die meinen Namen schreit.

***

Auf der anderen Seite ist totale Dunkelheit.

Das ist anders als vorher. Beängstigend.

Ich mache zwei Schritte nach vorne. Etwas knirscht unter meinen Füßen. Ich weiche ein wenig zur Seite und hoffe, dass das, was es war, nicht da ist, aber es ist da. Ich gehe weiter, trete auf etwas Größeres, stolpere ein wenig und bleibe dann stehen.

Zu verängstigt, um mich zu bewegen, stelle ich fest, dass dieser Ort genau so aussieht, wie ich mir das Innere eines Spiegels vorgestellt habe. Was ich nicht erwartet habe, ist der Geruch. Es riecht feucht nach verrottendem Herbstlaub und ist kalt. Ich schlinge meine Arme um mich.

Ich bewege mich nicht und hoffe, dass sich meine Augen an die Dunkelheit gewöhnen.

Sekunden vergehen. Trotzdem mache ich keinen Schritt in irgendeine Richtung. Ab und zu spüre ich, wie ich wackle. Mit einem so großen Bauch ist es nicht leicht, still zu stehen. Ich habe das Gefühl, ich könnte umkippen. Ich streichle meinen Babybauch und versuche, ruhig zu bleiben.

Wo sind die Wälder, der Strand und die Berge? Wo sind die Sonne und die Herbstbrise? Hier steht die gefrorene Luft still.

Ich frage mich, ob dies eine andere Dimension ist.

Warum fühlt sich dieser Ort so fremd an, während der andere heimelig schien? Es war dumm von mir, einzutreten, ohne zu wissen, dass Anna hier ist.

Ich höre ein Knirschen und dann Annas Stimme. "Cath?"

Mein Körper zittert, als ich antworte.

"Cath", sagt sie, "du musst hier raus."

Ich streichle meinen Babybauch, um zu versuchen, normal zu sein.

"Weißt du, wie viele Schritte du gemacht hast, nachdem du reingekommen bist?" fragt Anna.

Ich sage ihr, dass ich nicht viele Schritte gemacht habe, und doch hatte ich sie auch nicht gezählt.

Sie fragt, ob ich in der Lage wäre, mich umzudrehen, wenn ich wüsste, in welche Richtung ich gekommen bin, und ich sage, ich glaube schon.

"Dreh dich um und geh in die Richtung, aus der du gekommen bist", weist Anna mich an. "Ich werde den Geräuschen deiner Schritte folgen. Das Geräusch wird mich leiten und wir kommen gemeinsam raus."

Ich denke an Darryl, als wir uns zum ersten Mal trafen. Mit diesen glücklichen Gedanken im Hinterkopf drängt sich eine Erinnerung in mein Bewusstsein. Es ging um etwas, das ich gelesen oder gesehen hatte. Es ging um Dämonen in der Dunkelheit, die die Stimmen von Menschen annehmen, die wir kennen, manchmal sogar von denen, die wir lieben. Darin geben die Dämonen vor, jemand zu sein, der sie nicht sind.

Ich bringe meinen Geist zur Ruhe und verdränge diese Gedanken, indem ich an Darryl und das Baby denke. Ich drehe mich um und strecke meine Arme aus, um meinen Weg zu ertasten. Das Knirschen lässt mich in Panik geraten, aber ich wusste, dass ich nicht zu weit gegangen war. Ich gehe vorwärts wie ein blinder Zombie und spüre nichts.

Ich gehe noch zwei Schritte nach links, immer noch in dieselbe Richtung wie vorher, und strecke die Arme wieder vor mir aus. Immer noch kein Kontakt mit irgendetwas. Noch zwei Schritte.

Da ist es. Ich spüre es und trete vor. Ballard und Moni ziehen mich den Rest des Weges durch.

Anna packt den Zipfel meines Hemdes und kommt ebenfalls durch.

Wir sind in Sicherheit.

Wir sind zurück.

***

Ich weine, als Moni mir durch den Raum hilft. Ich setze mich in den Sessel, als würde ich das Gewicht der Welt auf meinen Schultern tragen. Ich streichle meinen Babybauch und summe Frere Jacques, um mein Herz und meinen Geist zu beruhigen. Mein kleiner Junge reagiert nicht mit einem Tritt, aber es geht ihm nicht schlechter als sonst.

Moni bringt mir eine Tasse mit heißem Tee. Meine Hände zittern zu sehr, um sie zu halten. Sie hebt sie an meine Lippen und ich trinke einen Schluck.

In der Ecke, außer Hörweite, flüstert Anna Ballard etwas zu, während sie einen Schluck aus dem Flachmann nimmt. Sie zittert und Ballard starrt ab und zu in meine Richtung und dann wieder zu seiner Frau. Ich hatte sie gerettet, sie zurückgebracht. Ich frage mich, worüber sie reden, aber ich bin zu müde, um ihr Gespräch zu belauschen.

"Wie lange?" frage ich Moni.

"Acht Stunden."

"Das können doch nicht acht Stunden gewesen sein!"

"Draußen ist es dunkel. Siehst du?" Sie zieht die Vorhänge zurück und zeigt die Dunkelheit anstelle des Tageslichts. Sie beugt sich vor und fragt: "Wie war Darryl?"

Mein Sohn gibt mir einen so kräftigen Tritt, dass es mir den Atem raubt. Ich streichle seinen Fuß durch meine Haut. "Beruhige dich, mein Sohn."

Moni wartet, bis sich das Baby beruhigt hat, bevor sie fragt: "Wenn Darryl nicht da war, warum warst du dann so lange weg?"

"Ich weiß es nicht", sage ich und schaue in Richtung Anna, in der Hoffnung, dass sie mir ein paar Antworten geben könnte. Schließlich ist sie die einzige Expertin in diesem Raum.

Anna nimmt einen weiteren Schluck aus dem Flachmann. Als sie sieht, dass ich sie anstarre, stolpert sie durch den Raum. "Ist alles in Ordnung mit dir?"

Anna steht zu meiner Linken, Moni vor mir und Ballard zu meiner Rechten, als wäre ich der Mittelpunkt eines Halbkreises. Ich zittere. Moni wirft mir eine Decke über die Schultern.

Anna sagt: "Der Spiegel hat viele Gesichter. Das da", sie zeigt auf ihn, "müsste zerstört werden."

"Aber warum?" frage ich mit klappernden Zähnen. "Er ist seit Jahrzehnten im Besitz meiner Familie und er hat Darryl zu mir gebracht."

"Ich schlage vor, du schickst es weg, wenn du es nicht zerstören kannst. Er wird dich wieder rufen und dich verführen, dein Haus zu betreten, wenn er in deinem Haus ist. Das nächste Mal hast du vielleicht nicht so viel Glück. Das nächste Mal könntest du für immer dort festsitzen."

"Hör auf meine Frau", sagt Ballard. "Sie weiß, wovon sie spricht, und sie will dich und dein Kind nur vor Schaden bewahren."

"Es hätte uns Schaden zufügen können, aber das hat es nicht", sage ich. "Es war dunkel und feucht, aber ich war schon an schlimmeren Orten, viel schlimmeren Orten."

Anna zögert, geht ein bisschen auf und ab und sagt dann: "Das knirschende Geräusch. Was dachtest du, was es war?"

Ballard geht auf seine Frau zu und flüstert ihr ins Ohr. Sie drehen sich wieder zu mir um.

"Laub", antworte ich. "Tote Blätter."

Annas Augen leuchten auf, als sie ihren Mann anschaut. "Es war das Geräusch von brechenden Knochen. Die Knochen der anderen, die es nicht zurückgeschafft haben."

Ich schnappe nach Luft und versuche, nicht zu schreien. Ich denke über das Geräusch nach, das ich gehört habe, und frage mich, ob sie es sich nur ausgedacht hat, um mir Angst zu machen. Wenn ich auf Knochen getreten wäre, wie hätte es sich angehört? Wie hätte es sich unter meinen Füßen angefühlt? Sie würden genauso klingen wie die im Spiegel.

"Jetzt lass uns hier verschwinden", sagt Anna. "Wir haben alles getan, was wir konnten. Wir können hier nicht länger bleiben. Merk dir meine Worte: Wenn du das Ding nicht zerstörst, ist es auf deinem Kopf."

Als sie von mir weggehen, rufe ich: "Warum hast du nicht auf mich gewartet? Warum habt ihr den Spiegel ohne mich betreten?

Vorher war Darryl, mein Mann, da. Alles war sicher und gut. Warum hast du nicht gewartet?" Ich stehe auf und folge ihnen, weil ich eine Antwort, eine Erklärung erwarte.

Anna geht weiter.

Ballard bleibt stehen und überlegt, ob er etwas sagen soll. Er überlegt es sich anders. "Komm, meine Liebe. Diese Frau schätzt dein Opfer und deinen Rat nicht."

"Ihr Opfer? Ich bin hineingegangen und habe sie herausgeholt! Ich habe sie gerettet."

"Beruhige dich", sagt Moni. "Das ist nicht gut für das Baby."

"Raus aus meinem Haus", schreie ich.

Nachdem Ballard den Koffer auf seinem Rücken festgeschnallt hat, verlassen er und seine Frau mein Haus.

Ich stehe mit geballten Fäusten da, während das Wasser an meinen Beinen herunterrieselt. Ein Schwindelgefühl überkommt mich und ich falle zu Boden.

****

Es ist also doch kein Wasser. Es ist Blut.

Das merke ich erst, als der Krankenwagen schreiend meine Auffahrt hochfährt und die Sanitäter mich durchchecken. Meine Vitalwerte sind in Ordnung, aber sie bestehen darauf, dass wir ins Krankenhaus fahren.

Während ich mich ausruhe und an Maschinen und Monitore gefesselt bin, bin ich dankbar, dass es meinem Sohn und mir gut geht. Nicht mehr und nicht weniger.

Moni rief meine Mutter an, die schnell eintraf. Sie saß bei mir, hielt meine Hand und sagte mir, dass alles gut werden würde. Jetzt sitzt sie schlafend in einem Stuhl.

Wenn ich sie schlafend ansehe, wird mir klar, dass Mütter gottgleich sind. Wir verlassen uns vom Moment unserer Empfängnis an in allem auf sie. Wenn sie uns erklären, dass alles gut wird, glauben wir ihnen, auch wenn wir wissen, dass sie es nicht wissen können. Wenn sie uns sagen würden, dass der Himmel orange ist, müssten wir ihnen glauben. Warum sollten sie uns anlügen? Unsere Mütter sind Krankenschwestern, Ärztinnen und Ärzte, Beraterinnen und Berater, Lehrerinnen und Lehrer, Philosophinnen und Philosophen und unsere Freunde. Mütter tragen so viele Hüte.

Ich spüre meinen Babybauch und denke über mein eigenes Potenzial nach, die Rolle der Mutter und des alleinigen Elternteils für meinen Sohn zu übernehmen. Ich hoffe, ich kann es mit der Stärke und dem Mut meiner Mutter aufnehmen. Wenn ich nur achtzig Prozent dessen erreichen könnte, was sie für mich war, wäre ich überglücklich.

Ich denke darüber nach, was der Arzt mir gesagt hat. Die Blutung war nichts Ernstes. Sie war nur vorübergehend und hatte aufgehört. Dem Baby geht es gut, sein Herzschlag ist kräftig. Trotzdem ist der Geburtstermin nicht mehr weit entfernt und sie wollen, dass wir hier sind.

Ich schlafe ein, denke an Anna und bin enttäuscht. Wir hatten uns so darauf gefreut, dass sie kommt und ihre Hilfe anbietet. Ich hatte Moni gebeten, sich mit ihr in Verbindung zu setzen, um zu sehen, ob sie ein paar Lücken füllen kann. Ich wollte wissen, was mit ihr passiert war, bevor ich den Spiegel betrat. Was hat sie gewusst? Was hatte sie gesehen?

Ich wollte auch wissen, warum sie in den Spiegel gesprungen war, bevor jemand von uns im Raum war.

Tränen rinnen in einem stummen Schrei über meine Wangen. Ich vermisse Darryl so sehr. Das Leben wäre ganz anders, wenn er hier wäre. Das Leben ist zu kurz und zu kostbar, um auch nur einen einzigen Moment zu verschwenden.

Ich lasse mich zurück in das Kissen fallen und schließe die Augen.

***

Meine Füße heben vom Boden ab. Ich fliege mit meinen Monarchfalterflügeln hinaus in die freie Luft. Ich erhebe mich höher und höher in den Himmel, während Flugzeuge an mir vorbeifliegen. Passagiere winken aus ihren Fenstern. Vögel bleiben stehen. Einer setzt sich auf meine Schulter. Er öffnet und schließt seinen Schnabel im Gesang, als ob er sich mit mir unterhalten will.

Er fliegt davon, glücklich darüber, dass er versucht hat, mit seinem Artgenossen zu kommunizieren.

Unter mir folgt eine kleine, geflügelte Person. Ich streichle meinen Babybauch, stelle aber fest, dass er nicht mehr da ist. Die geflügelte Person unter mir ist mein Kind. Seine Flügel sind blau und schwarz. Er lernt gerade das Fliegen. Mühsam bahnt es sich seinen Weg zu mir.

"Mutter", ruft er.

Ich bleibe an Ort und Stelle stehen und warte, bis er mich eingeholt hat.

"Mutter", ruft er wieder.

Ich drücke mich nach unten, bis wir Seite an Seite sind. Ich nehme seine Hand.

Gemeinsam erheben wir uns.

Ich werfe meinen Kopf zurück, während ich seine Hand noch immer in der meinen halte, und der Himmel wechselt im Bruchteil einer Sekunde von Tag zu Nacht. Die Luft wechselt von warm zu kalt und der Wind nimmt zu und treibt uns weg.

Mein Sohn und ich klammern uns aneinander, halten uns fest und schlagen synchron mit den Flügeln. Machtlos.

Ein Donner rollt heran. Blitze zucken über den Himmel, hinter uns, unter uns, immer näher und näher.

Ein Volltreffer auf meinen Flügeln. Ein Funke entzündet sich an seinen.

Wir stürzen zurück, woher wir gekommen sind.

***

Ich wache schreiend auf. So viel dazu, meine Mutter nicht aufzuwecken.

Der Traum war so real, so lebendig. Er ließ die Monitore blinken und piepen. Das Krankenhauspersonal kam hereingestürmt und übernahm die Kontrolle.

"Es war nur ein Traum", sage ich, um sie zu beruhigen. Trotzdem eilen sie weiter umher.

Ich wische mir den Schlaf aus den Augen.

Irgendetwas stimmt nicht mit Mama. Sie sind nicht wegen mir gekommen.

Sie legen sie in ein Krankenhausbett und rollen sie aus dem Zimmer. Die Räder quietschen sie von mir weg.

"Was ist los?" schreie ich. Ich versuche aufzustehen, um mit ihr zu gehen, um bei ihr zu sein. Ich muss das Gefolge einholen.

Doch ich bin gefesselt. Ich versuche, mich zu befreien. Nicht schnell genug.

Eine Krankenschwester sticht mir eine Nadel in den Arm.

Das Letzte, woran ich mich erinnere, ist, sie zu beschimpfen.

***

***

Moni ist an meiner Seite, als ich aufwache. Als ich einschlief, war es noch Tag gewesen. Jetzt ist es dunkel. Durch das Fenster sieht alles tiefschwarz und sternenlos aus.

Als ich versuche, die Puzzleteile zusammenzusetzen, tritt mich mein Sohn sehr heftig. Es ist fast so, als würde er mich daran erinnern, ihn an die erste Stelle zu setzen, als ob ich eine Erinnerung bräuchte. Zuerst war es dieser gruselige Traum. Dann war Mama in Schwierigkeiten, krank oder so.

Ich kehre in die Realität zurück.

Moni reicht mir ein Glas Wasser. Sie und ich sind schon so lange befreundet, dass es sich manchmal anfühlt, als hätten wir eine telepathische Verbindung. Moni ist die beste Freundin auf der ganzen Welt. Ich wüsste nicht, was ich ohne sie tun würde.

"Danke", sage ich, während ich einen Schluck nehme und spüre, wie das kühle Wasser in meinen leeren Magen eindringt. Kein Wunder, dass mein Baby wie verrückt strampelt. Ich muss auftanken, weil ich heute nichts gegessen habe. Nicht, dass das Krankenhausessen etwas Besonderes wäre. Ich frage Moni, ob es ihr etwas ausmachen würde, mir heimlich etwas Fast Food zu besorgen, um mich zu verwöhnen.

Moni ist wie immer logisch und schlägt vor, dass ich die Krankenschwester anrufe. Frag sie, ob sie etwas für mich tun können, um ihre Diätvorschriften für mich und das Baby nicht zu unterbrechen. Das klingt nach einem guten Rat, obwohl ich einen Cheeseburger, Pommes und einen Shake verdrückt hätte.

Die Krankenschwester ist hilfsbereit und sagt, sie würde so schnell wie möglich etwas speziell für mich zubereitetes bringen. In der Krankenhaussprache heißt das, sobald ich in der Hackordnung ganz oben stehe. Wer zuerst kommt, mahlt zuerst.

Ich reibe mit einer Hand meinen Babybauch und trinke noch einen Schluck Wasser, um den Hunger in Schach zu halten.

"Wir müssen reden", sagt Moni.

"Ich höre zu."

"Zunächst einmal geht es deiner Mutter gut. Sie hatte einen Schlaganfall, aber soweit ich weiß, war es kein schwerer Schlaganfall. Ich kenne keine genauen Details, weil ich nicht zur Familie gehöre, aber ich habe den Eindruck, dass sie sich vollständig erholen wird."

Ich atme erleichtert auf und erinnere Moni daran, dass sie wie die Schwester ist, die ich nie hatte.

"Ich habe eine Schwester", sagt Moni, "aber du bist meine Wunschschwester."

"Ich liebe dich", sage ich.

"Ich liebe dich auch."

Wir schweigen einen Moment lang, dann sagt sie: "Ich habe mit Anna für dich gesprochen. Der Besuch in deinem Haus und im Spiegel hat sie völlig aus dem Konzept gebracht. Die beiden sind keine Neulinge. Sie, ich meine Anna, hat sich dem puren Bösen noch nie so nahe gefühlt wie in deinem Spiegel."

Ich erinnere mich an das Gefühl der Glückseligkeit, als ich mit Darryl zusammen war. An das Gefühl seiner Berührung. Seine

Verbindung mit seinem Sohn. Was sie sagte, kam mir lächerlich vor und das sage ich auch.

"Was meinst du?"

"Zunächst einmal war ich auch dort. Ja, es war sehr dunkel. Es war feucht und stank sogar ein bisschen, aber ich habe nicht gespürt, dass etwas Böses in der Luft lag. Wenn das Böse in dieser Dunkelheit lauerte, dann hätte es uns beide jederzeit holen können. Wir waren ihm hilflos ausgeliefert. Warum hat es dann nichts getan?"

"Sie sagt, der Teufel will nur die Seelen der Geschädigten. Diejenigen, die Böses getan haben oder böse Taten begangen haben. Die einzigen Ausnahmen sind diejenigen, die freiwillig zu ihm kommen und reinen Herzens sind."

"Und Anna, wie passt sie in dieses Szenario? frage ich.

"Anna sagte, wenn du und vor allem das Baby nicht da gewesen wärt, hätte das Ding sie geholt. Sie sagt, es flüsterte ihr zu, dass sie verloren sei, dass sie ihm gehöre, bevor du den Spiegel betratst. Als du das getan hast, ging ein Licht von dem Baby aus. Es war kein helles Licht. Es war schwach, aber es reichte ihr, um zu wissen, dass du da warst. Dieses Licht führte sie zu dir, und in letzter Sekunde packte sie dich und du zogst sie heraus. Ohne das Baby, ohne dich, wäre sie verloren gewesen, ihre Seele wäre für immer dort drinnen gefangen gewesen."

Ohne darüber nachzudenken, streichle ich den Fuß des Babys. Er dreht sich in mir.

Ich schaue auf, als ein Fremder mit einem Klemmbrett in den Raum kommt. Er trägt ein Stirnrunzeln, das so groß ist wie der Grand Canyon, ist aber irgendwie errötet und blass zugleich.

"Sind Sie Cath?", fragt er.

***

Er trägt keinen weißen Kittel und gehört weder zur Familie noch ist er ein Freund.

Ich nicke und bestätige, dass ich ich bin.

Daraufhin ruft er: "Bringen Sie es rein."

Zwei Lieferanten bringen einen großen, abgedeckten Gegenstand herein.

Bevor sie es enthüllen, weiß ich schon, was es ist. Der Spiegel. "Was macht der denn hier? Ich habe euch nicht darum gebeten, ihn zu bringen."

"Unterschreibe hier." Der Mann drückt Moni einen Stift in die Hand. Sie weigert sich zunächst, zu unterschreiben, aber der Mann wird lauter. Er droht, einen Aufruhr zu verursachen, also unterschreibt sie, aber erst, nachdem ich sie dazu aufgefordert habe.

"Wir überlegen uns, was wir damit machen, wenn die beiden Idioten - nichts für ungut - weg sind."

Moni grinst und ich auch.

Die Lieferleute ziehen sich zurück.

"Was jetzt?" fragt Moni und stellt sich so weit wie möglich vom Spiegel weg, ohne aus der Tür zu gehen.

Ich fühle mich sicher, wo ich auf dem Bett liege, eingewickelt in meine Decke. Von hier aus kann ich mein Bestes tun, um den Elefanten im Raum zu ignorieren. Was in aller Welt hat er hier zu suchen und wer hat ihn geschickt?

***

Monis Telefon klingelt, was uns beide aufschrecken lässt. Sie ist damit beschäftigt, den Spiegel in der Nähe des Fensters zur Seite zu schieben.

"Ich bin gleich wieder da", sagt sie.

Auf dem Weg, mich zu begrüßen, sieht ein neuer Bediensteter den Spiegel und deckt ihn auf. "Was für ein schöner Spiegel", sagt er. "Der Rahmen und vor allem das Holz sind absolut umwerfend." Er fährt mit den Fingern über die eingravierten, verbundenen Hände und sagt: "Das ist japanisch, oder?"

"Ich weiß nicht, aber er ist schon seit Jahrzehnten im Besitz meiner Familie."

Der Angestellte stellt den Spiegel so auf, dass er in meinem Blickfeld liegt. Ein Teil des Spiegels ist mir zugewandt, ein anderer Teil dem Fenster.

Er blickt auf die Rückseite des Spiegels. "So etwas habe ich schon einmal gesehen. Wenn du es mal verkaufen willst, ruf bitte hier an und frag nach mir oder hinterlasse eine Nachricht.

Mein Name ist Daniel Chung." Er drückt mir seine Karte in die Hand.

"Äh, danke", sage ich, als Moni ins Zimmer zurückkommt.

"Ist alles in Ordnung?", fragt sie, während sie auf den Spiegel schaut und sieht, wie der Pfleger ihn streichelt.

"Ja", antworte ich, "Daniel hat mir erzählt, dass er dachte, der Spiegel sei japanisch. Er sagte, er habe so etwas schon einmal gesehen. Oh, und er wäre daran interessiert, ihn zu kaufen. Das heißt, wenn ich mich jemals von ihm trennen wollte."

Moni wird blass.

Daniel prüft meinen Puls. Er bestätigt, dass alles in Ordnung ist und fragt, ob ich etwas brauche.

"Was für ein komischer Typ", sagt Moni.

Meine Fruchtblase platzt.

***

Die Dinge passieren zu schnell. Die Monitore spielen verrückt. Die Wehen setzen ein. Ich bin geweitet und bereit zu pressen. Die Herzfrequenz des Babys sinkt, ebenso wie sein Blutdruck. Sie rollen mich in den OP und bereiten mich für einen

Notkaiserschnitt vor. Ich wünschte so sehr, Darryl wäre hier bei mir.

Er hat alle Hände voll zu tun. Sie betäuben mich und gehen rein, um meinen Sohn zu retten.

Ich bin völlig weggetreten, kann nichts sehen und nichts fühlen. Ich beobachte, wie das Krankenhauspersonal herumläuft. Ich höre den Maschinen zu. Ich hoffe und bete, dass mein Sohn wieder gesund wird.

Sie heben ihn hoch, damit ich ihn sehen kann.

Er weint nicht.

Er ist blau.

Ich schreie.

Jemand sticht mir eine Nadel in den Arm.

Ich schlafe mit dem Wissen, dass mein Sohn tot ist.

***

Ich wache auf und erinnere mich.

"Möchtest du ihn halten?", fragt eine Krankenschwester.

Ich nicke.

Sie verlässt das Zimmer.

Ich stehe aus dem Bett auf.

Mein Sohn kommt in einer Glasvitrine an, eingewickelt in eine grüne Decke. Er trägt eine passende Strickmütze.

Sie gibt ihn mir in die Hand. Tränen kullern mir über die Wangen, als ich seine kühle Stirn küsse und uns auf der anderen Seite des Zimmers im Spiegel sehe.

Ich gehe auf ihn zu.

Ich bin immer noch eine Mutter. Ich halte meinen Sohn im Arm.

Ich küsse jedes seiner Augenlider.

Der Boden unter meinen Füßen beginnt zu beben, als die Sonne Licht in den Raum und in den Spiegel und in meinen Sohn schreit.

Seine Augenlider springen auf. Er sieht mich. Er kennt mich.

Dann ist er verschwunden.

Ich stolpere und halte die Leichtigkeit des Nichts in meinen Armen.

Dort im Spiegel hält Darryl unseren Sohn im Arm.

"Ich liebe dich", sagt Darryl und küsst ihn auf die Stirn.

"Ich liebe dich auch", sage ich, als unser Sohn zu weinen beginnt.

Der Spiegel fängt an, sich zu drehen, erst langsam, dann nimmt er Fahrt auf. Er stößt und knirscht und dreht sich, als würde er gleich wegfliegen.

Wie hypnotisiert kann ich nicht wegschauen.

Darryls Hand streckt sich aus dem Spiegel, und ich nehme sie.

Und wir sind für immer zusammen, Darryl, unser Baby und ich.

TODESWUNSCH

Es war schwierig für ihn, an etwas anderes zu denken.

Er lebte in der perfekten Zeit. Eine Zeit, in der er alles online finden konnte.

Videos und Fotos. Alles, was er darüber wissen wollte. Sogar Dinge, die ihn zu Tode erschreckten! Und er konnte es bei der Arbeit oder zu Hause tun.

Alles, was er tun musste, war, mehrere Tabs offen zu halten und bei Bedarf hin und her zu wechseln. Es war, als wäre er ein Spion, der ein Katz- und Mausspiel spielte, von dem nur er wusste, dass es gespielt wurde.

Er verbrachte jede wache Stunde - oder so viel wie möglich - mit Recherchen. Er ordnete die Teile des Puzzles immer wieder neu an. Vorbereitung war der Schlüssel. Alles zusammen zu bekommen, bis er bereit war. Dann würde es einfach sein, und wenn alle Fakten auf dem Tisch lagen, würde er die Möglichkeit eines Scheiterns ausschließen.

"Scheitern ist keine Option", sagte er zu sich selbst und fragte sich, wer das zuerst gesagt hatte. Neugierig geworden, googelte er danach. Er fand ein Buch mit dem gleichen Namen, das Gene Kranz, dem Flugdirektor der NASA-Mission Control, zugeschrieben wird.

Das Problem bei der Recherche im Internet - Ablenkungen. Man kommt so leicht vom Weg ab. In ein dunkles Loch zu fallen. Wenn er nicht aufpasste, würde die Zeit wie im Flug vergehen und bald wäre er viel zu alt dafür.

Und dann waren da noch die Unterbrechungen. Das Leben hatte seine Unterbrechungen, sowohl gute als auch schlechte. Man konnte Dinge tun, die man liebte, oder Dinge, die man hasste, aber so oder so, die Zeit lief einem davon und es gab nichts, was man dagegen tun konnte.

Alles, was man tun konnte, war, die Tür zu schließen, zu hoffen und sich die Welt wegzuwünschen. Manchmal war das kein gutes Gefühl für die Menschen in deinem Leben, die du geliebt hast, wie deine Frau. Oder dein Hund.

Manchmal hatte er das Gefühl, dass er fallen müsste, um seiner Frau alles zu beichten. Um sich ihr zu Füßen zu werfen. Aber dann überlegte er, wie er sich fühlen würde, wenn sein Geheimnis nicht nur sein Geheimnis wäre. Wie er Fragen beantworten müsste und wie seine Entscheidungen zur Diskussion stehen würden. Jeder kleine Teil von ihm würde auseinandergenommen werden wie ein Weihnachtskuchen.

Nein, beschloss er. Geheimhaltung war der einzige Weg. Außerdem würde sie sich Sorgen machen. Und sie könnte andere Leute einbeziehen, wie seine Eltern oder ihre Eltern oder ihre Freunde. Dann wäre die Katze aus dem Sack.

Er fragte sich, woher diese Redewendung stammte. Er recherchierte und lachte über die Debatte im Internet, vor allem über die deutschen und niederländischen Vergleiche mit der "Katze im Sack". Er scrollte nach unten, um den Namen des Autors zu erfahren, gab aber auf, als seine Frau hinter ihm "he-hemm" machte. Er schaltete den Bildschirm auf etwas Neutrales um.

"Nur noch ein paar Minuten", sagte er.

Sie schloss die Tür hinter sich.

Immer wenn sie ihren Kopf durch die Tür steckte... Auch nachdem sie weg war... Er fühlte sich wieder wie ein Siebenjähriger, der mit der Hand in der Keksdose erwischt wurde.

Verdammter Katholizismus, dachte er.

Er fühlte sich wegen allem schuldig.

Es war ja nicht so, dass er wichste oder so etwas.

Er hat gearbeitet.

Hauptsächlich arbeiten.

Zwar wurde er nicht dafür bezahlt, aber es war trotzdem Arbeit. Es hatte einen Zweck. Er suchte nach dem Wort "Arbeit". Eine Definition lautete: "eine Form der Folter".

Er lachte.

Er versuchte, sich zu konzentrieren, aber er konnte es nicht, weil er sich so verdammt schuldig fühlte. Als ob seine Frau ständig auf ihm herumhacken würde. Sie schimpfte mit ihm - was sie aber nicht tat. Sein Verstand schrie: "Bin ich nicht wichtig?" Er hielt sich die Ohren zu und erschauderte. Allein der Gedanke daran, dass sie ihn anprangern würde, dass ihre Worte ihn wie Butter durchschnitten, ließ ihn in den Daumen beißen...

"Beißt du uns in den Daumen, Sir?", fragte er in den leeren Raum.

"Hast du etwas gesagt?", fragte seine Frau durch die geschlossene Tür.

"Nein", sagte er. Dann sagte er leise: "Ich beiße dir nicht in den Daumen.

Das waren die einzigen Zeilen von Shakespeare, an die er sich erinnerte. Wie Shakespeare war auch er eine Art Drama-Queen.

Er ging zurück an die Arbeit und fühlte sich jetzt schuldig, weil er Jayne angelogen hatte.

Es war ja auch nicht so, dass er sich Pornos oder so etwas angesehen hätte. Einige seiner Kumpels hatten ihr schuldiges Online-Vergnügen, aber das war nicht sein Ding. Wenn sie mit ihren Eroberungen prahlten, wollte er am liebsten verschwinden. Einer seiner verheirateten Freunde hatte sich bei mehreren dieser Online-Dating-Seiten angemeldet. Sie schickten ihm Fotos auf ihrem Handy und er hatte sie noch nicht einmal persönlich kennengelernt. Und dann waren da noch die Online-Pornosüchtigen. Sie sprachen darüber, ja sie prahlten sogar damit.

Das machte ihn krank. Er schämte sich, ein Mann zu sein.

Andererseits waren viele der Ehefrauen unterwegs, um sich rosa Handschellen zu kaufen, nachdem sie das sexy Buch auf der Bestsellerliste gelesen hatten. Seine Frau versuchte auch, es zu lesen, aber da sie Englischlehrerin ist, kam sie nicht über den schlechten Text hinweg. Die Freunde seiner Frau rieten ihr immer wieder, es zu versuchen. Sie sagten ihr, sie solle den Schreibstil ignorieren, aber die Lehrerin in ihr wollte das nicht zulassen.

Wieder einmal ließ er seine Gedanken abschweifen. Er suchte nach dem Titel des sexy Buches und entdeckte auf YouTube eine unpassende Puppe, die ein paar Kapitel vorliest. Er steckte seine Kopfhörer ein, hörte zu und lachte über sich selbst hinaus. Jemand hatte sich sehr viel Mühe gegeben, das zusammenzustellen.

Aber es war nicht mehr als eine Ablenkung. Er musste sich wieder auf seine eigentliche Aufgabe konzentrieren. Er hasste sich selbst, wenn er sich nicht konzentrieren konnte, und doch ließ er sich so leicht ablenken.

In diesem Moment bellte sein Hund Buddy und er schaute auf seine Uhr. Buddy war schon seit fast dreißig Minuten draußen.

Mit einem schlechten Gewissen sprang er auf und ging ein paar Schritte auf die Tür zu, ohne den Bildschirm zu wechseln. Buddy bellte wieder, und er kehrte zurück, um seinen Laptop zu schließen. Vorsicht ist besser als Nachsicht, dachte er sich, als er den Raum verließ und den Korridor hinunterging.

"Zu wenig, zu spät", sagte Jayne in einem lachenden Ton in seine Richtung, als Buddy auf ihn zuhüpfte.

"Tut mir leid", sagte er, "ich habe ihn gerade erst gehört."

"Keine Sorge", sagte sie, "ich war näher dran." Dann widmete sie sich wieder der Lektüre und der Benotung der Arbeiten ihrer Schüler.

Er und Buddy machten sich auf den Weg zurück in den Flur und in sein Büro. "Tut mir leid, Bud", sagte er, als der Hund sich auf den Boden setzte und begann, sein Gesicht zu lecken. "Hast du mich vermisst, Buddy?", fragte er wiederholt, während Buddy ein Ja bellte.

"Ich gehe besser wieder an die Arbeit, Bud", sagte er resigniert.

Er kehrte in sein Büro zurück. Er setzte sich hin und war entschlossen, sich zu konzentrieren.

Er beugte sich näher an den Bildschirm heran und wog die ganze Zeit das Für und Wider ab. Er schrieb nichts auf und machte sich auch keine Notizen. Wenn er das tat, könnte jemand sie finden und lesen. Dann müsste er alles erklären, und das wäre kein Gespräch, an dem er sich beteiligen wollte, weder jetzt noch in Zukunft.

"Möchtest du eine Tasse Tee?" rief Jayne aus der Küche.

"Nein danke", sagte er.

Ablenkungen und noch mehr Ablenkungen. Fünf einfache Worte wie "Willst du eine Tasse Tee?" konnten sein Gehirn auf Trab bringen. Er fing an, über dieses und jenes nachzudenken und darüber, wie alles zusammenhängt. Das nächste, was er weiß, ist, dass er ein kleiner Junge ist, der im Garten seiner Eltern schaukelt. Dann sah er sich selbst von einem Baum im Park schwingen. Er wäre zu erschöpft, um weiter zu forschen. Nicht körperlich erschöpft, sondern geistig.

Aber heute war vor allem sein Tag. Es war Sonntag und Jayne würde den größten Teil des Tages damit verbringen, Arbeiten zu korrigieren und dann das Abendessen vorzubereiten. Natürlich erwartete sie, dass er irgendwann aus seiner "Höhle" kommen würde. So nannte sie sein Büro. Eine direkte Anspielung auf das Buch, das sie bei Oprah gesehen hatte. Seine Frau hatte ihm ein Exemplar geschenkt, in der Hoffnung, es würde ihn aus seiner Männerhöhle herausholen. Er konnte sich nicht mehr an den Anlass erinnern, aber nach dem, was er versucht hatte zu lesen, schien es ein Schund zu sein.

Jayne klopfte erneut.

Er hatte gerade noch genug Zeit, um wieder auf die Seite seiner Firma zu klicken, bevor sie ihre Arme um seinen Hals legte und ihn auf den Kopf küsste.

Unwillkürlich ließ er die Schultern hängen. Er verbarg seine Arbeit und stellte sich vor, dass sie sich für das interessierte, was er auf dem Bildschirm hatte.

Es hatte sie interessiert, denn sie kommentierte, dass Facebook in einem anderen Fenster geöffnet war. Er kam sich vor wie ein Trottel, der seine Zeit an einem Sonntagnachmittag mit Facebook verschwendet. Oder anders gesagt, er kam sich wie ein Idiot vor, weil Jayne dachte, dass er seine Zeit an einem Sonntagnachmittag lieber mit Facebook verbringt, anstatt mit ihr zusammen zu sein. Das war ganz und gar nicht der Fall und er wollte, dass sie sich dessen sicher war.

Gleichzeitig dachte er aber auch, dass es vielleicht egal war, was sie jetzt dachte.

Er scrollte beiläufig durch seine Arbeits-E-Mails und tat so, als sei er sehr beschäftigt, als ein Status-Update-Fenster auftauchte. Er schloss es schnell und wünschte, Jayne würde verschwinden.

"Bist du bald fertig, Schatz?" fragte Jayne.

"Klar, gib mir fünf Minuten", sagte er, und als sie sich der Tür näherte, "oder vielleicht zehn?"

"Okay, dann zehn, aber du brauchst heute wirklich etwas frische Luft. Und ich auch. Außerdem bereite ich Buddys Leine vor, dann kann er auch mitkommen."

"Gute Idee", sagte er, denn er wusste genau, dass Buddy sich mehr darauf freute, rauszugehen als er selbst.

***

Es genügt zu sagen, dass ihr Ausflug nach draußen nicht sehr lange dauerte. Er führte sie zum Einkaufszentrum. Menschenmassen. Lohnempfänger. Zeitverschwender. Die Hämorrhoiden-H-er der nächsten Woche. Er lächelte, hatte aber nicht das Bedürfnis, seinen Scherz mit Jayne zu teilen.

Jayne bot ihm an, alles wegzuräumen, also ließ er sie.

Er wollte und musste in seine Höhle gehen und die Tür schließen. Drinnen machte er es wie eine Schildkröte und schlang sein Hemd um seinen Kopf. So saß er da und suchte Trost und Stille, bis er ruhig genug war, um wieder mit seinen Nachforschungen zu beginnen.

Als sein Kopf wieder auftauchte, hörte er, wie Jayne das Abendessen vorbereitete. Sie summte den Oldiesender im Radio mit. Er stellte sich vor, wie Jayne am Herd stand und Buddy dort saß und geduldig darauf wartete, dass er einen oder zwei Schlucke abbekam.

Das war der Bud-meister für dich. Er wartete immer, und mit diesen Kulleraugen musste man ihm etwas zuwerfen. Er würde diesen Hund so sehr vermissen.

Er knackte ein paar Mal mit den Fingerknöcheln wie ein professioneller Pianist. Dann ließ er seine Finger über die Tastatur gleiten. Google-Suche. Was ihm angezeigt wurde, war etwas ganz anderes als alles, was er bisher gesehen hatte!

Es war online. Es gab echte Videos von Leuten, die es taten. Sie taten es! Als er sich das erste Video ansah, fühlte er sich fast so, als wäre er die Person in dem Video gewesen. Sein Herz raste und sein Puls auch. Er konnte nicht glauben, dass der Anblick eines Videos eine solche Reaktion hervorrufen konnte.

Jemand sollte sich darüber beschweren, dachte er und dann: Ich sollte mich darüber beschweren. Aber das hatte er nicht vor. Er schaute sich ein weiteres Video an, und noch eines und noch eines. Jedes Mal hatte er das Gefühl, dass er selbst die Person von Interesse war. Jedes Mal sprang ihm das Herz fast aus der Brust.

Er schaltete es aus. Es war zu viel. Viel, viel zu viel!

Er spielte das, was er gesehen hatte, immer wieder in seinem Kopf ab. Er konnte dem nicht entkommen. Und je mehr er darüber nachdachte, desto mehr Angst bekam er. Je mehr er sich fürchtete, desto mehr schwand sein Mut, bis er sich fragte, ob er es wirklich durchziehen konnte.

Es lag alles an den Augen. Die panischen Augen der Opfer!

Er betrachtete ihre Mimik. Er kam zu dem Schluss, dass sie so aussahen, weil sie, anders als er, vorher keine Nachforschungen angestellt hatten.

Er nahm an, dass sie sich einfach entschlossen hatten und es taten. Diese Idee konnte er nicht nachvollziehen.

Es war viel zu riskant, und was, wenn sie ihre Meinung änderten?

Was, wenn er seine Meinung in letzter Minute änderte?

Er wollte nicht, dass ihm das passierte.

Er war ganz sicher anders als sie.

Vielleicht war er übervorsichtig.

Vielleicht war er zu stumpfsinnig und zu langweilig, um sein Leben ändern zu können - um sein Leben in die Hand zu nehmen. Das alles lag daran, dass er so lange der Tretmühle des Unternehmens ausgeliefert war. Er und all die anderen Hamster. Immer wieder, immer wieder, ohne dass er etwas vorweisen konnte.

Er hasste sein Leben. Ja, er liebte Jayne und er liebte Buddy - aber das Leben ist mehr als nur Arbeit und Bett.

Ja, Liebe machen war schön, und kuscheln war schön. Freunde und Familie und all dieser emotionale Hokuspokus waren schön. Aber das Leben musste mehr zu bieten haben. Das musste es einfach! Und er wollte nach dem Ring greifen, bevor es zu spät war.

Denn er wusste, wenn er nicht bald etwas tun würde, um seiner Existenz auf diesem Planeten einen Sinn zu geben, dann wäre er vielleicht gar nicht hier.

Er klappte seinen Laptop zu, legte den Kopf in den Nacken und schlief ein.

***

In seinem Traum hatte er keine Beine. Er war nur ein Kopf und ein Torso, der am Schreibtisch saß und tippte. Einen besonderen Stuhl hatte er auch nicht. In seinem Traum saß er auf demselben Stuhl wie immer, mit Rollen an den Beinen. Wenn er tippte, bewegte sich sein Oberkörper durch die Vibration seiner Finger auf der Tastatur. Da der Stuhl keine Arme hatte, neigte sich sein Oberkörper in die Richtung der Hand, mit der er tippte. Es war seltsam, aber er hatte keine Angst, auf die Seite zu fallen. Er fühlte sich furchtlos und merkwürdigerweise auch inspiriert.

Dann begann irgendwo im Hintergrund ein sehr lautes Lied zu spielen. Es war Mozart oder Beethoven oder einer dieser klassischen Komponisten. Irgendetwas in seinem Kopf verlangte danach, mit den Zehen zu wippen - aber er hatte keine Zehen. Er wachte auf und stieß einen Schrei aus.

Jayne und Buddy kamen angerannt und rissen die Tür auf. "Du hast einen Apfelabdruck auf der Wange", sagte Jayne, als sie merkte, dass es ihm gut ging.

"Tut mir leid", sagte er.

"Das Essen ist gleich fertig", informierte sie ihn.

"Okay", sagte er.

Sie machte den Antrag, die Tür hinter sich zu schließen, aber er sagte, es sei okay, sie offen zu lassen. Sie hatte einen fragenden Gesichtsausdruck, sagte aber nichts weiter.

Als er zu ihr in die Küche kam, ging er zum Kühlschrank, um sich ein Bier zu holen. Sie aßen in einer angenehmen, aber nicht gesprächigen Umgebung zu Abend. Sie liebten sich, aber manchmal war Liebe nicht genug.

Nicht genug, als Jayne herausfand, dass sie nicht die Familie haben konnte, die sie wollte. Sie hatte einen Test nach dem anderen gemacht, und alles schien in Ordnung zu sein. Und dann wurde er getestet und ihre Hoffnungen und Träume zerschlugen sich. Er hatte nicht genug gesunde Schwimmer. Zu diesem Zeitpunkt war jede Hoffnung auf eine Familie gestorben.

Zuerst war sie noch gnädig darüber. Es war fast so, als wäre sie erleichtert, weil das Problem bei ihm lag und nicht bei ihr, was in Ordnung war - aber irgendwie fühlte er sich dadurch minderwertiger als ein Mann. Er hat nie mit ihr darüber gesprochen. Oder mit irgendjemand anderem, was das betrifft.

Nach dem ersten Schock zogen sie andere Optionen wie Adoption, IVF oder Leihmutterschaft in Betracht. Keine dieser Möglichkeiten gefiel ihm. Im Grunde seines Herzens spürte er, dass Jayne jemand Besseres als ihn verdiente. Jemanden, der ihr alles geben konnte, was sie wollte.

Es war ungefähr zu dieser Zeit, als er und Jayne von einem Ausflug nach Hause fuhren und ihnen ein Tierheim auffiel. Obdachlose Hunde und Katzen. Das Paar hatte die Möglichkeit, ein Haustier zu adoptieren, noch nie in Betracht gezogen.

"Wir könnten es uns ja mal ansehen", schlug Jayne vor.

"Ich denke, das kann nicht schaden", stimmte er zu.

Als sie das Tierheim betraten, wurden sie vom Bellen und Miauen überrascht. Zwei Kakadus stimmten in das Geschnatter ein.

Er fühlte sich klaustrophobisch und wollte nur noch raus.

Jayne begann, mit einem der Kakadus zu sprechen, und der Tonfall ihrer Stimme schien ihnen zu gefallen. Sie schaute ihn mit einem hoffnungsvollen Blick an.

"Ich bin nicht damit einverstanden, dass Vögel eingesperrt werden", sagte er.

"Hmmm", sagte sie, während sie zu den Katzen weiterging. "So viele von ihnen", bemerkte Jayne. "Es ist schwer, sich zu entscheiden."

"Ich würde einen Hund bevorzugen", sagte er.

"Hmmm", wiederholte sie.

Ihr Streifzug durch das Tierheim führte sie schließlich zu Buddy. Sein Name war damals nicht Buddy.

Die Mitarbeiter des Tierheims hatten ihn Buster genannt, und er war seit etwas mehr als einem Monat im Tierheim. Er war ein großes Fellknäuel mit viel zu großen Füßen für seinen Körper. Unbeholfen watschelte er auf sie zu. Er stolperte und stürzte. Die Hundeausführerin versuchte vergeblich, ihn zu bändigen. Aber es war, als würde Buster nur an das Eine denken.

Er ging geradewegs auf sie zu. Er spreizte seinen Körper auf dem Boden zu ihren Füßen. Der Hund schaute ihm direkt in die Augen, und es stand außer Frage, dass Buster an diesem Tag adoptiert werden würde.

"Kann ich ihn in Buddy umbenennen?", fragte er.

"Ich weiß nicht - probier es aus", schlug der Hundeausführer vor.

"Komm her, Buddy", sagte er. "Komm her, Junge."

Buddys Ohren stellten sich auf und er sprang ihm in die Arme. An diesem Tag wurden sie eine dreiköpfige Familie und von da an drehte sich ihr Leben nur noch um Buddy.

Jedes Mal, wenn er sich an diesen Moment erinnerte, traten ihm die Tränen in die Augen. Er würde Buddy vermissen, und er würde Jayne vermissen, aber sie würden darüber hinwegkommen. Mit der Zeit würden sie weitermachen und es würde ihnen besser gehen.

Zumindest redete er sich das immer wieder ein.

Am Abend gingen sie zur gleichen Zeit ins Bett. Sie las ein Buch, und er versuchte zu lesen, aber nichts konnte seine Aufmerksamkeit erregen. Also dachte er nur und starrte und dachte und starrte. Und als Jayne mit ihm über das Buch sprach, das sie las, nickte er, aber er hörte nicht wirklich zu. Das hatte sie auch nicht wirklich erwartet. Buddy lag am Ende des Bettes und schnarchte, lange bevor sie es taten.

Wenn sie einschlief, stand er auf und ging auf und ab. Er ließ Buddy nicht mit ihm spazieren gehen, denn seine Pfoten, die den Flur auf und ab liefen, hätten Jayne geweckt. Irgendwann in der Nacht beschloss er, dass er unüberlegt gehandelt hatte. Er hatte sich eingeredet, dass er nur noch eine weitere Woche auf der Arbeit überstehen musste und dann würde sich alles von selbst regeln.

Er hielt ihn hin, das wusste er, aber es hatte sich nichts geändert.

Es war unvermeidlich.

***

Doch dann kam der Montagmorgen und der Wecker klingelte.

Er ging zu seinem Buddy und aß ein paar Buttertoasts. Er trank eine Tasse Kaffee und gab Jayne einen Abschiedskuss, bevor er ins Büro fuhr. Zwanzig Minuten lang saß er im Stau. Er lauschte den Nachrichten und dem Geschwätz, bis er sich nach Stille sehnte. Er atmete tief ein, als sich die Autos alle paar Augenblicke vorwärts bewegten.

"Warum warte ich jeden Tag im Stau, um zu einem Job zu kommen, den ich hasse?", fragte er sich laut.

"Warum bin ich so ein Jammerlappen?", antwortete er mit einer weiteren Frage.

Weil du etwas tun musst, sagte eine Stimme in seinem Kopf. Du musst deinem Herzen auf die Sprünge helfen. Du musst furchtlos sein. Du musst pinkeln oder vom Topf runterkommen!

Leichter gesagt als getan, dachte er. Leichter gesagt als getan.

Im Büro begrüßte er die Empfangsdame, die sagte, dass der Chef drinnen warte.

"Hatten wir einen Termin?", fragte er, während er durch den Zeitplan auf seinem Handy scrollte.

"Nein", bestätigte sie.

Er spürte, wie sich ein Schweißtropfen auf seiner Stirn bildete, als er sein Büro betrat. Sein Chef stand auf, und sie begrüßten sich und schüttelten sich die Hände, als ob sie sich zum ersten Mal begegneten.

Seltsam, dachte er, schließlich arbeite ich schon seit sieben Jahren hier.

"Setz dich hin", sagte sein Chef. Es klang wie ein direkter Befehl, also tat er es, obwohl er in seinem eigenen Büro war. In seinem eigenen Revier.

"Was kann ich für Sie tun, Sir?", fragte er.

"Mir ist zu Ohren gekommen, dass du in letzter Zeit ziemlich viel Zeit - nein, ich will ehrlich sein - mit Google verbracht hast. Du hast keine neuen Kunden angeworben. Um ehrlich zu sein, sind wir als Firma besorgt, weil du dich nicht behaupten kannst. Du ziehst dein Ding durch. "

Er zögerte ein paar Sekunden lang. Sein Mund hatte sich geöffnet, aber dann schloss er ihn wieder und sagte nichts.

"Was hast du zu deiner Verteidigung zu sagen?", fragte sein Chef, "Irgendeine Erklärung?"

"Nein", stammelte er. "Ich habe nur..."

"Spuck's aus, Junge", sagte der Chef. "Es muss eine Erklärung geben!"

Er schüttelte nur den Kopf.

"Vielleicht hast du familiäre Probleme?"

"Nein."

"Alkohol? Drogen? Tod in der Familie? Scheidung?"

Er schüttelte den Kopf: "Nein. Wenn das nur wahr wäre!"

"Komm schon, Mann", sagte sein Chef und wurde immer verärgerter. "Gib mir etwas, womit ich arbeiten kann. Irgendetwas!"

"Ich stehe unter großem Stress. Eine Menge Druck."

"Ja, da hast du es, Junge. Ich weiß, ich habe dich überrascht, als ich unerwartet in dein Büro kam, aber jetzt hast du den Dreh raus, mein Junge. Erzähl mir mehr. Wie können wir dir helfen? Ich meine, ich und die Partner."

"Ich weiß es wirklich nicht", sagte er. "Ich glaube, es wäre das Beste, wenn du mich feuerst."

"Wer hat denn gesagt, dass wir dich feuern sollen? So weit sind wir noch nicht gekommen. Du hast sieben - zähl sie - sieben gute Jahre hier hinter dir. Naja, seien wir realistisch - es sind wahrscheinlich eher sechseinhalb, aber du bist ein geschätztes

Mitglied unseres Teams. Wir wollen dir helfen, wenn du uns lässt. Wie können wir helfen, mein Junge?"

"Wenn ihr mich nicht feuern wollt, könntet ihr mich dann beurlauben? Vielleicht einen Monat? Ohne Bezahlung ist in Ordnung. Das macht mir nichts aus. I-"

"Ohne Bezahlung, sagst du. Nun, es gibt keinen Grund, ohne Bezahlung zu gehen. Ich werde heute den Papierkram zusammenstellen. Nennen wir es "Stressurlaub". Ein Monat voll bezahlt. Nimm deine Frau und deinen Kumpel und mach irgendwo einen schönen Urlaub. Entspann dich." Er stand auf, beugte sich über den Schreibtisch und sie schüttelten sich erneut die Hände.

"Ich danke Ihnen, Sir", sagte er. "Ich danke Ihnen. Wirklich."

"Heather wird dir die Papiere zur Unterschrift geben, bevor der Tag zu Ende ist. Arbeite heute, erledige alles, was du kannst, und delegiere dann den Rest an jemand anderen. Ich werde ein Memo an die ganze Firma schicken, in dem steht, dass du einen Monat frei hast - aber wir werden natürlich nicht sagen, warum." Er berührte seine Nase, als ob er ihr gemeinsames Geheimnis bestätigen wollte. "Das bleibt zwischen dir und mir."

Er stand auf und begleitete seinen Chef zur Tür. Sein Chef klopfte ihm auf die Schulter.

"Pass auf dich auf und mach dir keine Sorgen um die Dinge hier. Wir halten die Stellung, bis du zurückkommst."

"Nochmals danke, Sir", sagte er und schaffte es sogar, kurz zu lächeln.

Dann setzte er sich an seinen Computer und widmete sich wieder seinen Recherchen. Am Ende des Tages versammelten sich alle um ihn. Er hoffte, dass sie ihm keine Geschenke oder ähnliches gekauft hatten. Das hatten sie nicht.

Es war eine gute Verabschiedung. Er packte all seine persönlichen Dinge in seine Tasche und fühlte sich sehr erleichtert, als er wieder in sein Auto stieg.

Wie immer kam er vor Jayne zu Hause an. Er machte mit Buddy einen kurzen Spaziergang um den Block und kehrte dann zu seinem Computer zurück. Er sah sich sein Testament an und überlegte, ob er ein paar Änderungen vornehmen sollte.

Jayne war immer noch der einzige Begünstigte. Er beschloss, dem Tierheim, in dem sie Buddy gefunden hatten, etwas zu hinterlassen. Es war eine gute Summe - mit dem Geld konnten sie vielen streunenden Haustieren helfen, und damit hätte sein Leben einen Sinn gehabt.

"Komm her, Bud", sagte er. "Du musst jetzt auf Jayne aufpassen, ok? Ich zähle auf dich."

Buddy sprang auf und legte seine Pfoten auf seine Schultern. Sie umarmten sich. Er wischte sich eine Träne aus den Augen.

Gemeinsam gingen sie in die Küche. Er füllte Buddys Futternapf, ließ kühles Wasser aus dem Wasserhahn laufen und füllte seinen Wassernapf.

Buddy ging direkt zum Futter, aber er fing ihn für eine weitere Umarmung auf. Er unterdrückte ein Schluchzen, als er ins Schlafzimmer ging und begann, eine Übernachtungstasche zu packen. Er packte nur das Nötigste ein, legte seinen Reisepass auf den Schreibtisch und setzte sich dann hin, um Jayne einen Zettel zu schreiben.

Er lautete:

Liebste Jayne, ich liebe dich mehr als alles andere, aber ich glaube, dass du ohne mich besser dran wärst. Bitte kümmere dich für mich um Buddy. Es tut mir leid, dass es so sein muss, aber ich habe ein Gelübde abgelegt, um dich glücklich zu machen, und das ist der einzige Weg.

XOXO unendlich.

Dein dich liebender Ehemann.

Während er den Princess Highway entlangfuhr, dachte er über die Dinge nach, die er am meisten bedauerte. Er war seinen Träumen nicht gefolgt. Er hatte Jayne nicht erlaubt, ihre zu verfolgen. In den ersten Tagen waren sie eine Macht, mit der man rechnen musste. Aber jetzt - nun ja, die Dinge waren anders. Sie wollte reisen, fliegen, abheben und gemeinsam Abenteuer erleben, aber er hatte immer einen Rückzieher gemacht.

Er bedauerte die Angst. Er verabscheute sich für seine Angst.

Dadurch fühlte er sich weniger wie ein Mann. Und dann, als er nicht genug Schwimmer hatte - nun, das war der Tropfen, der das Fass zum Überlaufen brachte.

Da begann er, alles in Frage zu stellen. Warum war er auf die Erde gekommen? Was war seine Aufgabe?

Wie konnte er die Dinge anders machen?

Er erinnerte sich an diesen Morgen, als er Jayne zum letzten Mal geküsst hatte. Sie wusste es natürlich nicht, aber er schon. Auch wenn sie ihm nicht einen Monat Urlaub gegeben hatten, würde er morgen nicht zurückkehren, um etwas zu tun. Nein, er hatte andere Pläne. Er wollte an anderen Orten sein. Andere Dinge zu tun.

Zum ersten Mal seit sehr langer Zeit hatte er ein Ziel.

Dann musste er den Wagen anhalten, um anzuhalten. Er schaffte es gerade noch rechtzeitig, aus dem Auto zu steigen. Seine Hände zitterten, als er sich erbrach. Die Nerven. Furcht. Wut. Demütigung. All das wirbelte durch seinen Körper und verunsicherte ihn.

Als er wieder in den Lexus kletterte, begann sein Telefon zu klingeln. Es war Jayne. Er drückte auf den Knopf, damit es aufhörte zu klingeln, und schickte den Anruf direkt auf die Voicemail. Er sah, wie das Telefon kurz darauf mit einer Nachricht aufleuchtete. Er drückte den Knopf, um sie abzuhören.

"Ich bin gerade nach Hause gekommen und habe deine Nachricht gefunden - ich verstehe das nicht. Buddy und ich verstehen es nicht." Wie aufs Stichwort bellte Buddy. "Komm nach Hause, okay? Komm nach Hause, dann können wir darüber reden. Darüber reden." Sie schniefte. "Bist du da? Hörst du mir zu? Hör zu!" Jaynes Stimme verstummte für ein paar Sekunden. Die Nachricht wurde unterbrochen. Sie rief wieder zurück. "Ich weiß, dass du verdammt gut zuhörst, du, du - ich liebe dich. Antworte mir!"

Er legte auf, schaltete sein Telefon aus und legte es ins Handschuhfach. Sie würden es dort finden - später.

Als er vom Bordstein wegfuhr, ließ er die Räder seines Autos quietschen. Er ließ den Motor aufheulen, drückte den Fuß auf den Boden und raste davon.

Er fuhr fast die ganze Nacht. Er war ein bisschen paranoid, weil er dachte, Jayne könnte die Polizei einschalten, aber es passierte nichts. Er hoffte, dass sie nicht allzu sauer auf ihn sein würde.

Es gab kein Zurück mehr.

Außerdem wollte er das auch gar nicht.

Schließlich hatte er alles erreicht, was er wollte - alles, was er konnte.

***

Als er auf dem Gipfel des Berges stand, zitterten seine Knie unkontrolliert. Er schob ein paar Steine von der Kante und sah zu, wie sie auf ihrem Weg nach unten purzelten. Er lauschte, wie sie sich ihren Weg nach unten bahnten und gegen den Stein krachten. Schließlich hörte er nur noch ein leises Plätschern, und dann war es endlich still.

Es war ein atemberaubender Anblick - die Blauen Berge - und jetzt ergab alles, was er darüber gelesen hatte, einen Sinn. Wenn du hier oben stehst, fühlst du dich klein und unbedeutend, aber du bist Teil von etwas, das größer ist als du selbst. Du fühltest dich eins mit dem Universum und irgendwie auch furchtlos.

In diesem Moment machte sich eine Gruppe lärmender Kakadus bei ihm bemerkbar. Ihr lautes, hochfrequentes Kreischen ließ ihn sich die Ohren zuhalten.

Du musst das nicht tun, sagte er sich. Du hast niemandem etwas zu beweisen. Du könntest dich umdrehen und zurück zu Jayne und Buddy gehen, und niemand würde es merken. Jayne würde es verstehen, wenn du ihr einfach erklärst, was im Büro passiert ist. Sie würde es vollkommen verstehen und dich unterstützen.

Er dachte noch einen Moment darüber nach, während er die Wolken beobachtete, die sich über den Himmel schoben.

Die Wahrheit war, dass er nicht mit sich selbst leben konnte. Mit der ständigen Angst. Es war zu viel für ihn, um es beiseite zu schieben und nach Hause zurückzukehren und so zu tun, als ob es nie passiert wäre. Wenn er jetzt aufgäbe und zum Leben zurückkehrte, wie es war, könnte er sich nicht mehr im Spiegel ansehen. Er wäre kein Mann mehr, nicht wirklich. Er wäre ein Nichts. Sein Leben würde nichts mehr bedeuten.

"Jetzt oder nie", sagte er.

Und als der Moment kam, dachte er nicht mehr darüber nach.

Zum ersten Mal in seinem Leben war er völlig entschlossen.

Er ging näher an die Kante heran und ließ seinen Körper einfach nach vorne fallen, angefangen mit dem Kopf. Das war leicht, weil es so steil nach unten ging. Bald segelten seine Schultern, sein Oberkörper und seine Beine in perfekter Synchronität nach unten.

Er schrie. Er konnte sich nicht zurückhalten. Er presste die Augen fest zusammen und konzentrierte sich, während der Wind ihn wie eine Marionette hin- und herwarf und rüttelte.

Er zwang sich, die Augen zu öffnen, und es war, als ob er fliegen würde.

Es fühlte sich an, als wäre er schwerelos, und es schien, als wäre er dazu bestimmt, genau so zu sein - zu schweben. Er lachte, als er wie ein Stein auf den Grund sank.

Nach ein paar Minuten war alles vorbei.

"Total geil!", rief er aus, als er kopfüber am Ende eines Bungee-Seils hing.

"Nochmal! Nochmal!", rief er, als sie ihn wieder einholten.

AUF WIEDERSEHEN

"Erzähl mir die Geschichte, wie du Papa zum ersten Mal getroffen hast", bat meine siebenjährige Tochter, obwohl sie die gleiche Geschichte schon viele, viele Male gehört hatte.

"Bist du sicher, Schatz?" fragte ich und wusste genau, was sie antworten würde.

"Bitte!", sagte sie und schaute mich mit den großen blauen Augen an, die sie von ihrem Vater geerbt hatte.

"Die lange oder die gekürzte Version?" erkundigte ich mich und schob ihr eine Haarsträhne aus den Augen.

"Lang!", sagte sie und applaudierte, als würde sie nie einschlafen.

"Pst", sagte ich. "Hmm, wo hat das denn alles angefangen?"

"'Auf Wiedersehen', hat Papa gesagt", gurrte meine Tochter.

"Das stimmt, Schatz", antwortete ich und ließ den Teil aus, in dem ihr Papa mich gegen die Autotür drückte.

Ich schnappte mir meine Handtasche, steckte meinen Arm durch den Riemen und drückte die Tür mit meinem Gewicht gegen die Tür, als wäre ich ein Linebacker, und öffnete sie. Als ich mit meinem rechten hochhackigen Schuh zuerst ausstieg, dauerte es nicht lange, bis ich merkte, dass wir neben einer knöcheltiefen Pfütze angehalten hatten. Bevor mein Gehirn dies registrieren konnte, um zu verhindern, dass mein linker Fuß hineinfiel, war es schon geschehen. Aber ich wollte aussteigen, weggehen, egal, was für einen Schaden meine Lieblingsschuhe dabei anrichteten.

"Oh", sagte ich, als ich mit dem Rücken zum Fahrer aus dem Fahrzeug gestiegen war.

"Dann bist du in eine Pfütze getreten!", kreischte meine Tochter.

"Ja, und dein Papa hat gekichert, als er mit einem Schlenker des Hinterreifens weggefahren ist, so dass der Inhalt der Pfütze auf den Rest von mir gespritzt ist. Ich wischte das schmutzige, kalte und stinkende Wasser weg, bevor es sich auf meinem Kleid absetzte. Mit der anderen Hand hob ich den Mittelfinger in die Richtung des verlassenen Fahrzeugs.

Ich hielt mich zurück, weil ich vergessen hatte, diesen Teil herauszuschneiden.

"Warum hast du das getan?", begann meine Tochter.

"Egal", fuhr ich fort, "gerade noch rechtzeitig, um einen Blick auf meine Handtasche zu erhaschen, die neben dem Fahrzeug hüpfte. Ack! Diese schwarze Handtasche hatte mich zehn Jahre lang glücklich gemacht, weil sie zu allem und jeder Situation passte. Sie war vielseitig einsetzbar, denn ich konnte sie entweder über die Schulter oder über die Schulter und quer über die Brust tragen. Sie hatte Fächer für alles, auch für mein Handy."

"Oh nein, dein Handy!", rief sie aus.

"Ja", sagte ich lächelnd. "Wie sollte ich mich jemals aus dieser Klemme befreien? Viel wichtiger ist, dass du dich fragst, wie ich überhaupt an diesen Punkt gekommen bin. Darauf komme ich gleich zu sprechen, aber zuerst muss ich meine Situation einschätzen. Eine Bestandsaufnahme machen und die Kontrolle übernehmen. Als erstes habe ich das Wasser aus meinen Schuhen abgelassen, als ich von der Straße durch das taufeuchte Gras auf den Bürgersteig trat. Ich zog meine nassen Schuhe wieder an und zog das Nass den vielleicht lauernden Krabbeltieren vor und machte mich auf den Weg zur nächsten Straßenlaterne.

"Jetzt stemmte ich meine Hände in Wonder Woman-Manier in die Hüften und machte mich daran, einen Plan zu schmieden, wie ich mich aus der Klemme befreien konnte."

"Es war eine schöne Gegend", sagte sie.

"Die Rasenflächen waren gepflegt, kein Unkraut und kein Fahrzeug in Sicht - alle waren sicher in ihren Doppel- oder Dreifachgaragen verstaut. Nette Häuser, in denen nette Leute wohnen. Stimmt's? Also beschloss ich kurzerhand, mir ein Haus auszusuchen, an die Haustür zu klopfen und um Hilfe zu bitten. Ich wählte das Haus mit der Glückszahl sieben und machte mich auf den Weg dorthin. Auf dem Weg dorthin,"

"Du hast dich selbst bemitleidet, Mama."

"Ja, das tat ich. Ich hatte es nicht verdient, mitten in der Nacht in einer unbekannten Gegend gestrandet zu sein, nass, stinkend und mittellos. Als ich mich der Auserwählten Nummer sieben näherte, ertönte ein Surren in der Luft, gefolgt vom Zischen eines automatischen Rasensprengers, der sich seinen Weg bahnte. Zuerst rannte ich nicht, denn ich war schon nass, aber als sich der Wasserstrahl schreiend auf mich richtete, rannte ich los. Jetzt war mein Gesicht nass von Tränen, die ich nicht geweint hatte, als ich auf den Rasen des Hauses lief, von dem ich hoffte, dass es mich retten würde. Nummer sieben."

"Du solltest nie mit Fremden reden, Mami", sagte meine Tochter.

"Das stimmt, Liebling, aber ich war in Schwierigkeiten und nass und ohne mein Telefon. Du hast dein Handy immer dabei und die Nummern von Papa, Oma und Tante Lil sind auch drin."

"Und ich kenne deine, Papas und Omas Nummer in meinem Kopf."

"Das ist richtig, Baby. Also, zurück zur Geschichte. Wirst du noch nicht ein bisschen müde?"

"Nein, ich warte immer noch auf den besten Teil!"

Ich fuhr fort: "Jetzt, wo ich hier war, fragte ich mich, wie viel Uhr es war. Und ich fragte mich, ob jemand zu Hause war. Und ich fragte mich, ob sie mir helfen würden, wenn sie zu Hause wären. Ich war nass, schmutzig und hatte keinen Ausweis dabei. Meine Zuversicht schwand von Minute zu Minute, als ich mich umdrehte und mich gegen die Türklingel lehnte, die von oben bis unten im Haus widerhallte, während die Lichter an- und ausgingen. Und ich rannte. Zurück zu dem Ort, an dem ich abgesetzt worden war. Ein vertrautes Gebiet sozusagen. Ich würde zu einem Laden an der Ecke laufen, wo es ein Telefon gab, das ich benutzen durfte, um Hilfe zu rufen und ihnen das Geld für den Anruf zu schicken. Ja, genau das hatte ich vor, bis ein Auto neben mir herrollte und ich darin ein freundliches Gesicht erkannte. Ich war wirklich und wahrhaftig gerettet!"

"Das war Tante Lil!", gurrte meine Tochter und natürlich hatte sie recht.

***

"Als ich mit Lil im Auto mitfuhr, erinnerte ich mich an meine unerwiderte Liebe zu Jasper Winters. Ich hatte ihn aus der Ferne beobachtet, sein blondes, gewelltes Haar, seine blauen Augen, seine mit Sommersprossen übersäte Nase. Er war so süß, so aufmerksam. Er war ständig mit dem einen oder anderen Mädchen zusammen und meine Freunde sagten mir, dass meine Besessenheit von ihm schon fast das Stadium eines Stalkers erreicht hatte. Deshalb stimmte ich zu, das zu tun, was ich immer abgelehnt hatte - mit einem völlig Fremden auf ein Blind Date zu gehen. Ja, es war mit demselben Typen, der jetzt meine Handtasche als Geisel hielt. Sein Name: Adam Trent."

"Mein Daddy!", gurrte sie. "Das ist das Beste daran."

Ich lächelte.

"Wir hatten uns heute zum ersten Mal getroffen, im Food Court des Einkaufszentrums. Der Treffpunkt war vereinbart worden, und zwar an einem öffentlichen Ort. Ein Ort, an dem wir uns unterhalten konnten und viel Bewegung um uns herum war. Diese Umgebung würde den Druck von uns nehmen. Die Lücken, in denen keiner von uns etwas zu sehen hatte, sollten sich nicht so klaffend anfühlen. Ist "lückenhaft" überhaupt ein Wort? Ich weiß es nicht, aber du verstehst das Wesentliche. Über unseren gemeinsamen Freund hatten wir vereinbart, dass wir uns bei dieser Gelegenheit von Angesicht zu Angesicht kennen lernen würden. Wenn wir uns sympathisch waren, vereinbarten wir ein nächstes Treffen, das entweder einen Kinobesuch oder ein Abendessen beinhalten sollte. Der nächste Schritt ist nur dann, wenn wir beide eine Verbindung spüren. Ansonsten waren wir uns einig: Hasta la vista, Baby! Adios und gut, dass wir ihn los sind! Wenn ich damals nur gewusst hätte, was ich jetzt weiß! Dann wäre ich jetzt nicht in dieser Lage. Aber wie heißt es so schön: Hinterher ist man immer klüger. Als ich ihn das erste Mal auf der anderen Seite des Food-Courts sah, war er nicht der Typ, der in der Menge auffällt. Das gefiel mir sofort an ihm, er fügte sich ein wie ich und als ich seinen Namen, Adam Trent, auf der Zunge rollen ließ, passte er zu ihm und ich entspannte mich sofort."

"Liebe auf den ersten Blick", rief meine Tochter aus.

"Das war es auch", sagte ich. "Nachdem wir uns vorgestellt hatten und uns mit den Ellbogen gestoßen hatten, weil wir beide unsere obligatorischen Masken trugen, fragte er mich, was ich trinken wollte und ging los, um den Kaffee zu holen. Er bestellte richtig, mit Sahne und einem Stück Zucker, was mir zeigte, dass er ein guter Zuhörer war und ich hoffnungsvoll war. Als wir saßen und an unserem Kaffee nippten, unterhielten wir uns mit einem Gefühl der Vertrautheit, als wären wir mehr als Bekannte, eher Freunde. Er lachte, aber nicht zu laut. Ich hasste Menschen, die sehr laut lachten und damit die Aufmerksamkeit auf sich zogen. Adam war nicht so. Er war rücksichtsvoll, freundlich, verständnisvoll und ein Gespräch mit ihm fühlte sich normal an. Oder sollte ich sagen, wie die neue Normalität, denn wir unterhielten uns frei, während wir unsere Schutzmasken trugen. Trotzdem glaube ich nicht, dass ich Unrecht hatte, wenn ich dachte, dass jeder, der uns beobachtete, sehen würde, dass wir uns in der Gesellschaft des anderen wohlfühlten. Wir kamen in unserem Gespräch ganz leicht von einem Thema zum nächsten und bald erzählte er mir, dass er im Herbst an die Universität gehen würde. Ich teilte ihm ziemlich unbeholfen mit, dass ich ein Jahr Pause machen würde. Ich habe ihm nicht gesagt, dass ich erst Geld verdienen muss, bevor ich zurückkehren kann. Das war zu viel Information und nichts, was er über mich wissen musste. Ich habe ihm auch nicht erzählt, dass ich ein Stipendium für klassische englische Literatur gewonnen habe."

"Ich hoffe, dass ich Literatur des zwanzigsten Jahrhunderts studieren werde", verriet er.

"Wow!" Ich rief aus: "Ich will klassische englische Literatur studieren!"

"Mit dieser gemeinsamen Vorliebe für Literatur würden wir leicht eine Verbindung herstellen, oder? Wir würden eine Brücke von einem Land der Literatur zum anderen schlagen. Er würde meine Lieblingsautoren entdecken und ich seine und wir würden glücklich bis ans Ende unserer Tage leben. Das war es, was ein Teil von mir dachte. Mit dem anderen Teil hörte ich zu, wie er das Loblied auf seinen gottgleichen Lieblingsautor sang - Kurt Vonnegut. Er fuhr fort, alles an seiner Wahl zum größten Roman aller Zeiten zu loben und zu preisen - Slaughterhouse Five."

"Bis er zu weit gegangen ist", schimpfte meine Tochter.

"Ja, viel zu weit. Sogar so weit, dass ich keine andere Wahl hatte, als die wahren Meister wie Shakespeare, Dickens und Twain zu verteidigen, deren Werke den Test der Zeit überstanden haben. Nachdem sein Gesicht wieder seine normale Farbe angenommen hatte, warf er ein paar Vonnegut-ismen in das Gespräch ein, wie zum Beispiel: "Nur in Büchern erfahren wir, was wirklich vor sich geht."

"Das war eine Schlacht der Bücher!", sagte meine Tochter.

"Ja, und unser erster Streit. Ich sagte: "Du sprichst über das Offensichtliche!", bevor ich mit Mark Twains "Es ist besser, den Mund zu halten und die Leute denken zu lassen, dass du ein Narr bist, als ihn zu öffnen und alle Zweifel zu beseitigen" zurückschlug. Ich hatte irgendwo gelesen, dass Twain einer von Vonneguts Lieblingsautoren war. Das war zumindest eine gute Sache an ihm.

"Er stand auf, griff über den Tisch und küsste mich lang und fest auf die Maske. Genau dort, mitten im Food Court. Das war die Antwort darauf, dass ich seine Hand ergriffen hatte, als er sagte, Vonnegut sei der Shakespeare unserer Zeit. Er sagte das mit einer solchen Überzeugung, aus seinem Herzen und seiner Seele heraus, dass ich fast glaubte, es sei wahr."

"Die hast du geküsst! Igitt!", sagte sie und bedeckte ihr Gesicht.

"Der Kuss war zwar abrupt und unerwartet, aber er war heiß, obwohl wir Masken zwischen uns hatten. Wir hatten nicht bemerkt, dass die anderen im Food Court uns anstarrten - wir ließen es zu lange weitergehen. Nachdem wir uns voneinander gelöst hatten, setzten wir uns wieder hin und brachen in Gelächter aus. Wir beschlossen sofort, uns einen Film im Einkaufszentrum anzusehen. Auf dem Weg zum Kino ließ die Verbindung nach. Wenn wir die gleichen Filme mochten, könnten wir sie wieder aufleben lassen? Wäre dann nicht alles verloren? Wir unterhielten uns über die Filme, die er mochte, und waren uns einig, dass der neueste Film von Tom Cruise uns beiden gefallen würde - aber er hatte schon angefangen, also ging das nicht. Wir konnten uns auf keinen anderen Film einigen.

"Lass uns einfach etwas essen gehen", schlug er vor.

"Inzwischen war es fast zehn und ich war auch am Verhungern. Wir hatten nur Kaffee getrunken, und das ist schon eine Ewigkeit her, und das Popcorn duftete schon eine ganze Weile vor sich hin.

"Von mir aus", sagte ich.

"Im Einkaufszentrum oder draußen?", fragte er.

"Ich sagte, wir sollten etwas frische Luft schnappen, und so gingen wir aus dem Einkaufszentrum hinaus in das Parkhaus. Wir irrten über dreißig Minuten umher, bevor er mir sagte, dass er sich nicht mehr erinnern konnte, wo er geparkt hatte.

"Dann hast du deine Schuhe ausgezogen."

"Vonnegut sagte: 'Wir sind, was wir vorgeben zu sein, also müssen wir vorsichtig sein, was wir vorgeben zu sein.'" Er hielt inne. "Äh, du bist nicht sehr damenhaft, oder?"

"'Bist du ein Mann?'" fragte ich und zitierte Lady Macbeth. Sofort fühlte ich mich schlecht wegen dieses Zitats und wechselte das Thema: "Was ist mit der Karte? Du weißt schon, wo du bezahlst? Steht da nicht, auf welcher Ebene du geparkt hast?"

"Ich weiß, dass ich auf DIESER Ebene geparkt habe", sagte er und drückte weiter auf den Knopf an seinem Schlüsselbund und lauschte auf eine Antwort wie ein Vogel, der nach seinem Partner ruft. Als das Auto und der Schlüsselbund endlich zueinander fanden, war es kurz vor 23.00 Uhr.

"Jetzt im Fahrzeug, mit Leitern, die an meinen beiden Beinen und schwarzen Fußsohlen hochliefen, atmete ich tief durch und versuchte mich zu entspannen. Das Essen würde meiner Stimmung auf jeden Fall helfen und hoffentlich auch seiner. Es war noch nicht zu spät, um wieder anzufangen. Bis zu dem literarischen Zusammenstoß hatten wir uns so gut verstanden. Er schnallte sich an, drückte mit dem Fuß auf den Boden und wir fuhren los, um den Parkplatz herum und hinaus auf die Straße. Wir fuhren eine ganze Weile herum und hörten dabei Country-Musik. Er sang mit, während ich gegen den Drang ankämpfte, "Yippie ki-yay!" zu sagen.

"Was für Essen magst du?" ", fragte er, nachdem wir im Radio den neuesten Taco-Laden-Vorschlag gehört hatten.

"Ich habe keinen Hunger mehr", antwortete ich und dachte, dass er mich angesichts der Aktualität des Vorschlags zu einem

Taco-Laden bringen wollte. Ich hasste Tacos. Wie konnte das Essen eines Tacos, bei dem überall Fleisch und anderes Zeug herunterfällt, überhaupt zu seinen damenhaften Kriterien passen? Ich wollte es nicht wissen. Vor allem aus Trotz sagte ich: "Shakespeare ist der König der Literatur und Vonnegut ist im Vergleich dazu nur ein Narr."

"Dann hat Papa auf die Bremse getreten."

"Wir waren das einzige Fahrzeug in der Vorstadt - mitten im Nirgendwo und das ist die Geschichte, wie dein Papa und ich uns kennengelernt haben", sagte ich, stand auf und deckte meine Tochter zu. Sie streckte sich, gähnte und schlief kurz darauf tief und fest. Auf dem Weg nach draußen schloss ich die Tür und ging in unser Zimmer.

NUR ZWANZIG

Als Tante Gin starb, wurden nur zwanzig Gäste außerhalb unserer Familienblase gebeten, an der Beerdigung teilzunehmen. Diese Zahl war aufgrund der Pandemie begrenzt. Soziale Distanzierung und Masken waren den ganzen Tag über Pflicht. Das galt für die Trauerfeier im Beerdigungsinstitut, die Beerdigung und das anschließende Essen.

Da Tante Gin wusste, dass sie sich dem Ende ihres Lebens näherte, wählte sie die zwanzig Gäste persönlich aus, bevor sie diese verrückte Welt verließ.

Wie es in der Familie Tradition war, wollte sie immer noch einen offenen Sarg. Allerdings mit einem neuen Wunsch. Sie wollte, dass auch sie eine Maske trägt. Tante Gin hatte schon immer einen seltsamen Sinn für Humor.

"Wie zum Teufel soll ich eine angemessene Trauerrede halten? Eine, die meine Schwester verdient ... wenn ich eine dieser blöden Masken trage?", fragte Gins jüngerer Bruder Marvin.

Gegenüber von Marvin saß sein zweiter Cousin Frank. Er paffte tief in Gedanken an seiner Zigarette, bevor er antwortete.

"Sie werden ein Mikrofon haben, und das wird ausreichen."

Tante Gins Lieblingsnichte Mary, die in der Küche stand und Tee kochte, rief.

"Es wird verstellbar sein, das Mikrofon, ich meine auf deine Größe. Du kannst also dafür sorgen, dass dein Mund..." Sie wischte sich die Hände an ihrer Schürze ab und betrat müde schreiend das Wohnzimmer. Sie hielt mitten im Satz inne, als sie merkte, dass sie den Tee vergessen hatte, und zog sich schnell zurück. Sie kam mit einem überladenen Tablett zurück, das bei jedem Schritt klapperte.

Frank und Marvin starrten immer noch mit weit aufgerissenen Mündern in ihre Richtung und warteten darauf, dass sie ihren Satz beendete.

"Steht direkt davor", sagte sie, als ob zwischen ihrem ersten und ihrem letzten Satz keine Zeit vergangen wäre. Jetzt, wo sie es gesagt hatte, merkte sie, dass das Gewicht des Tabletts ihre Arme zum Zittern brachte. Sie bückte sich und ließ es vorsichtig auf den Glastisch fallen. "Danke für die, äh, Hilfe", fügte sie mit einem Tonfall hinzu, der vor Sarkasmus nur so strotzte, während sie sich in die Hocke begab, um das Einschenken vorzubereiten.

Marvin und Frank rührten keinen Finger. Das war normal für die beiden. Eine Frau tat weibliche Dinge, und ein Mann tat männliche Dinge.

Sie füllte den Topf und öffnete dann die neue Packung Schokoladenkekse, die sie für die Gäste aufbewahrt hatte. Sie und Tante Gin hatten immer eine Schachtel mit ihren Lieblingskeksen im Schrank - aber sie rührten sie nie an. Beide wussten, dass sie die ganze Packung verzehren würden, wenn sie sie öffneten - deshalb kamen sie nur heraus, wenn Besuch kam.

Die junge Frau und Tante Gin waren schon immer schelmisch und steckten unter einer Decke. Sie erinnerte sich daran, dass ihre Tante sehr auf die Präsentation achtete und breitete die Kekse auf dem Teller aus. Sie fragte sich, ob Tante Gin von oben herab zusah. Sie seufzte und hatte schon jetzt das Gefühl, dass ein Teil von ihr fehlte.

Marvin war nicht ganz bei der Sache. Stattdessen starrte er aus dem Fenster und dachte darüber nach, dass er eine Maske tragen musste. Frank paffte an einer neuen Zigarette, die er sich sofort angezündet hatte, nachdem die andere durchgebrannt war.

Marvin, der das Meisterwerk seiner Nichte endlich bemerkte, fragte: "Was machst du denn da unten?"

"Ich bereite den Tee und die Kekse vor", sagte Mary, rührte in der Kanne, schloss den Deckel und schwenkte ihn, damit er schneller aufging.

"Dann nimm dir einen Stuhl oder so. Hocke nicht da wie ein..."

"Hausbesetzer", sagte Frank und lachte über seinen Witz, weil es sonst niemand tat.

"Egal, jetzt ist es fertig", sagte Mary. Sie füllte die leeren Tassen mit der goldenen, dampfenden Flüssigkeit. Dann fügte sie einen Spritzer Milch und die üblicherweise geforderte Menge Zucker hinzu. Sie selbst nahm keinen Zucker. "Möchtest du einen Schokoladenkeks? Das waren die Lieblingskekse von Tante Gin."

"Es wäre doch schade, wenn ich dir dein verschnörkeltes Design versauen würde", sagte Marvin und streckte die Hand aus, um genau das zu tun.

"Nicht für mich", sagte Frank. "Kekse und Zigaretten passen nicht zusammen."

Mary servierte Marvin zuerst seine Tasse Tee, denn er war der Älteste. Dann stellte sie Franks Tasse auf einen Untersetzer neben seinem Stuhl, da er anderweitig beschäftigt war. Das heißt, er zündete sich eine weitere Zigarette an. Sie zuckte zusammen, als er den Stummel der alten Zigarette auf Tante Gins feine Porzellanuntertasse legte.

"Danke", gurrten beide.

Mary fixierte das Keksdesign erneut und blickte nach oben. Dann nahm sie vorsichtig je einen von beiden Enden ab und durchquerte den Raum, wobei sie darauf achtete, ihre überfüllte Teetasse nicht zu verschütten, als sie auf das zweisitzige Sofa zuging. Sie vermied es, dort zu sitzen, da Tante Gin nicht mehr neben ihr saß. Ein Teil von ihr hatte das Gefühl, dass das Gleichgewicht des Universums ohne Gin gestört war.

Bevor Tante Gins Tage gezählt waren, aßen sie und Mary ihr Abendessen meistens auf Tabletts vor dem Fernseher, während sie auf dem Zweisitzersofa saßen und Coronation Street schauten.

Mary hatte die Sendung seitdem aufgezeichnet und darauf gewartet, dass Gins Geist dorthin kommt, wo er hingeht, damit sie die Sendung wie immer gemeinsam anschauen konnten.

Das war, bevor Onkel Marvin und Cousin Frank eingezogen sind. Bevor die Pandemie dafür sorgte, dass weit entfernte Verwandte einen anderen Ort zum Leben brauchten. Jetzt bildeten sie ihre eigene soziale Blase, d.h. sie brauchten in der Nähe des anderen keine Masken zu tragen. Aber in ein paar Stunden würden sie die gefürchteten Masken für die Beerdigung aufsetzen müssen - niemand wollte der Ansteckende oder der Angesteckte sein.

"Ich würde gerne wissen, warum Gin eine Maske tragen wird. Das ist der erste Punkt", sagte Marvin. "Zweitens, warum sie die Verwandten eingeladen hat, die sie eingeladen hat. Einige von ihnen haben seit über zwanzig Jahren keinen Kontakt mehr zu ihr oder zu uns. Gott weiß, dass Gin versucht hat, die Familie zusammenzuhalten, und das in Zeiten, in denen das Zusammenhalten eigentlich selbstverständlich sein sollte.

"Masken sind für alle Pflicht, und Gin wollte alle einbeziehen. Und ja, Tante Gin war immer diejenige, die nur das Beste für alle wollte", sagte Mary.

"Selbst dann, wenn es nicht gerechtfertigt war", sagte Frank, steckte sich eine weitere Zigarette an und fügte hinzu: "Die Untertasse wird ziemlich voll."

Mary stellte ihre Tasse Tee auf den Tisch, schnappte sich die Untertasse und schüttete sie in den Mülleimer in der Küche. Hinten im Schrank fand sie eine abgeplatzte Untertasse - Tante

Gin erlaubte das Rauchen im Haus nicht und hatte daher keine Aschenbecher - und stellte sie auf den Tisch neben Franks Teetasse und Untertasse. Er nickte.

"Möchte einer von euch nachschenken, wenn ich schon mal wach bin?", fragte sie.

Marvin hielt ihr seine leere Tasse hin. "Und noch einen von diesen Keksen wäre mir auch recht."

Mary schnappte sich zwei Kekse, einen von jedem Ende des Designs und legte sie mit einem Teelöffel auf die Untertasse, bevor sie den Tee, den Zucker und die Milch eingoss. "Ich danke dir", sagte Marvin und pustete auf den Tee, bevor er einen Schluck nahm.

Frank lehnte weiteren Tee mit einer Handbewegung ab. "Keiner von uns hat sich mit diesen Versagern in Verbindung gesetzt, weil wir sie nicht ausstehen konnten. Gin auch nicht - das dachte ich jedenfalls."

Marvin tauchte einen Keks in den Tee und er zerbröselte und zerbrach. Mit dem Teelöffel holte er ihn wieder heraus und lutschte den aufgeweichten Keks, bevor er sich in nichts auflöste.

"Diese Kekse sind nicht zum Eintauchen geeignet", sagte Mary und lächelte.

"Das sagt sie mir jetzt", sagte Marvin.

"Soll ich noch eine Tasse und eine Untertasse für dich holen?"

"Nein, du bleibst, wo du bist. Du bist herumgelaufen und hast dich um uns gekümmert, als wärst du unser Angestellter. Ich komme schon zurecht, aber danke der Nachfrage."

Mary lächelte und biss in ihren Keks. Sie genoss es, wie die Schokolade auf ihrer Zunge schmolz.

Die drei saßen schweigend da und hantierten mit ihren Teetassen, Keksen und Zigaretten, bis Mary das Schweigen brach.

"Tante Gin hatte Gewissensbisse, weil sie den Kontakt zu den Menschen verloren hatte. Es lastete schwer auf ihrem Herzen und obwohl die zwanzig Gäste - selbst wenn sie sie kontaktierte - nicht auf ihre Anrufe oder Briefe antworteten, schrieb sie sie nie ab. Sie betete sogar jeden Abend für sie, bevor sie einschlief."

Ihr Bruder war fasziniert und verwirrt. "Gin hat für Großonkel Dave gebetet, der sie praktisch umgebracht hat, als sie als Kind in den Sommerferien bei ihnen war? Das ist eine gewaltige Sache für sie, um zu vergeben. Ich schätze, sie ist auf ihre alten Tage weich geworden."

Mary stemmte die Hände in die Hüften: "Tante Gin war vieles, aber eines war sie nicht: weich. Sie hätte ihnen den Hintern versohlt, wenn sie vor ihrer Krankheit unangemeldet an der Tür aufgetaucht wären - du weißt ja, wie sehr sie es hasste, wenn Leute uneingeladen auftauchten - aber sie wollte die Wogen glätten, verzeihen und vergessen." Ihre Worte blieben ihr im Hals stecken, genau wie der letzte Keks, den sie gerade verschlungen hatte.

Frank stand auf, durchquerte den Raum und klopfte ihr kräftig auf den Rücken. Ein halb gegessener Keks flog quer durch den Raum und landete mit einem Platschen in Marvins Tasse Tee.

"Weißt du nicht, dass man kauen muss, bevor man schluckt?" sagte Marvin und stellte seinen Tee mit einem angewiderten Blick zurück auf das Tablett.

"Es tut mir so leid", sagte Mary, sammelte alles ein und brachte es in die Küche.

***

Mary spülte die Tassen aus und räumte alles in den Geschirrspüler, dann ging sie nach oben, um die Toilette zu benutzen und ihr Gesicht zu säubern. Sie hatte geweint und wollte nicht, dass es jemand erfährt. Auf dem Weg die Treppe hinunter hörte sie laute Stimmen. Schnell machte sie sich auf den Weg nach unten.

"Ich habe meine Schwester mehr geliebt als jeden anderen auf der Welt!" sagte Marvin. "Aber ich verstehe nicht, warum es für dich ein Problem sein sollte, wenn sie mich bittet, die Trauerrede zu halten!"

"Aber, aber", sagte Mary.

"Ich hätte es einfach besser gekonnt", sagte Frank. "Ich bin schon öfter gefragt worden und ich wäre weniger emotional und weniger wertend."

"Aber du!" sagte Marvin, hob seine geschlossenen Fäuste in die Luft und fuchtelte damit herum, als würde er einen Boxer aus vergangenen Tagen imitieren.

Frank durchquerte den Raum, ebenfalls mit erhobenen Fäusten. Es war wie eine geriatrische, kaukasische Version von Ali vs. Foreman.

Die beiden standen sich Auge in Auge gegenüber, bis Mary Tante Gins Lieblingslied anstimmte: "Still, kleines Baby, sag kein Wort, Papa kauft dir eine Spottdrossel."

Marvins Augen füllten sich mit Tränen, er ließ die Fäuste fallen und ließ sich auf einen Stuhl sinken.

Frank stand wie erstarrt da und murmelte den Rest des Liedes vor sich hin, während Mary es summte. Als sie mit dem Singen fertig war, ging er quer durch den Raum, wo ihn ein Foto von Tante Gin in einem Rahmen anlächelte. Auch er brach in Tränen aus.

"Na, na, na", sagte Mary. "Es ist fast Zeit zu gehen und wir streiten uns hier."

"Sie hat Recht", sagte Frank. "Außerdem müssen wir zusammenhalten, wenn diese Taugenichtse auftauchen."

"Das heißt, wenn sie uns nicht anstecken - wir sind mitten in einer Pandemie, wissen die das nicht?"

"Die Caterer werden das schon berücksichtigen. Während wir im Beerdigungsinstitut und auf dem Friedhof sind, werden sie hier alles so einrichten, dass die sozialen Distanzierungsrichtlinien eingehalten werden, damit alle sicher sind."

"Aber diese Ignoranten werden trotzdem ihre Masken abnehmen müssen, um das Essen zu verschlingen und den Schnaps zu trinken - und davon brauchen wir jede Menge."

"Schade", antwortete Mary. "Das hat alles Tante Gin organisiert und bezahlt." Angewidert und weil sie genug von ihnen hatte, zog sie sich in ihr Zimmer zurück, um das schwarze Outfit anzuziehen, das sie ausgesucht hatte. Die Männer waren bereits in ihren schwarzen Anzügen und bereit, loszulegen.

"Ich nehme an, sie werden Messer, Gabeln und Pappteller aus Plastik benutzen", sagte Frank. "Und sie werden überall im Haus und im Garten Flaschen mit Handdesinfektionsmittel haben. Unsere Verwandten werden ins Haus kommen müssen, um die Toiletten zu benutzen, aber der größte Teil der Feier wird draußen im Garten stattfinden."

"Schade, dass Gin die Außenanlagen abgeschafft hat", sagte Marvin.

Mary rief von oben herab: "Ich habe vergessen zu sagen, dass sie Markierungen auf den Rasen malen und/oder Schilder aufstellen werden, wo die Leute stehen sollen. Und was die Toiletten angeht, so haben wir eine dieser tragbaren Toiletten gemietet. Da es nur zwanzig von ihnen und drei von uns sind, sollte es genug Platz für alle geben und die Warteschlangen sollten nicht so lang sein."

"Ihr habt euch das wirklich gut überlegt!" rief Marvin. "Wir drei können uns zurückschleichen und die überdachten Einrichtungen auf dem Gelände benutzen."

Mary erschien am oberen Ende der Treppe und war bereit zu gehen. "Danke. Ich hatte viel Zeit, darüber nachzudenken, und ich wollte, dass für Tante Gin alles genau richtig ist. Sie und ich haben alles bis ins kleinste Detail besprochen. Sie wollte mir die

Last abnehmen, alles alleine machen zu müssen, während ich ihren Verlust betrauerte."

Marvin streichelte die Haare an seinem Kinn. "Wenn es diese verdammte Pandemie nicht gäbe, hätte sie mehr gewollt. Sie hätte um ein regelrechtes Scheunenfeuer gebeten - oder eine Totenwache - um ihr Leben zu feiern. Das ist es, was sie verdient hat!"

Frank sagte: "Das wird sie haben - und wir werden ihr die beste aller Zeiten geben - wenn die Pandemie vorbei ist. Wir werden die anderen Verwandten einladen - die, die wir mögen - und vielleicht sogar ein paar lokale Berühmtheiten. Alle haben Gin geliebt. Wir werden sie so verabschieden, wie sie es verdient hat! Aber jetzt müssen wir erst einmal das Beste aus der Situation machen."

Mary ging durch den Raum und überlegte, ob sie sich setzen sollte - aber ihr Kleid würde zerknittern, also ging sie zurück in die Küche, um Papierservietten zu falten. Sie hatte angeboten, so viele wie möglich zu falten, bevor die Caterer eintrafen, denn sie wusste, dass sie etwas brauchte, um sich zu beschäftigen. Sie dachte an alles, was Tante Gin sich für den Tag gewünscht hatte. Sie wollte, dass Marvin einen Toast auf sie ausbringt, nachdem alle etwas gegessen hatten. Sie hatte sogar aufgeschrieben, welche Gerichte sie serviert haben wollte und den Caterer ausgewählt, der sie zubereiten sollte. Ja, Tante Gin hatte an alles gedacht. Laute Stimmen aus dem Wohnzimmer lockten sie zurück ins Wohnzimmer.

"Gin hat gesagt, dass ich den Löwenanteil des Geschäfts bekommen würde, deshalb hat sie mich zum Testamentsvollstrecker ernannt", sagte Marvin.

"Sie hat gesagt, dass ich das Haus behalten darf", sagte Mary. "Es ist auch mein Zuhause - ich habe die meiste Zeit meines Lebens mit Tante Gin hier gelebt."

"Niemand bestreitet das", sagte Frank. "Du hast alles aufgegeben, um hier zu sein und Gin zu helfen, als niemand anderes es konnte. Du hättest heiraten und ein paar Kinder haben können, aber du hast die Familie über dich gestellt. Es ist das Mindeste, was sie tun konnte, um dir das Haus zu überlassen."

Marvin nickte. Zum ersten Mal waren die beiden sich über etwas einig.

"Ich habe Gin gesagt, dass ich nichts von ihr will oder brauche", sagte Frank.

"Dann hoffen wir mal, dass sie dich ignoriert hat", sagte Marvin lachend und sah, dass die beiden endlich gute Laune hatten,

Mary kehrte in die Küche zurück, um die Servietten fertig zu falten, bevor sie zum Bestattungsinstitut aufbrechen mussten.

Obwohl die Servietten aus Papier waren, waren sie zart und weich. Das Himmelblau mit einem rosa Strich in der linken Ecke war auch Tante Gins Wahl gewesen. Als Mary mit dem Falten weitermachte, wurde es automatisch, also schaute sie auf den Garten hinaus und ließ ihre Finger die Arbeit machen.

Ihr Blick wanderte zu den neu gepflanzten Blumen unter der riesigen Eiche. Der Schleierkraut und die Rosen waren jetzt am Ende, aber ihre Farben waren immer noch leuchtend und sie bewegten sich wie alte Freunde, die tanzen, wenn der Wind vorbeiweht.

Als sie die letzte Serviette faltete, strich ihre rechte Hand über ihren Bauch. Das tat sie ab und zu, obwohl sie schon seit Jahren kein Kind mehr bekommen hatte. Die Sehnsucht war nie verschwunden. Tante Gin hatte es nie jemandem erzählt. Mary hatte es auch nicht - nicht einmal dem Vater.

Und dort, unter diesen Blumen, im Schatten der mächtigen Eiche, war die ewige Ruhestätte ihres Kindes begraben. Ihr kleines Mädchen hatte nicht mehr als ein paar Minuten in dieser Welt überlebt.

Bald würden die Verwandten kommen und alle würden sich in ihrem Haus versammeln, das nun das ihre war - und sie würden Tante Gins Leben feiern.

Dann würde Mary wie die anderen ihre Maske aufsetzen und sich an den Ort unter dem Baum zurückziehen, an dem sie sich nie allein fühlen würde. An den Ort, an dem sie wusste, dass Tante Gin an ihrer Seite stehen und Marys kleines Mädchen in den Armen halten würde.

Das Trio, Tante Gin, Mary und das Baby, würden stumme Zeugen sein, während der Rest der Familie sich gegenseitig zerfleischt.

PANDEMISCHER JUNGE

"Schau, da kommt er wieder - es ist Pandemic Boy", rief der große, schlaksige und zehnjährige blonde Junge.

Sein Freund war nicht so groß, schlaksig oder blond - er war ein rothaariger Junge, der lachte, bevor er sich zu Wort meldete. "Wo ist dein Umhang, Junge? Weißt du nicht, dass ALLE Superhelden einen Umhang haben?"

Der Junge, dem sie den Spitznamen Pandemic Boy gegeben hatten, war jünger als die anderen beiden, aber hinter seiner Maske war er furchtlos.

"Nicht Spiderman", antwortete er mit einem Grinsen.

Obwohl er jünger und kleiner war, nicht in Zentimetern, sondern in Füßen, stemmte er die Hände in die Hüften und sah eher aus wie Superman: "Und wo sind eure Masken?"

Dies war nicht die erste Konfrontation des so genannten Pandemic Boy in Zeiten der Pandemie. In der Vergangenheit hatte er die Superman-Stellung mit gekreuzten Waffen benutzt, um die Situation unter Kontrolle zu bringen. Das schien bei Kindern und Erwachsenen gut zu funktionieren. Außerdem war es hilfreich zu wissen, dass er das Gesetz auf seiner Seite hatte.

"Wir sind keine Mitläufer", sagte der blonde Junge, schirmte seine Augen mit der linken Hand vor der Sonne ab und drehte dem Jungen den Rücken zu, so dass er und sein Freund sich jetzt gegenüberstanden. Er murmelte die Worte: "Nehmen wir ihm die Maske ab."

Der rothaarige Junge dachte darüber nach und drückte die Spitze seines Turnschuhs in den Boden, weil er dachte, dass sie dem Pandemic Boy bereits zwei zu eins überlegen waren. Außerdem war er ein kleines Kind - auch wenn er eine große Klappe hatte und es irgendwie herausforderte. Aber er war kein Tyrann und wollte auch keiner sein. Er konzentrierte sich und machte einen Kreis im Dreck vor ihm, dann tippte er auf seine Jeanstasche. "Meine ist genau hier."

"Beweise es", forderte Pandemic Boy.

Der blonde Junge warf einen Blick über seine Schulter auf den kleineren Jungen und drehte sich schnell um. Mit geballten Fäusten ging er auf den jüngeren Jungen zu. Er tippte mit dem Finger auf das Gesicht des maskierten Jungen und sagte: "Was glaubst du, wer du bist, Kind? Für jedes Wort tippte er mit dem Finger auf das maskierte Kinn des Pandemic Boy, und aufgrund des Größen- und Gewichtsunterschieds musste der jüngere Junge seine Füße fest auf den Boden stellen.

Der rothaarige Junge sagte: "Ich setze meine Maske auf."

Der so genannte Pandemic Boy sagte nichts, nickte aber zustimmend, während sein Freund, der blonde Junge, ihm über die Schulter blickte und ihm einen bösen Blick zuwarf.

Alle drei hielten sich zurück.

***

Manchmal steht die Zeit still. Als hätten alle Vögel vergessen zu fliegen und alle Uhren vergessen zu ticken. Heute war nicht so ein Tag und je weiter die Zeit fortschritt, desto mehr Kinder kamen von überall her, um zu sehen, was los war. Sie versammelten sich, unterhielten sich, flüsterten und versuchten herauszufinden, was passiert sein musste, damit die drei Jungen so lange still standen.

"Ich schaute aus meinem Schlafzimmerfenster", sagte ein Junge, "und sah, wie der kleine maskierte Junge von dem blonden Jungen, der viel größer und älter war, bedroht wurde. Dann sah ich, dass sie zu zweit waren und ich musste rauskommen, vor allem, als der große Junge sich näherte und den kleinen Jungen auf die Brust stieß", sagte er und berührte seine eigene Maske, wie ein Erwachsener seinen Bart berühren würde.

"Ich bin da rübergerannt", sagte ein kleines Mädchen, "und habe alles gesehen. Der Junge mit der Maske hat es herausgefordert - er ging auf die beiden größeren, älteren Jungen zu. Ich bin überrascht, dass die beiden ihn nicht geschlagen haben." Dann wandte sie sich an den so genannten Pandemie-Jungen: "Hey Kleiner, warum rennst du nicht weg, solange du noch kannst? Bevor die beiden älteren Jungs dich verprügeln?"

Das Trio in der Mitte der Menge stand still wie eine Statue. Sie lauschten den Kommentaren der anderen Kinder, die sich zu einer Menschenmenge formierten und sie nicht. Zu diesem Zeitpunkt wusste noch niemand etwas Genaues.

Die Zeit verging und die Kinder, die Masken trugen, stellten sich auf die Seite des so genannten Pandemic Boy und die Kinder, die keine Masken trugen, auf die Seite der anderen beiden. Die Menge der Kinder verschob sich, teilte sich in zwei Gruppen auf und bildete zwei verschiedene Seiten. Alle waren bereit zu handeln - falls ein Kampf ausbrechen würde.

Stunden vergingen und niemand rührte sich. Nicht einmal, als Mütter und Väter ihre Kinder zum Abendessen nach Hause riefen. Auch nicht, als Eltern, Großeltern und Geschwister die Kinder ins Bett riefen. Nicht einmal, als die Sonne durch den Mond und die Sterne ersetzt wurde.

***

Schließlich sagte Pandemic Boy: "Ich gehe jetzt nach Hause." Und zu dem größeren blonden Jungen, der ihm immer noch auf den Fersen war, sagte er: "Wenn ich dich das nächste Mal sehe, bringst du auf jeden Fall deine Maske mit, okay? Das ist eine Pandemie, Mann, und..."

"Okay, okay", sagte der größere Junge und trat einen Schritt zurück. "Und das nächste Mal, wenn ich dich sehe, musst du einen Umhang tragen." Er grinste.

"Welche Farbe möchtest du?", fragte der jüngere Junge lächelnd.

Sein Freund, der rothaarige Junge, der jetzt eine Maske trug, sagte: "Das hängt davon ab, ob du ein Batman-, Robin- oder Superman-Fan bist. Ich? Ich würde schwarz tragen."

"Das Gleiche", sagte der jüngere Junge.

Sie gingen alle nach Hause.

BESUCHER

"Warte einen Moment", sagte sie, bevor sie ihre Haustür öffnete.

Sie war seit fast dreißig Tagen drinnen - in Quarantäne. Schon der bloße Schritt nach draußen fühlte sich riskant an, auch wenn sie die Quarantäne nur zum Schutz derer verhängt hatte, die sie liebte - und anderer, die sie nicht einmal kannte. Sie rückte ihre Maske zurecht, holte tief Luft und öffnete die Tür.

Ein Empfangskomitee wartete auf sie und sie fühlte sich ähnlich wie Königin Elisabeth, als sie auf den Balkon des Buckingham Palace trat. Auch wenn ihre kleine, aber gemütliche Zweizimmerwohnung nicht den Glanz und Glamour eines Palastes hatte. Ein oder zwei Sekunden lang überlegte sie, ob sie ihnen zuwinken sollte, aber dann entschied sie sich anders, als sie zu applaudieren begannen.

Peinlich berührt, obwohl eine Maske den größten Teil ihres Gesichts verdeckte, schaute sie auf, wo die Sonne hoch am

Himmel stand, und spürte die Wärme ihrer Strahlen. Es fühlte sich gut an, neue, frische Luft zu atmen - auch wenn die Maske sie daran hinderte, tief einzuatmen. Ein Lied von John Denver begann in ihrem Kopf zu spielen. Sie summte lässig mit.

Der Applaus hatte aufgehört, ohne dass sie es gemerkt hatte, und so stand sie da wie die Katze im Sack, während alle darauf warteten, dass sie etwas sagte oder tat. Viele tränenüberströmte Augen, die sie alle über ihre eigenen Masken hinweg anschauten. Keine Maske glich der anderen. Sie suchte die Gäste ab und konzentrierte sich auf die Augen, deren Besitzer sie zu erkennen glaubte. In ihrem Kopf spielte sie das Spiel "Wer ist wer unter welcher Maske".

Bei einer Person in der Menge gab es aufgrund ihrer Größe und Statur keinen Zweifel, wer sie war. Es war ihre Enkelin Emily. Die grünen Augen, die die gleichen waren wie ihre eigenen, stachen hervor, als sie sie über die lila Maske hinweg ansahen. Emilys Lieblingsfarbe wechselte oft, aber sie war froh, dass sie sich in den letzten dreißig Tagen nicht verändert hatte. Sie war allerdings größer geworden. Emily winkte und sagte: "Hallo Oma-Mama."

"Hallo, meine liebe Emily", sagte die Frau und lächelte mit ihren Lippen unter der Maske und mit ihren Augen darüber.

Die Frau zögerte, dann schwenkte sie das Publikum von links nach rechts und nickte jedem Einzelnen zu, als sie ihn begrüßte.

Zuerst war da Brandon. Er war ein großer Eishockeyfan, und auf seiner Maske war ein Toronto Maple Leaf abgebildet. "Go Maple Leaf's!", sagte er. Sie gab ihm den Daumen hoch. Wenigstens einer hatte noch Hoffnung, dass sie wieder den Stanley Cup gewinnen würden.

Neben Brandon stand die Mutter seiner Frau Emily. Auf ihrer Maske stand der Spruch "I heart Jamie Oliver". Sie lächelte darüber und fragte sich, ob ihr Interesse an Oliver ihr vielleicht helfen würde, eines Tages ein anständiges Roastbeef zu kochen. Sie ertappte sich bei diesem zickigen Gedanken und schämte sich, weiterzugehen.

Der nächste war Mr. Bob Moody. Er war ein Nachbar, ein mürrischer alter Knacker, von dem sie nicht wusste, warum er das Bedürfnis hatte, mit einer Bauarbeitermaske zu kommen. Er winkte mit einer Vertrautheit, die ihr seltsam vorkam, aber sie winkte aus Höflichkeit zurück.

Gelangweilt davon, herauszufinden, wer wer war, verschwamm der Rest der Gruppe, während sie darauf wartete, dass jemand etwas tat oder ihr mitteilte, was er von ihr erwartete. Sollte sie eine Rede halten? Nein, das wäre dumm. Es war nur eine dreißigtägige Quarantäne gewesen. Sie konnte sie nicht umarmen. Oder ihnen noch näher kommen, als sie es ohnehin schon war.

Sie hatte das ungute Gefühl, dass jemand wollte, dass sie eine Rede hielt, und fragte sich, wie sie eine halten sollte, die durch die dicke Baumwollmaske hindurch gehört und verstanden werden würde. Dann dachte sie an Politiker im Fernsehen, wie den Premierminister. Wenn er sprechen musste, nahm er immer seine Maske ab, sagte seinen Beitrag und setzte sie dann wieder auf. Wenn es für den Premierminister gut genug war, dann war es auch für sie gut genug. Sie nahm ihr rechtes Ohr aus der Schlaufe und ging dann auf die andere Seite.

Die Gäste schnappten nach Luft und entfernten sich dann weiter. Alle bis auf ihre kleine Enkelin.

"Oma hat dich lieb", sagte die Frau und hauchte einen Kuss in Richtung der kleinen Emily.

"Ich habe euch auch lieb", antwortete Emily, während ihre Eltern, die nun an ihrer Seite waren, sie zurückzogen.

Zufrieden, die Sonne gespürt zu haben, draußen gewesen zu sein, ihre Lieben gesehen und mit der kleinen Emily gesprochen zu haben, verbeugte sie sich, trat zurück und schloss die Tür hinter sich.

Sofort begann das Telefon zu klingeln und zu klingeln. Sie ging nicht ran.

HAUS

Der Raum war kahl, abgesehen von den leeren Bücherregalen, die den Kamin flankierten.

Leere Bücherregale haben mich immer melancholisch gestimmt. Als hätte der Vorbesitzer all seine Freunde und Erinnerungen mitgenommen, aber die Strukturen vergessen, in denen sie während des Aufenthalts im Haus aufbewahrt und ausgestellt worden waren. Wenn ich aus irgendeinem Grund ein Haus verließ, ließ ich daher immer eines meiner Bücher zurück (ich kaufte zwei Lieblingsbücher), in der Hoffnung, dass der neue Besitzer genauso viel Freude daran haben würde wie ich. Für mich war es, als würde ich ihm einen neuen Freund vorstellen. Wenn ich mich jetzt zu sentimental anhöre, macht mir das nichts aus, denn mein lieber Mann hat das immer von mir gesagt.

Als ich den Raum durchquerte und meine Maske zurechtrückte, bemerkte ich etwas, das so dünn wie eine Waffel an der Wand hing. Es war ein kleiner Teppich.

"Wozu ist der denn da?" fragte ich. Auch wenn er fadenscheinig und klein war, wäre es besser gewesen, ihn vor den Kamin zu legen. Dort hätte das erbärmliche Ding wenigstens einen Zweck gehabt. Ich mache das oft, leblosen Gegenständen Gefühle zu geben. In der literarischen Welt nennt man das Personifizierung. Ich benutze dieses Mittel so oft, dass mein Mann es Maggie-fication nennt.

August ist der Name meines Mannes. Und ja, er ist im Monat August geboren, ein Löwe, während ich Steinbock bin.

Als er neben mir auftauchte, fröstelte ich. Ich spürte immer die Kälte.

Durch seine Maske hindurch sagte er: "Uff, ist das heiß hier drin, Liebes. Warum zitterst du so?" Er knöpfte seine dicke Wolljacke, ein Geschenk von unserem Sohn Andrew, auf und zog sie aus. Er legte sie mir über die Schultern und ging quer durch den Raum.

Ich kuschelte mich hinein und sagte: "Danke", während ich ihm folgte.

Die Maklerin, die eine alte Freundin der Familie war, trug eine Maske, die das Immobilienunternehmen widerspiegelte, für das sie arbeitete. Sie bewegte sich hörbar im anderen Raum des Hauses, während wir uns selbst ein Bild von der Wohnung machten.

Bald darauf betrat sie den Raum durch die Tür, die dem Gegenstand am nächsten war, den ich auf dem Boden entdeckt hatte. Wir trafen uns davor, als hätte sie meine Frage überhört.

Judy Marsh, so heißt unsere Maklerin seit über fünfundzwanzig Jahren, schien um Worte verlegen zu sein, was ihr sehr untypisch war. Sie und jeder andere Immobilienmakler auf diesem Planeten.

"Ist der Kamin nicht herrlich!", rief sie aus.

Ich drehte meinen Körper der Wärme zu, während August, der mir oft vorwarf, unter anderem zu viele Agatha-Christie-Romane zu lesen, jetzt gelangweilt war und weitermachen wollte, näher an die Tür heranrückte.

Judy sagte: "Ich habe die Frage gehört, die du vor ein paar Minuten gestellt hast. Um ganz offen zu sein", berührte sie ihre Nase. "Dieses Haus hat eine kleine Geschichte."

August meldete sich nun interessiert zurück.

"Was für eine Geschichte?" fragte ich.

Judy fuhr fort: "Es hat keinen Sinn, Geschichten zu erzählen, wenn es dir hier nicht gefällt. In diesem Fall können wir einfach zum nächsten Haus weiterziehen. Ich habe noch ein paar mehr in petto. Also, wie ist das Urteil über dieses hier?"

August sagte: "Wir haben noch nicht alles gesehen, es ist zu früh, um das zu sagen und..."

Ich beendete seinen Satz, wie es Menschen tun, die schon lange verheiratet sind: "Und es ist unfreundlich von dir, uns in den Ort verlieben zu lassen - ich sage nicht, dass das hier der Fall ist - und dann den Baum zu senken."

"In der Tat", fügte August hinzu.

"Spuck's aus!" forderte ich, als August meine Hand in seine nahm.

"Lass uns in die Küche gehen", sagte Judy. "Ich setze den Kessel auf und mache uns eine schöne Tasse Tee. Ich habe im Schrank ein paar Dinge wie Earl Grey Tea und Kekse für eine solche Gelegenheit aufbewahrt. Dann wird sich alles aufklären."

Als August hörte, dass eine Tasse Tee und ein Keks im Angebot waren, folgte er Judy in die Küche und ich, wie man so schön sagt, bildete das Schlusslicht. Wir gingen einen Flur entlang, der hohe Decken hatte, aber ziemlich schmuddelig war, weil es kein Oberlicht gab - wenn wir das Haus kaufen würden, würde ein Oberlicht diesen Flur wohnlicher machen.

"Ein Oberlicht wäre eine Verbesserung", schlug August vor, als er und Judy den angrenzenden Raum durch ein Paar Schwingtüren betraten, wie man sie in einem alten Marlon-Brando-Western erwarten würde. "Die müssen weg", sagte August, als die Tür aufschwang und gegen seinen Hintern schlug, bevor ich sie aufhalten konnte. Er stand da, die Hände in die Hüften gestemmt, den Mund offen, ohne ein Wort zu sagen.

Als ich den Raum betrat, konnte ich verstehen, warum August sprachlos war, denn was für eine spektakuläre Aussicht! Die Küche und das Esszimmer befanden sich nebeneinander in einem riesigen, offenen, rechteckigen Raum mit Glasfenstern und -türen, die sich von einem Ende bis zum anderen erstreckten und auf einen der schönsten Gärten blickten, die ich je gesehen habe. Ich wünschte mir so sehr, es wäre Frühling, damit alles in voller Blüte stünde, aber auch der Herbst war hier wunderschön, mit Bäumen, die sich in ihren Herbstfarben zeigten.

"Dash würde das hier lieben", sagte August. Dash war unser kleiner Dackeljunge.

"Ganz bestimmt", sagte ich, während Judy, die jetzt hinter uns stand, Mama spielte und das heiße Wasser in die Teekanne goss.

Weder August noch ich konnten den Blick von der schönen Natur abwenden, die uns nur ein paar Schritte entfernt erwartete. "Darf ich die Türen öffnen?" fragte ich.

Judy nickte, und August tat es mir gleich. Sofort strömten die Geräusche von draußen wie Musik in die Küche. Es gab Zikaden, Eichelhäher, Spatzen, Kardinäle, eine Baumkröte ... es war herrlich musikalisch - bis ein paar Augenblicke später der Rasenmäher des Nachbarn losheulte.

"Der Tee ist fertig", rief Judy.

"Perfektes Timing", sagte August, schloss die Schiebetüren und klickte das Schloss zu. "Hallo Dunkelheit, mein alter Freund", gurrte August. Das war eine seiner Lieblingsmelodien - ein Klassiker aus dem Repertoire von Simon and Garfunkel.

"Hier drin ist es nicht dunkel", sagte ich, während Judy den Tee einschenkte und servierte. Um ehrlich zu sein, war ich kein Fan von edlen Teesorten wie Earl Grey. Eine Tasse Typhoo ist mir allemal lieber. Ich fügte zwei Teelöffel Zucker hinzu - doppelt so viel wie beim guten alten Typhoo und August tat dasselbe. Während wir an der Tasse nippten und Judys Wahl des Kekses - die Gingernuss - verwarfen, warteten wir darauf, dass sie uns die Geschichte erzählte, auf die sie angespielt hatte.

***

"Zunächst einmal", begann Judy, "hat seit Jahrzehnten niemand mehr in diesem Haus gewohnt."

"Jahrzehnte", wiederholte ich, "Wie kann das sein?"

August leerte die Reste seines Tees. Judy machte sofort eine Bewegung, um seine Tasse nachzufüllen, was er unhöflich mit der Hand über den Rand der Tasse abwehrte.

Judy lächelte. "Nicht jeder mag mein Lieblingsgebräu, schätze ich." Sie füllte ihre Tasse nach und fuhr dann fort. "Das Haus stand in den letzten Jahren zum Verkauf. Wir haben Spezialisten aus dem ganzen Bundesstaat engagiert, in der Hoffnung, dass sie uns beim Verkauf helfen würden. Bis jetzt hat es nicht geklappt."

"Das macht keinen Sinn", sagte August. "Es wäre sicher weniger schrill, wenn die Wohnung möbliert wäre." Er hob seine leere Tasse an und seufzte.

"Möchtest du lieber eine Flasche Wasser?" fragte Judy und ohne auf eine Antwort zu warten, ging sie zum Kühlschrank, holte drei Flaschen heraus und stellte sie vor uns hin. Ich hatte das Gefühl, dass dies eine lange Geschichte werden würde.

Ein seltsames Geräusch, das aus dem Garten kam, schlug gleichzeitig an unsere Ohren. August schob seinen Stuhl zurück und suchte den Garten ab, der nur noch teilweise beleuchtet war, da die Sonne bereits unterging. "Kannst du etwas sehen?" fragte ich.

August hatte Adleraugen, obwohl er älter war als ich. "Pssst", sagte er. Wir warteten und lauschten aufmerksam, aber das Geräusch war nicht mehr zu hören. August kehrte zu seinem Platz zurück und setzte sich achselzuckend darauf.

Judy sagte: "Es ist am besten, wenn du deine Kommentare und Fragen bis zum Ende für dich behältst. Ich will vorher fertig werden, ich meine, so schnell wie möglich."

August sagte: "Wir sind alt und werden jede Minute älter. Wenn deine Geschichte noch länger dauert, vergessen wir bestimmt alle Fragen, die wir haben."

Ich tätschelte Augusts Hand. "Wenn du noch Fragen hast, dann tippe sie in dein Handy." Ich hatte schon lange versucht, ihn dazu zu bringen, die Notizfunktion seines Handys zu benutzen. Ich selbst benutzte sie für viele Dinge, auch für die Einkaufsliste. Ich schlug ihm vor, sie für den gleichen Zweck zu benutzen. Trotzdem kam er ohne das, was wir brauchten, nach Hause und ging wieder zurück - dieses Mal mit Papier in der Hand.

"Maggie", sagte er, "du weißt, dass ich nicht gerne von der Technik abhängig bin."

"Von Bäumen abhängig zu sein", warf Judy ein, "verheißt auch nichts Gutes für die Zukunft."

"Die Batterie eines Blattes Papier stirbt nicht!", rief er aus.

"Aber einem Stift geht die Tinte aus", sagte ich schmunzelnd, klopfte ihm wieder auf die Hand und reichte ihm einen Stift und Papier - beides hatte ich für solche Gelegenheiten immer in meiner Handtasche.

***

"Ich werde am Anfang beginnen", sagte Judy.

Unter dem Tisch schlurfte August mit den Füßen und ich merkte, dass er immer ungeduldiger wurde und dachte: "Mach schon, Frau!", denn das dachte ich auch.

Schließlich kam Judy auf den Punkt. "Als dieser Ort zum ersten Mal besiedelt wurde, starben hier drei Menschen."

Sie wartete auf eine Reaktion von uns, aber keiner von uns reagierte. Wir hatten bereits begriffen, dass etwas Schreckliches passiert war - und schlossen daraus, dass es sich um Tote, Morde und/oder Chaos handeln musste. Sogar meine arthritischen Knochen konnten spüren, dass hier etwas Schreckliches passiert war. Ich schlang meine Arme um mich und fröstelte wieder. August tat das Gleiche, aber ihm war wärmer als mir, da er zuvor seine Karte zurückerobert hatte.

"Ursprünglich wurde hier im 18. Jahrhundert eine Kirche gebaut. Nachdem sie zerstört wurde und drei Menschen starben - übrig blieben nur die Bücherregale und der Kamin - schworen alle Religionen, hier nie wieder ein Gotteshaus zu errichten. So wurden Hütten, Häuser, Herrenhäuser, Bungalows und schließlich der zweistöckige kalifornische Split-Bungalow, in dem wir jetzt stehen, gebaut, um den Bedürfnissen und Anforderungen der Besitzer für die Zeit, in der sie lebten, gerecht zu werden.

Und so haben viele Gemeindemitglieder, Kirchenbesucher und Familien diese Kirche zu ihrem Gotteshaus und/oder Zuhause gemacht.

Beginnen wir mit der ursprünglichen Kirche. In der Mitte des 18. Jahrhunderts entstand an diesem Ort eine Gemeinde, eine der ersten in Ontario, nachdem viele Einwanderer diesen Ort gewählt hatten, um sich niederzulassen und ihre neue Zukunft aufzubauen.

Zwei dieser Menschen waren Lady und Lord Charleston, die schnell zu führenden Persönlichkeiten in der Gemeinde wurden und die die Mittel für den Bau der ersten Kirche aufbrachten, ohne dass sie dafür eine andere Anerkennung erhielten als eine kleine Bibliothek im Pfarrhaus, in der die Gemeinde Bücher zu religiösen Themen lesen und ausleihen konnte. Damit sie es beim Lernen oder Lesen bequem haben, sollte in der Mitte von zwei solchen Bücherregalen ein Kamin gebaut werden.

Wegen der Bedeutung des Anliegens wurde viel darüber nachgedacht, welches Holz auf Dauer am haltbarsten sein würde. Ein Einwanderer aus Italien schwärmte von der Mittelmeerzypresse und erzählte, dass er in einer römischen Kirche einen Altar aus diesem Holz gesehen hatte, der einen Brand überlebt hatte, bei dem der Rest des Gebäudes zerstört wurde. Es wurde beschlossen, einige Bäume zu besorgen, die sie vor Ort anbauen konnten, und außerdem einen großen Vorrat per Schiff nach Kanada liefern zu lassen. Im Laufe der Zeit erzählte derselbe Mann von den übernatürlichen Kräften, die dieser Baum aus seiner alten Heimat hatte. Wegen seines starken Dufts pflanzten die Familien die Bäume auf den Friedhöfen im ganzen Land in der Nähe ihrer Angehörigen, um die Dämonen fernzuhalten und sicherzustellen, dass die Seelen derer, die sie liebten, es auf die andere Seite schafften."

Einige der anderen Gemeindemitglieder waren mit dieser Blasphemie nicht einverstanden und schlugen vor, nur kanadische Bäume für das Vorhaben zu verwenden. Lord und Lady Charleston lehnten den Antrag ab, und die Gemeinde wartete auf die Lieferung des Holzes für das Pfarrhaus und baute in der Zwischenzeit die Kirche, die Schule und andere Gebäude. Neuankömmlinge strömten in die Gemeinde, weil sie sich an einem Ort niederlassen wollten, der Dienstleistungen anbot, die es allen ermöglichten, sich schneller einzuleben.

Das Holz kam an und das Pfarrhaus wurde gebaut, aber nicht ohne einige Schwierigkeiten. Zuerst wurde ein Mann, der den Baumstamm vom Schiff herunterholte, erdrückt, als sich mehrere Stämme lösten und auf ihn stürzten. Danach wurden weitere Vorsichtsmaßnahmen getroffen, aber die, die vor der Blasphemie gewarnt hatten, flüsterten wissend untereinander.

Jahre später, als die Kolonie noch keinen Namen hatte, wurde vorgeschlagen, sie New Charleston zu nennen, und so wurde sie benannt. Lord und Lady Charleston starben, aber ihre Porträts wurden gemalt und über dem Kamin in der Bibliothek des Pfarrhauses zwischen den beiden Bücherregalen angebracht. Gegen den heftigen Aufschrei der Öffentlichkeit wurde die Bibliothek The Lady Charleston Archives genannt, da die Familie ihre Büchersammlung stiftete, um die Regale zu füllen."

Ich schraubte den Deckel der Wasserflasche ab und nahm einen Schluck, während August auf seine Uhr schaute. Die Sonne ging gerade unter und der größte Teil des Gartens lag im Dunkeln, bis auf einen einzigen Scheinwerfer, den der Mond spendete.

"Es ist in dieser Kirche, wo die Todesfälle passiert sind."

August und ich rückten näher zusammen und hofften, dass sie bald zur Sache kommen würde. Mein Magen knurrte. Es war schon lange nach dem Abendessen und er begann, sich mit August in einem Duett von Hungergefühlen zu unterhalten.

"Gingernuss?" fragte Judy und winkte sie vor uns her. Wir lehnten höflich ab. "Warum bestelle ich nicht eine Pizza? Während sie gebacken und geliefert wird, kann ich mit meiner Geschichte weitermachen."

"Keine Ananas", sagte August. Pizza mit Ananas war ein echtes Ärgernis für ihn. "Ananas gehört in den Kuchen, nicht auf die Pizza."

"Da kann ich nur zustimmen", sagte Judy und drückte die Kurzwahltaste ihres Telefons.

"Keine Sardellen", sagte ich und versuchte, meinen knurrenden Magen zur Ruhe zu bringen.

***

"Im Jahr 1847 kam eine fremde Frau mitten in der Nacht in die Gemeinde und suchte nach ihrem Mann und ihrem kleinen Sohn. Sie klopfte an die Türen und verursachte einen ziemlichen Aufruhr, denn es war schon nach Mitternacht. Die Gemeindemitglieder kamen aus ihren Häusern, um ihr zu helfen, und bildeten einen Suchtrupp, der sich mit Hilfe von Lampen den Weg suchte. Es war diese Art von Gemeinschaft, die sich zusammenschloss, um anderen zu helfen, sogar Fremden. Niemand zweifelte an ihren Motiven, ihrer Geschichte oder ihrem Verstand.

Es war Oktober, also war es kühl, aber noch vor dem ersten Schneefall. Sie stapften und suchten, bis die Sonne aufging, dann versammelten sie sich wieder, um zu essen, zu trinken und mehr von der Frau zu erfahren, die zu erschöpft war, um mit ihnen den Ort zu erklimmen. Als sie ankam, wurde sie sofort untergebracht und ins Bett gebracht, nachdem sie eine starke Tasse Tee mit einem Spritzer Whiskey getrunken hatte, damit sie die Nacht durchschlief.

Nach weiteren Gesprächen und der Bestätigung, dass weder der Ehemann noch das Kind gesehen worden waren, aßen sie gemeinsam das vom Frauenverein der Kirche bereitgestellte Essen und berieten, wie es weitergehen sollte. Es war nicht wie heute, wo man einfach Plakate ausdrucken und mit Klebeband überall aufhängen kann, und auch die sozialen Medien waren keine Option. Stattdessen wurde eine Künstlerin beauftragt, die Familie anhand der Beschreibung der Mutter zu skizzieren. Die Frau hieß Reba, ihr Kind hieß Jakob und ihr Mann hieß ebenfalls Jakob.

Eines Abends, ziemlich spät, sah ein Einheimischer die Frau Reba mit einem Kind an der Hand die Kirche betreten. Er fragte sich, wo ihr Mann war, aber er dachte nicht weiter darüber nach und ging zu Bett.

Reba hatte ihren Sohn mit in die Kirche genommen, um eine Kerze am Altar anzuzünden und Jesus dafür zu danken, dass er ihr ihren Mann und ihren Sohn zurückgebracht hatte. Die Kirchentür war nicht gesichert worden, weil Jacob Senior bald zu ihnen stoßen würde. Ein Windstoß, der so heftig war, dass er die Flamme wegblies und ihren Ärmel in Brand steckte, und da sie gerade ihren Sohn im Arm hielt, fing auch seine Kleidung Feuer. Jakob, der Ältere, trat ein und rannte auf sie zu, wobei er die Tür ganz offen ließ. Noch mehr wütender Wind folgte ihm, als er die Lücke zwischen sich und seinen Lieben schloss. Die Kirche, die aus einheimischen Bäumen gebaut worden war, brannte mit ihnen in kürzester Zeit nieder.

Das Gemeindehaus, in dem die Frauen der Kirche den Freiwilligen Essen servierten, roch als erstes etwas brennendes und rannte auf die Straße. Die meisten der Freiwilligen waren auch Feuerwehrleute, aber ihre Mittel waren zu dieser Zeit begrenzt. Sie taten, was sie konnten, um die Kirche zu retten, aber dafür war es zu spät. Das Pfarrhaus stand noch nicht in Flammen, so dass es ihnen gelang, den Pfarrer herauszuholen und wie gesagt die Bücherregale und den Kamin zu retten. Die dreiköpfige Familie ging unter ... verbrannte zu Nichts. Asche zu Asche, wie man so schön sagt."

Judy atmete tief ein, nahm einen Schluck Wasser und dann klingelte es an der Tür. Das Erzählen der Geschichte hatte ihr viel abverlangt, also bot August an, die Pizzen abzuholen, aber Judy sagte, sie müsse bezahlen - sie könne es als berufsbedingte Ausgabe verbuchen - und ging schließlich zur Tür. Sie kam mit der heißen und köstlich duftenden Pizza zurück und wir aßen, ohne ein Wort zu sagen, nur mit einem "Oh" und "Ah", als wir das leckere Festmahl verzehrten.

Zufrieden und mit vollen Bäuchen fuhr Judy mit ihrer Geschichte fort.

"Seitdem heißt es, dass die Geister dieser Familie in diesem Haus spuken. Was immer die Leute sehen, erschreckt sie so sehr, dass sie schreiend aus dem Haus rennen. Im Laufe der Jahre wurden auf diesem Grundstück immer wieder Häuser gebaut, aber niemand hat jemals für längere Zeit hier gelebt."

Es war schon sehr spät; Judys Geschichte hatte eine ganze Weile gedauert, bis sie fertig war.

"Könntest du bitte vorspulen und uns in die Gegenwart bringen?" fragte August, wieder unhöflicher, als er oder ich es von ihm erwartet hatten. Es war schon nach seiner Schlafenszeit und es war nicht allein seine Schuld, dass er gereizt war.

Judy entschuldigte sich. "Dieses Haus wurde vor fünfundzwanzig Jahren gebaut. Es wurde gekauft, verkauft, vermietet, renoviert - was auch immer und so oft, wie ich es an Fingern und Zehen abzählen kann - niemand will hier wohnen." Sie schaute sich um. "Ja, es sieht gut aus, aber es hat einfach etwas an sich. Etwas, das die Leute in die Flucht treibt. Vor allem um diese Zeit in der Nacht. Ich wollte sehen, ob das bei dir auch so ist."

"Wir sind also deine freundlichen Guineapigs", sagte August und schob seinen Stuhl ruckartig zurück. "Lasst uns mit der Tour weitermachen. Was ist oben?"

Ich habe mich nicht bewegt.

"Du hast keine Ahnung, ich meine, absolut keine Ahnung, warum die Leute sich so extrem verhalten? Das ergibt für mich wenig bis gar keinen Sinn. Sicherlich würdest du sehen, was sie gesehen haben."

"Ich sehe nie", sagte Judy.

"Nun, das ist seltsam", sagte August.

Judy lächelte. "Ich weiß. Und deshalb möchte ich dir sagen, dass spirituelle Menschen wie Hellseher, Mystiker, Wahrsager, Hexen, Hexenmeister - egal welche - hier gewesen sind - ja, sie haben diesen Ort sogar von vorne bis hinten durchgehext, und trotzdem passiert immer noch das, was alle in die Flucht schlägt, auch die oben genannten. Jeder von ihnen rannte schreiend in die Berge - und kam nie wieder zurück.

"Quatsch und Unsinn", sagte August.

Aber je mehr sie davon erzählte, desto mehr Angst bekam ich und desto mehr war ich bereit, es zu glauben, denn mit der Zeit wurde mir immer kälter. Ich zitterte sogar, als wäre jemand auf mein Grab getreten - obwohl ich natürlich nicht tot war. Noch nicht. Allein der Gedanke daran ließ mir die Haare auf den Armen zu Berge stehen.

Judy stand auf. "Jetzt weißt du, was ich weiß. Der Preis ist schon niedrig, aber er ist noch verhandelbar. Der Besitzer will, dass es verkauft und aus den Händen gegeben wird - gestern. Warum schaut ihr euch nicht oben um, damit ihr ein Gefühl für die obere Etage bekommt?"

August sagte: "Wir könnten es mit Liebe kaufen, es abreißen und etwas nach unseren Bedürfnissen umbauen, wie einen Bungalow. Dann wären wir immer noch im Vorteil und hätten genug Geld, um den Rest unseres Lebens zu überbrücken."

Mit zittrigen Knien stand ich ebenfalls auf und hielt mich am Tisch fest. Es hörte sich gut an, eigentlich zu gut, um wahr zu sein.

Judy sagte: "Es steht unter Denkmalschutz. Die Bücherregale und der Kamin müssen intakt bleiben. Das ist nicht verhandelbar. Ich kann dein Angebot nur annehmen, wenn du es schriftlich festhältst."

August und ich gingen wie in Trance aus der Küche und standen schließlich auf dem Teppich, der jetzt vor dem Kamin lag. Das lodernde Feuer spuckte und erleuchtete den Raum und ich fragte mich, warum mir noch mehr kalt war.

"...Elektrizität", sagte Judy.

Ich war in meinen Gedanken ins Bücherland abgetaucht und hatte nicht mitbekommen, was sie sagte.

"... hat ihn abgestellt. Das Wasser auch."

Ich fuhr mit meiner Hand am mittleren Bücherregal entlang und hatte nun den Überblick, als August den Raum verließ. Ich drehte mich um und folgte ihm, ebenso wie Judy. Er blieb unten an der Treppe stehen, schaute nach, wo wir waren, und begann dann zu steigen. Ich hielt mich am Geländer fest und stieg ebenfalls hinauf. Etwa auf halber Höhe fühlte sich das Geländer wackelig an, ebenso wie meine Knie. Meine Füße schienen in der Holztreppe zu versinken und ich fühlte mich unsicher. August war bereits oben angekommen. Ich bemerkte, dass er sich den Weg mit der Taschenlampen-App auf seinem Handy leuchtete. Ich war stolz, dass er endlich eine der Anwendungen, die ich ihm empfohlen hatte, ausprobieren konnte.

Als ich mich zu ihm gesellte, sahen wir zu Judy hinunter, die mit ihrem Handy vor sich wartete und ebenfalls die Taschenlampenanwendung benutzte. "Ich muss bald abschließen", sagte sie.

"Wir werden uns nur kurz umsehen", sagte ich, während August sich von mir entfernte und auf die Tür am anderen Ende des Ganges zuging. Als ich ging, schien der dicke Teppich unter meinen Füßen matschig zu sein, so dass es schwierig war, sich zu beeilen. August riss die Tür auf und zeigte mir ein pfirsichfarbenes Badezimmer mit Waschbecken, Badewanne, Toilette und Dusche. Das Bad war mit Accessoires geschmückt - einer dieser Teppichböden, die um den Sockel geworfen wurden. Der Stil war nicht nach unserem Geschmack, und das sagte ich auch, als wir die Tür schlossen und in ein kleines Schlafzimmer weitergingen, das in Blau dekoriert war, mit Autos, die über die Wände fuhren, und Sternen, die aufleuchteten, wenn wir mit der Taschenlampe auf sie an der Decke zeigten.

"Ich mag diese Sternenlichter", sagte August und das Kind in ihm kam zum Vorschein. Ich war überrascht, dass er nicht auch die Autos auf der Tapete mochte. Vielleicht mochte er sie, aber die Sterne waren ihm lieber.

"Ja, lass sie uns abnehmen und über dem Kamin anbringen - wenn wir ihn kaufen", sagte ich.

Wir gingen weiter in ein anderes Schlafzimmer, ein Gästezimmer, das voller Blumen aller Arten, Sorten und Farben war. Auf der Rückseite der Tür waren Sonnenblumen aufgestempelt.

"Sehr gemütlich", sagte ich, als wir den Flur hinunter zum letzten Zimmer gingen: dem Hauptschlafzimmer. Mir kam in den Sinn, dass ein Haus dieser Größe mehr als drei Schlafzimmer haben sollte.

August sagte: "Wir können mehr Zimmer auf dem Grundstück bauen, wenn wir einen Bungalow daraus machen. Hier wird so viel Platz verschwendet."

Wir sahen uns das Badezimmer an, das ebenfalls sehr veraltet und pfirsichfarben war - obwohl es eine Whirlpool-Badewanne gab, die mit goldenen Wasserhähnen und Armaturen verziert war. Und darüber bot ein großes Bogenfenster einen Panoramablick auf das, was wir für den hinteren Garten hielten.

August kletterte auf die Badewanne und nahm meine Hand, als er das tat. Wir standen Seite an Seite und schauten auf den Garten hinunter, als drei Gestalten auftauchten. Auf der linken Seite stand ein Mann, den man angesichts seiner Statur für einen Jungen hätte halten können. Seine Kleidung - ein geschwungener Hut, ein Leinenhemd mit Rüschen über der Taille, eine knielange Jacke und eine Reithose - bewies das Gegenteil. Der Junge, der die Hand des Mannes hielt, trug eine Jacke, die bis knapp unter die Taille reichte, und eine Hose, die bis zum Knie reichte, während seine dunklen Locken unter der Mütze hervorlugten. Die drei wurden durch eine Frau vervollständigt, die die Hand des Kindes hielt. Sie trug einen dicken Steppmantel, der ihre Kleidung bedeckte, und eine Schlafmütze auf dem Kopf - als wäre sie unerwartet in die Nacht hinausgekommen. Die Gesichter aller drei Gestalten waren wie gebannt vom Mond und den Sternen, oder sie waren wie verzaubert.

"Sind die echt?" flüsterte ich und hielt mich an Augusts Schulter fest, aber bevor ich zu Ende sprechen konnte, sahen uns drei Augenpaare direkt an und stießen gleichzeitig einen Schrei aus, der so hoch war, dass er jeden Hund in der Nachbarschaft geweckt haben musste. Die drei sagten,

"Wir kommen jeden Tag hierher, um zu brennen."

Wir hielten uns die Ohren zu, als sie ihren Sirenengesang wiederholten. Dann wurden sie von den Flammen verschlungen, die von ihren Füßen aus nach oben züngelten, und schon bald verwandelten sich ihre Schreie in ein Stöhnen, während sie zu einem Haufen Asche zerfielen.

Ich schrie. Und dann passierte etwas, was in all den Jahren, die wir verheiratet sind, noch nie passiert ist - August schrie auch.

Wir kletterten aus der Wanne, rannten die Treppe hinunter, an Judy vorbei und zur Haustür hinaus, und das in einer Geschwindigkeit, die zwei alte Knacker wie wir nie für möglich gehalten hätten. Wir stiegen in Judys Auto; sie war gefahren, als sie uns das Grundstück zeigte. Als sie einstieg, fuhr sie los und ließ dabei die Reifen quietschen.

Als wir genügend Abstand zwischen uns und dem Haus gebracht hatten, sagte Judy sachlich: "Ich stelle euch gleich morgen früh eine Liste mit anderen Häusern zusammen, die ihr euch ansehen könnt. Wir werden das perfekte Haus für dich finden. Es gibt viele schöne Häuser auf dem Markt, aus denen du wählen kannst." Sie schaute uns im Rückspiegel an.

Ich zitterte immer noch und hielt mich an August fest.

"Möchtest du mir erzählen, was du gesehen hast?" erkundigte sich Judy.

"Hast du sie nicht gehört?" fragte ich.

Judy schüttelte den Kopf und verneinte.

"Glaub mir, du bist die Glückliche", sagte August. "Jetzt bring uns nach Hause. Wir bleiben hier."

August und ich sprachen nie wieder über das Haus.

EIN MORD

Ich saß in meinem Auto - zu ängstlich, um auszusteigen.

Hinter den getönten Scheiben konnte ich alles sehen - warum sollte ich mich also in Gefahr begeben? Warum sollte ich eine Infektion riskieren, wenn ich doch nur ein bisschen Natur wollte.

Warum bleibst du dann nicht einfach zu Hause, Schatz? hörte ich deine sanfte Stimme in meinem Kopf fragen. Es war, als wärst du hier, auf dem Beifahrersitz neben mir. Du, mein verstorbener Mann Gerald - zweiundvierzig Jahre verheiratet, bevor COVID ihn auslöschte. Ja, mein Gerald ist dem Virus gleich zu Beginn dieser verrückten Zeit in unserem Leben erlegen. Noch bevor es von denen, die meinten, sie wüssten Bescheid, als Pandemie bezeichnet wurde.

Selbst als offiziell bestätigt wurde, dass Gerald dem Virus ausgesetzt war und sich infiziert hatte, wollte er es nicht glauben. Er hatte sich nur untersuchen lassen, weil ich ihn überredet hatte, mich zu begleiten, wie wir es in unserem Eheversprechen versprochen hatten, in Krankheit und Gesundheit. Ich war in der Nähe von jemandem gewesen, der sich bei der Essensausgabe angesteckt hatte. Ich musste mich nicht testen lassen, aber ich dachte mir, sicher ist sicher, und stellte mich freiwillig für vierzehn Tage unter Quarantäne - so konnten Gerald und ich wenigstens zusammen sein.

Als die Ergebnisse eintrafen, hatte Gerald die Krankheit und mein Test war negativ. Da wir uns gegenseitig in die Tasche gesteckt hatten, war die Wahrscheinlichkeit groß, dass ich es auch hatte, nur eben ohne Symptome, und so gingen wir beide glücklich zusammen in Quarantäne, so wie wir es in den fünfundvierzig Jahren, die wir uns kannten, getan hatten.

Wir waren darauf vorbereitet, uns der Sache gemeinsam zu stellen. Dann wurde mir gesagt, ich solle mich von Gerald fernhalten, den Kontakt zu ihm einschränken, eine Tür zwischen uns halten, eine Maske tragen, mir oft die Hände waschen - du weißt ja, wie es geht. Ich nahm das Gästezimmer, Gerald hatte unser Zimmer. Wir sagten uns durch die Wand gute Nacht, genau wie es die Leute bei der Familie Walton taten.

Eines Nachts, als er nicht schlafen konnte, sang ich ihm durch die Wand ein paar Refrains des Liedes vor, zu dem wir in der Highschool zum ersten Mal getanzt hatten: Make Me Do Anything You Want von A Foot in Coldwater. Ich summte es vor mich hin, während ich das Geschehen draußen beobachtete. Eine Gruppe von Kanadagänsen fraß ein paar Meter entfernt das Gras. Ich kurbelte das Fenster ein wenig herunter, damit ich ihr Geschnatter hören konnte. Ich atmete tief ein und ließ die Außenluft herein, aber die frische Luft hielt mich nicht davon ab, mich an den nächsten Teil zu erinnern, den schwersten Teil, als Gerald mir weggenommen und ins Krankenhaus eingeliefert wurde. Ich durfte nicht mit ihm in den Krankenwagen und es ging so schnell bergab, dass ich ihn nie wieder lebend gesehen habe.

Ich habe zuerst die Kinder angerufen. Natürlich sind sie jetzt alle erwachsen und haben ihre eigenen Kinder. Kinder, Ziegen. Kinder ist natürlich das, was ich meine. Ich weiß nicht genau, wann ich zu der üblichen Beschreibung zurückgekehrt bin. Wahrscheinlich, weil Gerald nicht hier ist, um mir zu sagen, dass ich es nicht tun soll.

Unsere Kinder konnten wegen der sozialen Distanzierung nicht mitkommen. Ihre Gebiete waren zurück in Stufe 2. Außerdem war es das Risiko, sich selbst anzustecken und den Virus auf unsere Enkelkinder zu übertragen, nicht wert. Mit Hilfe einer freundlichen Krankenschwester schauten wir uns an, aber Gerald sagte kein Wort. Zu diesem Zeitpunkt war das Lächeln aus seinen Augen verschwunden und ich wusste es.

Nach der Beerdigung - außer mir kam niemand zur Beerdigung - wusste ich nicht, was ich mit mir anfangen sollte. Noch schlimmer war es, nachdem die Versicherung ausgezahlt hatte. Unser ganzes Leben lang hatten wir geknausert und gespart - und jetzt, wo er tot war, konnten wir nirgendwo hingehen - nicht mit der Pandemie, die an jeder Ecke lauerte - und mein Gerald war nicht da, um sie mit mir zu teilen, also hatte es keinen Sinn, überhaupt hinzugehen.

Ich hatte so viel Geld und mir fiel nichts ein, was ich wollte oder brauchte, außer Gerald.

Als der Herbst näher rückte und die Blätter zu sprießen begannen, zeigte ich unzählige Male jemandem einen besonders schönen Baum. Und dann stand auch noch Thanksgiving vor der Tür. Normalerweise bereiteten wir das Familienfest vor - mit der üblichen kanadischen Kost wie Kürbiskuchen, Preiselbeersoße, Truthahn, Schinken, Füllung, Kartoffelpüree, Gemüse und Krautsalat. Gerald schnitzte normalerweise den Vogel, während ich alles andere organisierte. Dann setzten wir uns an den Tisch und jeder, auch die Kleinen, sagte, wofür sie im vergangenen Jahr dankbar waren. Ich erinnerte mich an die Erklärung des kleinen Kevin, er sei am dankbarsten für "Bampa", den Opa. Geralds Augen hatten an diesem Tag geleuchtet wie die Sonne, die nach tagelangem Regen hinter einer Wolke hervorlugt.

Meine Tochter schlug vor, dass ich ein virtuelles Thanksgiving-Dinner veranstalte. Sie hatte das Herz auf dem rechten Fleck, aber die Idee war absurd. Alleine würde ich ein Truthahn-Fernsehessen zubereiten und es essen, während ich "Charlie Brown Thanksgiving" schaue.

Jetzt sitze ich hier in diesem verdammten Auto mit den getönten Scheiben - zu ängstlich, um aus dem Auto auszusteigen. Als mein Blick über den Gehweg schweift, entdecke ich Sonny und Evelyn Marshall und bevor ich mich ducken kann, entdecken sie mich. Sie machen sich auf den Weg zu mir. Sie haben von Geralds Tod gehört und wollen ihm die letzte Ehre erweisen. Für mich ist es zu spät, um das Auto zu starten und vom Parkplatz zu fahren.

Jetzt stehen sie maskiert vor dem Auto und Sonny klopft an mein Fenster, während Evelyn auf die Beifahrerseite geht.

"Hallo", sage ich durch die geschlossenen Fenster. Mein Telefon klingelt. Ich zeige darauf, um ihnen mitzuteilen, dass ich mich um einen Anruf kümmern muss, dann sehe ich nach, wer der Anrufer ist - es ist Evelyn in der Leitung. "Hallo, noch mal", sage ich, als Sonny um mein Auto herumgeht und mich kurz durch die Windschutzscheibe ansieht, bevor er weitergeht und sich zu seiner Frau gesellt.

Evelyn sagt: "Wir haben das mit Gerald gehört. Es tut uns sehr leid und wir wollten nur vorbeikommen und es euch sagen. Außerdem wollten wir euch sagen, dass ihr uns anrufen sollt, wenn ihr irgendetwas braucht, egal was. Wir möchten während dieser Pandemie so oft wie möglich für euch da sein." Sonny legte seinen Arm um seine Frau.

"Mir geht es gut", sage ich. "Danke für das nette Angebot und dass du vorbeigekommen bist." Ich lege den Hörer auf und hoffe, dass sie verschwinden werden.

Sonny sagt etwas, was ich normalerweise wissen würde, da ich ziemlich gut Lippenlesen kann, aber mit diesen Masken kann jeder alles sagen. Er und Evelyn winken, als sie zum Weg zurückkehren und gehen los.

Ich beobachte, wie sie sich an den Händen fassen, während sie kleiner und kleiner werden. Als sie weg sind, landet eine schwarze Krähe auf der Motorhaube meines Autos und schaut durch die getönten Scheiben zu mir herein. Ich kurble das Fenster herunter und rufe: "SHOO!"

Die Krähe bewegt sich auf mich zu, sträubt ihr Gefieder und antwortet mit einem trotzigen "CAW, CAW!"

Ich kurble das Fenster wieder hoch und beobachte, wie das Ding auf der Motorhaube meines Autos herumläuft. Es hinterlässt eine Spur von Vogelabdrücken auf meinem staubigen Auto. Ich lasse den Motor an und spritze Wasser auf die Windschutzscheibe. Der Vogel rührt sich nicht. Ich wische mehrmals mit den Scheibenwischern darüber. Immer noch schaut er mich an, schüttelt den Kopf und SPLAT kackt er. Ich hupe und beobachte, wie er abhebt, schwebt, noch ein bisschen mehr kackt und diesmal den Scheinwerfer trifft, bevor er Richtung Wasser abhebt.

Eine Gruppe von Krähen nennt man einen Mord. Als Gerald an einem von Menschen verursachten Virus starb, der auf unserem Planeten freigesetzt wurde, wurde sein Tod nicht als Mord bezeichnet - obwohl er verdammt noch mal als Mord hätte bezeichnet werden müssen.

Ich greife in meine Handtasche und hole die Maske heraus. Ich stecke eine Schlaufe durch mein rechtes Ohr und die zweite durch mein linkes. Ich vergewissere mich, dass sie richtig sitzt, über der Nase und unter dem Kinn. Ich steige aus meinem Auto aus und trete ins Sonnenlicht.

Braves Mädchen, gurrt Gerald, als ein Schwarm Krähen einen Kreis über meinem Kopf bildet und ich vor ein fahrendes Auto trete.

SANS MASQUE (OHNE MASKE)

Er stand auf der einen Seite des Raumes und sie auf der anderen.

Beide waren gekleidet - oder übertrieben gekleidet -, so empfand sie sein Auftreten. Geschliffen war das erste Wort, das ihr in den Sinn kam, aber irgendetwas an ihm wirkte zu glatt. Als ob er wollte, dass sie sich noch mehr in ihn verliebte, als sie es ohnehin schon war.

Wenigstens war er aufgetaucht - auch wenn sie sich geweigert hatte, seiner Aufforderung nachzukommen, und es war ihr erstes persönliches Treffen.

Sie hatten sich über eine Dating-App kennengelernt. Dagegen gibt es kein Gesetz - noch nicht. Mit der Zeit entwickelten sie eine Beziehung. Er beendete seine Nachrichten immer mit einem pochenden Herz-Emoji. Sie beendete ihre Nachrichten immer mit einem "Mit freundlichen Grüßen", als würde sie einen

Brief beenden. Sie war ein Neuling in der Dating-App, aber wie sollte sie angesichts der strengen Pandemiegesetze sonst jemanden kennenlernen?

Nach etwas mehr als zwei Monaten, in denen er ihr Nachrichten und E-Mails schrieb, bat er sie um ein persönliches Treffen. Sie stimmte zögernd zu. In gewisser Weise konnte sie sich vorstellen, dass er alles war, was er vorgab zu sein, wenn sie sich nie trafen. Vor allem aber wollte sie nicht zu eifrig oder verzweifelt wirken.

Er hatte sich so viel Mühe gemacht und alles arrangiert, auch den Ort, an den er sie ausführen wollte. Zuerst konnte sie ihr Glück nicht fassen. Während sie darauf wartete, dass er die Details bestätigte, schwankten ihre Gefühle zwischen Aufregung und Skepsis. Konnte er wirklich einen so exklusiven Ort nur für sie beide reservieren? Als er ihr die Details mitteilte, stieß sie einen Schrei aus und antwortete mit einem Smiley-Emoji. Ihr erstes in dieser Beziehung.

Danach ging sie sofort zu ihrem Kleiderschrank und schob die Spiegeltüren auf. Sie durchstöberte die Kleiderbügel, bis sie ihr teuerstes Kleid fand - das, was sie ihre schicke Kutte nannte. Sie nannte es in Erinnerung an ihre verstorbene Mutter so. Es war ein Imitat, das sie im Internet gekauft hatte, und ihr stolzester Besitz in Sachen Mode. Sie hielt es an sich, schaute in den Spiegel und überlegte, mit welchem Schmuck sie es betonen sollte: mit falschen Diamanten oder Perlen? Sie entschied sich für Ersteres.

Am Morgen des großen Ereignisses war sie früh aufgewacht, um ihren Posteingang zu überprüfen. Halb erwartete sie eine SMS oder Nachricht, dass er absagen musste. In Wahrheit hoffte ein Teil von ihr, dass er absagen würde, aber ihr Postfach war leer und es gab keine SMS-Nachrichten. Sie ging in die Küche, um sich eine Tasse Kaffee zu machen, und sah dann noch einmal nach, falls er sich gemeldet hatte. Diesmal schaute sie sogar in den Junk-Ordner - auch der war leer.

Den ganzen Tag über beschäftigte sie sich selbst. Zuerst nahm sie ein langes, dampfendes Bad und machte sich ein Peeling. Danach gab es ein leichtes Mittagessen. Nachdem sie wieder nach Nachrichten geschaut hatte und keine gefunden hatte, stylte sie sich die Haare und machte sich dann die Nägel. Bevor sie ihr Make-up auftrug, durchforstete sie die sozialen Medien. Als sie keine Hinweise auf seine jüngsten Aktivitäten fand, zog sie ihr höchstes Paar High Heels an - die, die ihre Beine am längsten aussehen ließen. Zum Schluss trug sie noch eine Schicht kandisapfelroten Lippenstift auf und trat vor den Spiegel. Perfekt.

Bis auf eine Sache: ihre passende Clutch-Tasche. Sie steckte ihr Handy und ihre EC-Karte hinein, dann holte sie ihren Lippenstift heraus und war nun für alles bereit.

Als sie aus ihrer Haustür trat und ihre Maske aufsetzte, kam das Taxi. Sie hatte es am Abend zuvor bestellt, damit sie weder zu spät noch zu früh kam. Sie wollte, dass das Timing für ihr erstes persönliches Treffen perfekt war.

***

Er verbrachte den Tag damit, alles doppelt zu überprüfen, wie er es bei solchen Gelegenheiten immer tat.

Er freute sich darauf, sie endlich persönlich zu treffen. Online wirkte sie schüchterner und naiver als alle anderen, mit denen er gechattet hatte. Sie wirkte so schüchtern, so unwirklich, dass sie sich sogar weigerte, ihm ein Nacktfoto von sich zu schicken. Nackt bedeutet ohne Maske.

Bevor sie sich mit ihm treffen konnte, musste er ihr versichern, dass die Richtlinien eingehalten werden würden. Nun, nicht nur befolgt, das heißt, sie verlangte nicht weniger als seine persönliche Garantie, dass sie nicht gestört würden.

Als die Staatsoberhäupter auf der ganzen Welt fielen, bildete sich die internationale Regierung, um die Lücke zu füllen. Mit der I.G. an der Spitze forderte die Welt härtere Strafen für nicht konforme sozial distanzierte Hooligans. Die neu gegründeten International Pandemic Associates (I.P.A.) wurden ermächtigt, die Gesetze zur sozialen Distanzierung mit allen nötigen Mitteln durchzusetzen.

Nach dem Sturz der Staatsoberhäupter gab es einen heftigen öffentlichen Aufschrei. Die sozialen Medien wurden mit Fehlinformationen überflutet. Die Menschen forderten Gerechtigkeit und gingen mit ihren Plakaten und Friedenszeichen auf die Straße. Als sie nicht mehr zum Schweigen gebracht werden konnten und die Gefängnisse bis zum Rand gefüllt waren, wurden öffentliche Hinrichtungen gesetzlich verankert.

Trotz alledem hatte er es geschafft, sein Geld zu behalten, und er hatte keine Angst, es zu seinem Vorteil einzusetzen. Er hatte ein paar Leute geschmiert, um den Veranstaltungsort zu buchen, das Personal einzustellen und sicherzustellen, dass sie ungestört blieben. Das Auge auf dem Gelände, das sie beobachtete - dagegen konnte er nichts tun. Überwachungskameras, wie sie überall waren.

Sein Smoking war abgeholt worden und war immer noch in die Plastikhülle eingewickelt, die er auf der Fahrt von der Reinigung nach Hause getragen hatte. Er war in der Garage unter Quarantäne gestellt worden, bis er gebraucht wurde. Man kann nie vorsichtig genug sein. Die Standardzeit für die Quarantäne von Textilien beträgt achtundvierzig Stunden. Um auf Nummer sicher zu gehen, hatte er es eine ganze Woche lang in der Garage gelassen.

Als er vollständig angezogen war, setzte er als Letztes seine Maske auf, bevor er in sein Fahrzeug stieg. Es war wenig Verkehr und das Parken war einfach.

Er wollte, dass alles perfekt war.

Genauso wie er hoffte, dass sie es sein würde.

***

Sie stieg aus dem Taxi auf den Bürgersteig und schloss die Lücke zwischen sich und dem Veranstaltungsort.

Auf dem Boden, mit Kreide auf den Bürgersteig geschrieben, war eine Nachricht an sie gerichtet. Sie lautete: "Darling, folge mir.

Sie lächelte und folgte der Spur der Herzen, die auf den Steinen eingraviert waren. Immer wieder suchten ihre Finger nach der Maske, die ihr Gesicht bedeckte, um sie zu beruhigen. Sie war jetzt wie eine weitere Schicht ihrer Haut.

Sie ging durch die offenen Türen und folgte weiteren Herzen, die sie durch den Korridor führten.

Endlich kam sie an und hoffte, dass ihre wahre Liebe, ihr Seelenverwandter, auf sie wartete.

***

Auf der anderen Seite des Raumes trafen sich ihre Blicke. Sie in ihrem schwarzen, ärmellosen Kleid und er in seinem schwarzen Smoking.

"Du bist gekommen!", bejahte er mit fester Stimme.

"Ja", antwortete sie atemlos flüsternd.

Sie verlangsamte den Schlag ihres Herzens, indem sie den Raum in Augenschein nahm. Seine Liebe zum Detail war tadellos. Der Tisch war für zwei Personen gedeckt, mit feinstem Porzellan, Kristall und Silber. Der Tisch erstreckte sich über die gesamte Länge des Raumes. In der Mitte stand ein prächtiger Kandelaber, der Romantik ausstrahlte.

"Bitte nimm Platz", sagte er.

Sie setzte sich an ihr Ende und er an seins. Bevor eine unangenehme Stille eintreten konnte, klatschte er. Zwei Kellner kamen durch eine Tür, die sie nicht bemerkt hatte. Von Kopf bis Fuß in Ganzkörperanzüge gekleidet, die auch auf dem Mond nicht fehl am Platz gewesen wären, kamen sie auf sie zu. Mit ihren behandschuhten Händen füllten sie die Champagnerflöten und ihre Schalen mit einem leichten Genuss.

Er klickte mit einem Besteckteil auf den Rand seines Glases und sie tat dasselbe. Bei Hochzeiten wurde dieses Ritual früher als Aufforderung an die Frischvermählten durchgeführt, einen Kuss auszutauschen. Allein der Gedanke daran, sich in der Öffentlichkeit zu demaskieren, ließ sie erschaudern. In dieser neuen pandemischen Welt zeigte das Klirren an, dass der Initiator einen Toast aussprechen wollte.

"Auf dich", sagte er und hob sein Glas.

"Auf uns", sagte sie und errötete, versteckt unter ihrer Maske, heftig.

Die Kellner kamen in regelmäßigen Abständen mit Tabletts. Nachdem sie das letzte Mal flambierte Cherries Jubilee serviert hatten, verbeugten sich die Kellner. Das bedeutete, dass sie nicht wiederkommen würden.

"Wenn ich dich nur küssen könnte", sagte er, lauter als ihm lieb war, aber laut genug, um seine Maske zu verbergen.

Seine Worte entflammten sie. Bevor sie wusste, was sie tat, war sie aufgestanden und hatte ihm einen Kuss zugeworfen. Sie setzte sich wieder hin und stellte sich vor, wie der Kuss wie eine Feder durch die Luft über den Tisch schwebte.

Er fing ihn auf und presste ihn an seine Lippen. "Das ist nicht genug", gurrte er.

Sie warf ihren Stuhl wieder zurück. Er kratzte durch die Stille.

Ihre hohen Absätze klackten, als sie den Boden überquerte. Sie stolperte vor Aufregung, als sie sich am Tisch entlang auf ihn zubewegte.

Als sie sich auf ihn zubewegte, wehte die Klimaanlage ihr süßes, süßes Parfüm in seine Richtung. Bis dahin hatte er nur ihre korallenblauen Augen und ihre kleinen Ohrläppchen gesehen, unter denen die Bänder der Maske befestigt waren. Sein Herz schlug so schnell, dass er sicher war, es würde ihm aus der Brust platzen. Um sich zu beruhigen, drehte er seinen Ehering an seinem Finger hin und her und fragte sich, ob dieses Mädchen es wert war. War sie ihm genug, um zu riskieren, das Gesetz zu brechen? Würde er für sie sterben?

"Stopp!", rief er und hob seine Hand heftig in die Luft wie ein wütender Schülerlotse.

Sie war immer noch auf der Flucht und biss sich unter der Maske auf die Lippe.

Er befestigte seine Maske an ihrem Platz.

Als das Auge in der Wand hinter ihr blinzelte, flüsterte er: "Habe ich vergessen zu erwähnen, dass ich verheiratet bin?"

Sie eilte weiter auf ihn zu, als die Türen hinter ihm aufschwangen.

"Habe ich vergessen zu erwähnen, dass ich bei der IG bin?", erkundigte sie sich, als die beiden Männer in Raumanzügen ihn mit einem Taser zu Boden warfen.

DANKSAGUNGEN

Liebe Leserinnen und Leser.

Danke an das wunderbare Team aus Freunden, Familie, Bekannten und Autorenkollegen, die mich und mein Schreiben über die Jahre hinweg emotional unterstützt haben, sowie an diejenigen von euch (ihr wisst, wer ihr seid), die mir bei technischen Dingen wie Korrekturlesen, Lektorat usw. geholfen haben.

Ich danke euch allen millionenfach!

Herzliche Grüße und wie immer viel Spaß beim Lesen!

Cathy

ÜBER DEN AUTOR

Cathy McGough lebt und schreibt in Ontario, Kanada, mit ihrem Mann, ihrem Sohn, ihren zwei Katzen und einem Hund.

AUCH VON:

FICTION

Jedermanns Kind

Ribbys Geheimnis

Göttin in Übergröße

NON-FICTION

103 Fundraising-Ideen für ehrenamtlich tätige Eltern mit Schulen und Teams (3. PLATZ BESTE REFERENZ 2016 METAMORPH PUBLISHING)

+

Bücher für Kinder und junge Erwachsene